說再見，一定會再見

玉米虫 著

有些回憶，會住在心裡很久很久，久到成為生命的一部分，再也割捨不掉。

年少時光裡，那個人，是我最難捨、最珍貴的一段記憶。
每一天，放學後，出現在課桌抽屜裡的一封信，是我們僅有的牽繫。
最後一封信裡，他寫著：「我好像愈來愈喜歡妳了……妳也喜歡我嗎？」
但我來不及向他道別，來不及告訴他，我的答案……
就這樣，當年來不及說再見的遺憾，始終留在我心中。
好多好多年後，如果能再有一次機會，我一定會毫不遲疑地對他說……

·作者序·

堅持愛的意念

隔了許多年，再出版新書的感覺是複雜的。

要感謝出版社給我機會，也要謝謝願意拿起這本書的你，因爲有喜歡看故事的大家，才有寫故事的我。

過了這麼多年，不知不覺竟然養成把故事愈寫愈長的習慣，難道是因爲年紀大了話多起來？這次小說的原稿有十九萬字，是我寫過最多字數的小說，不過修正過後已經精簡很多，大家可以放心閱讀。

還是講講故事好了。一直以來總是很喜歡校園的題材，總覺得在校園中有很多美好的故事發生，當時的我們，都有許多非常美麗的回憶。不論是友情或愛情，都會在生命裡佔有很重要的篇幅。

在那樣青澀的歲月裡，有獲得，也有失去，但重要的是當時光悄悄流走，長大了的自己心裡面的感受。

長久以來，始終覺得寫故事對我來說是很珍貴的存在。

非常喜歡這個故事，人生中有許多不能自己決定的事情，在向現實屈服之後，我們能不能保有原本的夢想？能不能再實現自己的願望？

我想是可以的。

愛情，正如同其他所有事情一般，是需要付出與努力的。

需要全心全意去相信自己、相信對方、相信兩人共同成就的愛情可以跨越各種障礙。

希望你會喜歡這個故事。

玉米虫　二〇一〇年八月二十日

1

不眠的夜，面對著整桌的ABC教材，我實在很想直接去睡覺……可是不備課又會覺得不自在，儘管已經教了兒童英語將近兩年，但面對教材總是兢兢業業不敢造次。

身爲一個敬業的大四生，應該是沉浸在班遊、夜唱、烤肉、談戀愛各種不同的活動之中吧，爲什麼我總是讀書、上課、備課……過著規律的老人家生活呢？

雖然偶爾也會疑惑爲什麼自己沒有私生活，但這些年來好像也挺習慣的，難道這就是口嫌體正直？

爲了生活費去兼課，有獎金的時候大概一萬多，沒獎金的時候幾千塊。像最近適逢期中考，又要幫孩子做電話測驗，有時忍不住想，我會不會因爲過勞死而上報紙？

「某國立大學張姓大學學生被發現陳屍於租屋處，初步勘驗沒有外傷，排除他殺的可能性，依照現場看來，該名大學生應是於租屋處準備英語教材，因爲名字被寫在死亡筆記本上導致心臟突然痲痺……」

好，我承認我的確是想太多了。但最近實在太忙，忙到好羨慕班上同學到了大四一個比一個空閒，可以班遊、夜唱、烤肉、談戀愛……我卻得每天坐在這裡備課、想遊戲，想著句型、文法、練習題。

大學生活到如今邁入第四年，眼看青春就要消逝，可以用來回憶的生活卻還是上課跟上課，不一樣的只是白天當學生，晚上當老師，這種心情眞是複雜。

看看時鐘，時針跟分針都無情地指向十二，暗示著我的肝又要超時加班。有時候不明白自己這樣逼自己是爲了什麼，平常要是多跟爸媽撒撒嬌也可以過得很好，不用這樣每天趕課騎車跑來跑去，爲了能準時打卡，油門催到最底，到補習班一看卡鐘卻還是令人嘆息的遲到。

每個小時四百塊的薪水說少不少，說多好像也不太多，支撐我到如今的應該就是可愛的學生們，看著他們從完全不懂ＡＢＣ的一級新生慢慢學到現在七級，算算也彼此陪伴快兩年，我看我都可以當他們的媽了……才大四就要當這麼多小孩的媽，心情眞有點複雜。

「げんきにだそう いいおとだそう……」不要懷疑，這是我的手機鈴聲，出自於日劇《交響情人夢》中野田妹的世界名曲〈屁屁體操〉。

來電的是小透，這時間找我一定沒好事。我心不甘情不願地拿起手機，「哈囉。」

「下來喝酒。」她只說一句話，就把電話給掛了。

好吧，我看這下子什麼東西都不用準備了。

默默地收好課本，穿戴整齊之後下樓，果然看見小透在樓下，跨在她的野狼機車上，左手夾著根菸，眼神望向地板。人帥眞好，我只能這麼說，不管是男生女生都一樣，人只要帥就能吸引很多目光。像此時此刻，即便小透什麼也沒做，就足以讓路邊經過的一堆女生偷偷打量。當然，這可能是小透很帥的緣故，也可能因爲她們看不出小透的性別，只知道她超帥。

在一片讚嘆的眼神中，我走向了小透。她抬起眼來看我，默默地示意我坐上野狼。

小透穩健地打檔、起步、超速，闖過一個又一個紅燈。風的聲音在我耳邊呼嘯而過，不知道多久之後，到達一個可以看見星星的地方。我不知道這是哪裡，但感覺起來很荒涼，小透的速度也眞是太瘋狂了。

「給妳。」小透遞給我一瓶海尼根，自己也順手打開一瓶，咕嚕咕嚕地灌了起來。

「妳喝完該不會還要騎車載我回去吧。」我心虛地問小透。

「我剛剛去找妳之前已經喝了一瓶。」小透悶悶地說。

我嚇得當場頭皮發麻，謝謝土地公觀音菩薩的保佑，我一定會到廟裡上香的。

小透是我同班同學，我們大一就認識了。說起認識那時候也有很多糗事，不過現在不是講糗事的時機。

「怎麼了？」喝下一口冰涼涼的海尼根，潤了潤喉，想起該來的還是要來，就問了她一下。反正她會找我出來，一定也就是想講出來發洩發洩。

「分手了。」小透又灌了一大口。

我沉默不語，之前聽人家說過美麗是上天對女人的考驗，其實帥又何嘗不是另外一種考驗呢？帥的男生不知道女生是不是只喜歡你的臉，有錢的男生不知道女生是不是愛你的錢，又帥又有錢的就更不用說了。人生的考驗也是很多的。

小透非常帥，帥到連走在嘉義這種鳥不生蛋的地方都會有國高中女生來搭訕，而且來搭訕的人幾乎都以爲她是男生。

跟小透認識四年，我的感情路一片空白，小透卻是多采多姿，女朋友一個換過一個，但沒有一個可以眞正留在她身邊的，大半以上都是一兩個月新鮮感過了就跟小透拜拜。我常常勸小透，不要老是接受那些主動來的女生，誰知道她們是爲了什麼喜歡妳。小透卻說愛情是一種擋不住的東西，感覺來了就要接受它。

我說世界上除了流行性感冒之外，哪來這麼多擋不住的東西？

「她說她還是比較喜歡男生。」小透悶悶地把玩著海尼根的空瓶子，翻過來翻過去。

看吧，我說又是老梗。

「Kiki，要找到一個眞心喜歡自己的人很難嗎？我對她們這麼好，我希望她們可以認同我，眞心喜歡我。」

「我想應該很難吧，不然我也不會到現在都沒有眞正談過戀愛。」我又喝了一口海尼根。「而且，我覺得那些女生大多都不是眞的喜歡妳吧，她們只是想要一個很帥的男朋友。帥是老天爺給妳的考驗，像童話故事裡面一樣，王子不可以打扮得像個王子，才會找到不是被王子的衣著吸引，而是眞心喜歡王子的女生啊。」

「Kiki，妳眞的很天眞。」小透伸手揉了揉我的頭髮。「我就喜歡妳這樣子。」

小透往後倒，躺在她的機車龍頭上看著天空，「Kiki，妳知道女生跟女生在一起是什麼樣子的嗎？」

我趕緊摀住耳朵。「限制級的話題我不想聽喔。」

「其實那是一種很美好的感覺喔，我會聞到她全身都泛著淡淡的香味，抱著她，會有一種很眞實的幸福感。」小透猛地把海尼根空罐壓扁，「只是，到頭來她們要的是一種感覺，不是我。Kiki，爲什麼談戀愛會這麼空虛？好像什麼也得不到，卻一直不斷地在給出去。」

「小透，妳別再談戀愛了。暫時先停下來想一想吧，想想妳要的是什麼。愛情又不是只靠外表，說眞的，妳再怎麼樣都是個女生，也可以試試看被男生喜歡啊。」每一次分手後，小透都會很難過。雖然常是小透跟她們說謝謝拜拜再聯絡，但是小透常會發現女友有要好的男性朋友，或者跟男性朋友有超乎尋常的對話和簡訊。

「Kiki，我好羨慕妳。妳的生活好單純。」

「是啊，那妳要不要修身養性一下，來體驗單純的生活？單純地教英文、單純地罵學生、單純地被家長罵。」我沒好氣地說。這哪叫單純，每次電話測驗都像在打仗一樣好不好？

「Kiki，我們在一起好不好？」沉默了五分鐘，小透突然冒出這麼一句。

「啊？」我聽見這句話，嘴裡的海尼根全噴了出來，而且差一點從座位上摔下來。「妳剛剛說什麼？」

「騙妳的啦，呵呵。」小透伸手把我拉起來，拿出手帕擦拭我身上沾到的啤酒。光看有手帕這點，就知道小透是個細心又體貼的人。

「好啊，等我們都三十歲了，要是還沒有對象就在一起。」我咕嚕一口喝光了啤酒，然後自以爲帥氣地對小透使了個眼色。

「屁。」小透也笑了。

其實我心裡知道，那是不可能的事情。

有些回憶，住在我心裡非常久，久到成爲我心裡的一部分，再也割捨不掉。

2

每年的十月左右，學校會開始一連串的校慶活動，會有各種多采多姿的藝文活動，還有些不知道是什麼名目的活動，其中最重要的就是一年一度的運動會！

運動會是我從小到大最喜歡的活動了，運動會，聽起來多吸引人啊，那是一群好朋友在陽光下揮灑汗水的故事耶！

不知道爲什麼，我總是對陽光下閃耀著汗水的活動感到無比興奮。小透還曾經叫我去應徵路邊舉廣告牌的工讀生，她說那也是陽光下流著汗水的活動。

這句話聽起來好像有道理，但怎麼想都覺得不對，一樣是陽光，一樣是汗水，但組合起來就是無法給人閃閃發亮的感覺啊，頂多有頭頂發亮的感覺吧。誰可以把路邊阿伯拿牌子的光景想像得閃閃發亮？那整個場景都不對！不對不對不對！阿伯的汗水只有黏膩感，閃耀個什麼東西啊！

總之，每年我最期待的校內活動又即將開始了。下課後我迫不及待地跑去找班代，拿著體育中心印發的秩序冊，一項一項查詢今年想看的比賽項目。啊，今年越野賽是星期三下午，剛好沒有課，耶！

「鐵男鐵男！」我拍著前面高頭大馬的傢伙的背，這人是鐵男，身高一百八，體重一百，專長是吃飯，是我們班萬年班代，每次只要有體育活動，找他就對了。

「幹麼？」鐵男轉過頭，「Kiki，什麼事嗎？」

「我想要報名越野賽。」

「喔好，我幫妳寫上去，還有沒有其他要報的？」鐵男拿出筆，作勢在報名表上要寫字，卻停頓了一下。「我說，Kiki妳的本名是？」

「喂，鐵男！我們有那麼不熟嗎？」

鐵男看了我一眼，「好，Kiki，那我的本名叫什麼？」

這問題實在是問得好啊！可惜老師暫時不能告訴你答案。「好！鐵男，我說我們之間沒有什麼祕密，這樣吧，今天我就把本名再大大方方告訴你一次，記好囉，我叫張、凱、淇，弓長張，凱旋歸來的凱，冰淇淋的淇。」我一個字一個字指導鐵男把我的名字寫在報名表格上。

「要報大隊接力嗎？」

「好啊。」被陽光下閃耀的汗水感染得過度興奮，我想也不想就答應了鐵男。

黃昏時分，走在灑滿陽光的校園裡，有點熱又不會太熱。落葉掉了一地，走過去會發出很可愛的喀喀聲，我在田徑場附近，就這麼在落葉上跳來跳去地玩。

還好學生們平常絕對不會出現在學校裡，不然看到我這個樣子不知道會怎麼想。雖然平常上課時我也總是很活潑，但活潑跟瘋癲是不一樣的。

我才二十二歲，應該還算是年輕女孩吧？我現在做的，應該是一般年輕女孩會做的事情吧？不然現在二十二歲的女生都在做什麼呢？

上次從台北車站搭捷運回家的時候，發現台北好像很少人像我這樣素顏的。走在街上的女生十個有八個化妝，化妝的八個裡面又有六個戴假睫毛，每個人的睫毛都彷彿招搖地跳著舞。黑色的眼線、亮閃閃的眼睛，即便是擦身而過互相看了對方一眼，我也覺得自己好突兀，以爲自己是個走錯地方的外星人。

「Kiki!」

好像聽見鐵男的聲音。我抬起頭往四周望，可是附近沒有人啊。

「球場球場！」

往球場方向看去，果然是鐵男。我揮揮手，鐵男正大動作示意叫我過去。

小跑步下樓梯之後到球場，才發現原來今天是女排系際杯。比賽時間快到了，有個學妹還沒出現，系排的人正在考慮要棄權時，看見同系的我剛好經過，於是打算叫我去頂替一下。

「好啊好啊。」我開心地笑著，剛好今天不用趕得要死去上班，來打打球消耗多餘熱量。

「太好了，妳就站著不要接球沒關係，只要站在場上就好了。」鐵男如釋重負地說，接著跑去告訴裁判我們系上可以準時開始比賽。

站在場上？鐵男現在是在侮辱我嗎？

距離比賽開始只剩下十分鐘，我盡責地開始拉筋。在這邊也要告訴各位小朋友，運動前後都一定要拉拉筋伸展喔，這樣子才不容易受傷，好嗎？

比賽開始後，果不其然，鐵男在場邊看得下巴都要掉下來。

我們用四十分鐘解決了對方，兩局比賽中我大概發了二十多球吧，比賽結束，鐵男扶著下巴走過來。「Kiki，妳怎麼沒說妳會打？」

「這個不用說，你用看的就知道了啊。」

「學姊，妳眞的好厲害喔。」剛剛一起打球的學妹們都跑過來，左一句右一句地講著。

讚美的話聽多了眞的會讓人飄飄然，難怪小朋友喜歡被讚美。每次上課，只要稱讚他們好棒喔，每個人都忍不住會一直跟媽媽說：「老師今天說我好棒。」

「那個……」旁邊突然有個男生排開群眾走過來。

「妳。」他指著我。「要來校隊試試看嗎？」

四周突然一片寂靜，大家的眼神都往我身上飄過來。明明系際杯好多好多系在打球，爲什麼大家突然靜了下來？

「我不行耶，不好意思喔。」

「那好，明天晚上七點半，體育館等妳。」那個男生拿出筆記本。「來，把妳的姓名、系級、電話跟MSN寫給我。」

我乖乖地寫了，但我不知道自己爲什麼這麼做，可能……因爲他給我的感覺很熟悉？這是什麼老掉牙的台詞。

偷偷打量他，乾乾淨淨的臉龐，眼神很亮，穿起運動服很好看，笑容很陽光。

「Kiki，外文系四年級，MSN……寫好了。」我把筆跟筆記本還給他。

「不然，妳等一下來跟我們男排打打球好不好？」

「嗯，好啊。」好久沒打球了，難得今天有機會。不過，爲了避免讓他有太多期待，我特別強調，「但是只有今天喔！」

「好，那妳先等我一下，我去拿背包。」他一走開去拿背包，鐵男他們立刻又圍過來。

「Kiki，妳以前打過球？」

「嗯啊，國高中練過。」想起以前那段練球的日子眞是慘澹，每天都像個男人，剪個短髮曬得跟黑炭一樣，回家時，我媽開門看見我都很想把門關上。

「剛剛那個是校隊隊長耶，聽說他大一入隊就當上隊長了。」旁邊學妹們也在討論。

「校隊強嗎？」我問鐵男。

「我怎麼會知道？他來啦，妳問他。」鐵男指指正走過來的那個人。

「你叫什麼名字？」我問他。

「李子侑，孔子的子，人有侑。我認識妳，張凱淇。」

耶？我抬頭看他，剛剛我明明只有寫Kiki啊，爲什麼他知道我的本名？「你怎麼會知道我名字？」

「世界很小的，凱淇。」李子侑的笑容看起來怪怪的。

可能是我太有名了吧，哈哈。我暗想。

雖然這位仁兄的笑容看起來有玄機，但基於我不隨便懷疑人的好孩子性格，很快就把這些疑慮丟到腦後，往體育館前進。

3

啊！站上球場的感覺眞好。我感動得幾乎要流下眼淚。

多年前，我曾經那麼討厭關於比賽和練習的一切。當時球隊裡出現不該有的閒言閒語時，大家已經沒有辦法再互相信任了。如此一來，又怎麼能用盡全力展現出該有的態度呢？彼此猜疑又要彼此相信的境界眞的太難了，當時才十多歲的我眞的做不到。所以我選擇遠離那一切，專心讀書，也才能夠幸運地掛上國立大學的車尾。

「在想什麼？」李子侑冷不防冒出一句。

我拿著纏手用的膠布專心地撕著。「想一些不開心的事情。」

「不開心的事情，就在球場上忘掉。」說完話，他拉掉上衣，換上練球用的衣服。不小心看見這種養眼的畫面，我竟然吞了一下口水。

「好看嗎？」李子侑嘴角噙著笑，唉，竟然被他發現了。

「好……不不，還不錯啦。」眞是的，差一點就把眞心話說出來，結果心一急，纏手膠帶通通黏在一起了。

李先生套上練球用的衣服之後默默走過來，然後默默地拿走膠帶，撕成細細的一條，幫我把右手手指纏好了。正當我不知道該不該臉紅時，他輕輕地說：「膠帶很貴，別浪費。」

「呃，對不起。」

「走吧？」

「嗯。」不知道爲什麼，看見男網的高度突然意識到自己有些壓力。

李子侑上去講了幾句話，其他人馬上很整齊地自動分成兩隊，並且留了個位置給我，而且還跟李子侑站在不同一邊！

開打之後，李子侑每一球都往我這裡過來。我當然也毫不客氣，只要接起來的都大聲喊「嗆司」。只是，眞的太久沒練退步了，有很多次還是接噴回去或彈到八百里遠的地方。

本來很疑惑他幹麼一直打我這邊，到後來場上大家都放開手腳之後，我才恍然大悟，他這樣是爲了讓大家自在一點跟我打球能。因爲男生跟女生打球多多少少會有顧慮，怕打傷了女生或怕用力過猛。打球呢是種氣氛，如果綁手綁腳的，打起來就不會開心。

原來這個人很了解嘛！

從七點走進體育館之後，打了整整三個小時，一直到十點工讀生來趕人，所有的人才依依不捨地開始換衣服。

我毫不淑女地一屁股坐在椅子上，天啊！好累，怎麼回事？才……四年多沒打球，我的體能已經退化到小學時代了嗎？

「吃飯嗎？」李子侑又脫了衣服，我依然很捧場地吞了一口口水。（這是反射動作嗎？）

我本來點頭，後來想想又搖了搖頭。「不吃了。」

「爲什麼？」他頭髮擦乾，換上另外一件乾淨的衣服。

「我很臭。」我討厭流完汗又被風吹乾的那種臭味，應該沒有人會喜歡這種味道的。

「是嗎？」李子侑突然把臉湊近我的臉頰邊吸了一口氣，那瞬間我的動作靜止了。「不會啦，不到很臭的地步。」

這是性騷擾嗎？我愣愣地想著。

「喂，爲什麼你說你認識我？」我們一前一後地走下體育館繞來繞去的樓梯。

「因爲我眞的認識妳。」他的聲音聽起來有滿滿的笑意。

「那我怎麼不認識你？」

「因爲妳……」他話還沒說完，我背包裡的手機就震天價響地叫了起來。十點多，體育館裡只剩下校隊了，各層樓的場地都已經關閉，鈴聲聽起來異常響亮。

我趕緊翻出背包找出手機。「喂？」

「Kiki，妳在哪裡？」是小透。

「體育館。」

「爲什麼在那麼奇怪的地方？」

「跟朋友來打球。」

「我現在從校門口過去，妳在景觀花園等我。」

我看了李子侑一眼，他正用饒富興味的眼神看著我，看得我頓時面紅耳赤。「可是我跟朋友要去吃飯。」

「我帶妳去吃，等我。」

無奈地掛掉電話，把手機放進包包裡，頓時眞想嘆氣，這麼想的同時也確實嘆了一口氣，我眞是個誠實的人。

「男朋友？」李子侑看著我。

我白了他一眼。「小朋友是不懂大人的世界的。不好意思，不能跟你們一起吃飯了。今天眞的很開心，下次有空再一起打球吧。」

「明天啊，明天女排要練球。」

「我得上課。」走出體育館門口，突然有陣冷風吹過來，儘管是九月，但嘉義的日夜溫差很大，我忍不住瑟縮了一下。

「外文系晚上有課？妳要穿我的外套嗎？」

「不用了，你自己穿。我晚上上的不是上學校的課，是去補習班。」

「補什麼？」

「不是我去上課，我是去幫人上課，我教小朋友英文。」

「那不就不能來打校隊？」

「嗯，因爲我每個星期一跟四都要上課。」

「那就來陪男排練吧，我們練星期二跟三。」

「好……我再考慮一下。」差一點因爲今天太開心就要答應了。可是一想到還有那無數的電話測驗在等我，想想還是要謹慎點。

「妳要去哪裡？」過了高爾夫練習場的那個路口，李子侑突然停下來問我。

我指指景觀花園的方向。

「太暗了，陪妳走過去吧。」

聽到這句話眞感動。我一向怕黑，一個人走過去可能會嚇到膽破裂。

雖然是第一次見面，可是不知道爲什麼，總覺得李子侑給我很熟悉的感覺，加上他又說他認識我……這中間肯定有什麼事情我沒有想起來。

我們一路沉默，走到高爾夫球場後面的人行道時，小透已經在那邊抽菸。小小的火光在夜裡特別明顯，當然，菸味也是很好辨認的。

我跟李子侑說了再見，他笑笑地和小透打招呼過後就往回走。

「這誰？」小透抽完菸，菸蒂隨手抛出。

我眉頭一皺，「我朋友啊。妳抽菸就算了，幹麼亂丟菸蒂？」

「妳在生氣？」小透捏起我的下巴。「今天過得不開心？」

「哪有，我今天超開心的。」

「開心就好，要去哪裡吃飯？我帶妳去。」

我也不知道自己有沒有生氣。小透丟菸蒂的剎那，我是因爲那菸蒂，還是因爲看見李子侑走了，所以覺得煩躁呢？

在回家路上，我忍不住一直想：李子侑沒說完的答案是什麼？

我們以前認識嗎？

4

這幾天因爲李子侑的事情，有時候晚上會突然胡思亂想起來。想起衣櫥裡收藏的那些信件，想起過去的事情，有時候會忍不住把李子侑跟過去連結在一起，難道會是這樣嗎？

世界上會有這麼巧合而幸運的事情嗎？

但現階段似乎不適合胡思亂想，可惡的文學史老師一直打斷我的思緒，叫人家怎麼好好回憶啦！

「所以十九世紀的英國文學著重的是什麼？在工業革命這樣巨大的衝擊之下，中產階級跟貴族們的生活有什麼變化？」爲什麼外文系要修文學史啊？所謂的歷史不應該是歷史系的事情嗎？爲什麼我來到外文系還要修歷史？

我一直躲一直躲，最後還是躲不過修文學史的命運，本來以爲學分制修改過後可以少修兩個文學史的學分，想不到我們這屆不適用新制！

昨天晚上被小透拖出去喝酒，奇怪，爲什麼失戀非得喝酒不可？搞得醉醺醺，一個不小心還吐了個稀里嘩啦眞的會比較好嗎？

強烈推薦失戀時要來讀一下十九世紀英國文學才對。

讀完之後，就會覺得失戀眞是小事，跟工業革命這樣巨大的浪潮比起來，失戀簡直就是一滴小雨，消失在浪裡，連聲音都聽不見。

昨晚坐上小透的車之後，跑去了嘉義唯一一家錢櫃，小透在包廂裡面喝到不行，我還得負責唱歌來暖場，不然畫面上會一直跑出「請點歌」的字眼，服務生也會進來請我們多點歌，然後看見小透如流氓般的眼神，就會再默默退出去。

就這麼喝酒、冷場、唱歌、冷場循環到了三點，打完球之後，渾身臭得要命又累得要死，又在這邊做這些毫無意義的事情，我再也忍不住了。「我要回去。」

「妳唱歌很好聽，我想聽妳唱歌。」小透臉頰紅紅的，眼神迷茫。

「可是我想回家。」失戀這種戲演得太久太頻繁，就跟狼來了一樣，聽久都會麻木的。從大一到現在這麼多年，在感情這條路上，小透眞的是學不乖。

「不能晚一點嗎？」小透按著點歌鍵盤。「我喜歡聽這首歌，妳唱給我聽。」

「我不要！我現在就要回去！」不知道爲什麼，突然很想生氣。這算什麼？奇怪，我的時間都不是時間嗎？爲什麼非得浪費我的時間不可？

拿起包包，我沒多想，就推開門怒氣沖沖地走出包廂。

但是……半夜三點的嘉義市，我一個人要怎麼回去呢？

我站在電梯口，不知道要搭電梯下樓還是回包廂去。結果小透走了過來，她的頭髮全是濕的，水珠滴滴答答地掉，連衣服也都濕漉漉的。「我帶妳回去。」

我賭氣不說話，跟著小透默默結帳。我拿出皮夾想付錢，又硬是被小透塞回包包裡。

後來我們什麼也沒說，我不去多想爲什麼她會滴著水跑出來，更不敢想她酒到底醒了沒有，最後一路飆車回我住的地方還活著，眞是感謝老天爺。

回到可愛的單身小套房，我迫不及待地洗個澡，泡杯暖暖的牛奶。本來想邊喝牛奶邊看日劇然後睡個好覺，結果根本來不及喝就昏死在床上。再醒來，已是陽光普照的中午，不小心就蹺了兩堂課，老師我對不起你。

吃過午飯之後，爲了維持好學生的形象，我特地來上課，但是這種可怕的文學史跟我實在沒有什麼緣分，爲什麼工業革命跟文學有關係，爲什麼外文系不是學學外文就好了？日文課多美妙啊對不對？這個問題我到現在都還搞不清楚。

「Kiki，妳認爲工業革命影響了文學哪方面的發展？」老師突然欽點我回答問題。

我一瞬間呆住，只好憑藉著無比的常識……跟勇氣亂掰一通，「因爲工業革命的快速進展，使得中產階級異軍突起，所以文學轉向了實際的層面……」

講到後來我根本也不知道自己在講什麼，我相信老師也聽不懂我在講什麼，因爲他聽完我說的話之後，就摸摸鼻子，用一種狐疑的眼神看著天花板，然後點了另外一個學妹。

好不容易熬到四點下課，我五點要趕到嘉義市，這中間還要回家放下上學用的書包，換背教學用的書包，飛車到嘉義市上班。

走進補習班，跟專職的老師們打過招呼後走到我的位置上，準備今天要上課的內容。專職教務老師Annie突然走過來，「Kiki，這個月的橘綠卡我剛剛看過了，有幾個地方要再改一下，這邊是要修改的，妳看一下。另外，妳的電測要記得趕快做完喔，妳班上今天有個Eric要請假，媽媽剛剛打電話來說他生病了，妳再跟孩子約補課時間。」

「好。」我認眞地看著要修改的地方，橘卡是電話測驗紀錄，綠卡是出席畫記跟各項成績登記紀錄，每次升級都會換一張新的，然後很奇怪的，很快就會畫到第二十四堂課，不知道爲什麼，時間過得好快。

「要畢業了吧？」Annie拍拍我。

「還沒啦，還有半年多啊。」

「加油啊，如果有什麼問題再來找我。」

「好，謝謝。」

在這個地方也兩年了，看著一些老師來來去去，而這個小小的地方依然充滿了人情味，大家互相支援。家長抱怨時，大家也都會一起幫我處理。如果沒有這些同事，不知道自己能不能撐過這些日子。

所以一路走到現在，心裡充滿感謝。

「老師，Frank在教室跟John吵架。」

「老師，剛剛Tony打翻水，教室淹水了！」

千萬不要以爲這是突發事件，只要學生來到，這種打翻水、互相告狀的事情層出不窮，每個星期一和星期四都有好多精彩好戲會不斷出現，有時候會覺得這些孩子是怎麼了，到底爲什麼不能安靜坐好？他們身上是不是都有一種寄生蟲會逼得他們非得站起來或扭來扭去不可？

後來認眞地問了我媽關於我小時候的種種行爲，聽完之後，我深刻地明白果然小孩子這樣是正常的。跟我小時候比起來，他們都算乖的啊，哈哈。

「Hello, everyone!」我走進教室，學生們都已經準備好聯絡簿在等我了。

「Hello, Teacher Kiki.」小朋友們很可愛的一點，就是他們永遠都會用活力充沛的聲音跟你打招呼，讓人一聽就覺得眞有元氣。

有時候，走在校園裡碰到認識的人，我會拿出平常上課的習慣大聲地說哈囉，可是經常換來一個淡淡的眼神，淡到令人想吐血。

果然人愈長大，就會失去愈多東西嗎？

有時會想，或許在那裡工作除了爲錢之外，還有一個重要的原因，就是那邊讓我感受到溫暖。一個招呼，一句問候都充滿了元氣，那是一種可以讓人鼓起勇氣的因子。

在孩子身上看見的熱忱，是非常眞實的快樂與感動。

「Are you ready for the test?」

「Yes, we are ready!」

看著他們，突然有陣眼淚想要飆出來。

爲什麼人愈長大，就會變得愈冷淡？

我們能不能即便是長大了，仍然保持小孩時候的熱情？能不能不要失去那些曾經有的執著？

甩甩頭，丟掉這些奇怪的念頭。還是專心上課吧。

「Do you like to play games?」我大聲地問，臉上的笑容硬是把眼淚趕回家去了。

沒時間傷感的，我告訴自己。

過去的回憶不管再怎麼深刻，都已經是過去了。
現在的自己，無論如何，是沒有辦法和過去相遇的。

5

上了四個小時課之後，我癱在椅子上。星期四是最累的一天，四小時都是我主教。我們上課方式是這樣的：每週兩天，一天是外籍老師上課，另外一天是中籍老師（就是我）上課，當然全程是要用英文教學的。

一天講四個小時，還要加上各種不顧形象的動作，說真的，四小時結束真的快趴下。

做了幾通電話測驗發現已經十點多，我看學生們大概都睡覺去了，而且再不回家的話，等一下騎車會嚇死。從嘉義回民雄的路上實有是有點恐怖，更何況，這麼晚了我又超怕黑，根本不敢抄捷徑走小路。

打卡下班後一看手機，有幾通不認識的號碼，我都一一刪除掉。不認識的號碼千萬不要回撥，你知道的，現在詐騙集團實在太恐怖了，連電話都可以偽造。之前新聞才報導說有人回撥了，結果收到好幾千元的帳單，實在是太黑心了。

咦？還有幾通是小透打來的。

小透……

想到昨天的事情我就不想回電話給她，最近老是覺得小透怪異得很，以前失戀了不起喝個酒抱怨一下，或是飆車去東石布袋吃個海鮮看個海罵罵髒話就好了。但這陣子幾乎每天都在喝，常常喝到天亮，我哪有那麼多生命可以陪她喝酒。

等一下萬一又找我喝酒，肯定又要不歡而散，唉，朋友偶爾也要休息一下，就當我沒看見這通電話好了。

下定決心之後，我毫不留戀地把手機收好，把包包塞進車廂。

雖說是夏天，但晚上騎車時即使穿著擋風的薄外套仍然有一點冷意，是因爲我怕冷嗎？

媽媽說我是夏天生的孩子，所以特別怕冷。

回到家，用最迅速的速度洗完澡，看看鐘已經是十二點了，我的報告跟作業現在才要開始呢。

順手打開電腦，ＭＳＮ登入之後發現有人加入我。

「誰？」我的ＭＳＮ聯絡人少得驚人，幾乎是大學同學，而且大部分都是有活動才會找。當然，幾個好朋友每天都會哈拉一下啦，不過經常聊天的不超過十個。我朋友好少，嗚嗚。

才剛按完同意，對話的視窗就彈出來。

「哈囉，剛下課嗎？」

「對啊，你是？」通常不知道對方是誰時，我會一律採用詐騙集團模式應對。

「我是那個球打得好又很帥的李子侑。」還不知恥地附上一個大笑臉。

「是嗎？我是認識一個李子侑，不過條件不太像你描述的，我開始懷疑你是詐騙集團，請提供更多的證據證明你是本人。」

「哈哈哈。」

從一個爽朗的笑聲開始，我們聊起了很多很多事情，一開始的話題當然是跟打球有關，像是打了多久之類的，後來就東扯西扯地地聊了一些。他才大二耶，果然是個稚嫩的孩子。

「那妳明天有空嗎？」

「什麼時候啊？明天下午要上課到四點。」

「好啊，那六點體育館見。」

「練球？」

「對啊，明天我們練球。」

「好啊，可是我跟著打球，又不是校隊的人，這樣好嗎？」

「沒什麼差啊，只要有人跟我們練都好，更何況妳有經驗，打得比一般人好，我們沒損失。」李子侑講起話來總是一派輕鬆的樣子。

「謝謝你的賞識喔。」

「還好啦，想必積穗國中跟北一女給妳的訓練很紮實吧。」

看到這兩句話，我整個停住了。

我沒有對別人說過我以前在哪裡打球啊，爲什麼李子侑知道？

爲什麼？

那一瞬間，有種很恐怖的感覺從我的心臟蔓延開來，手上也冒出了雞皮疙瘩。

我不知道該怎麼說，只好立刻離線，爲什麼他會知道這些事情？

望向衣櫥，難道這些過去眞的會一起來到現在嗎？

還記得從國中開始打球，記憶中總是累得要命的。在陽光下練球，一次又一次地扣球，一次又一次地封網，每天回家連樓梯都快要爬不上去。

練體能的時候更是恐怖，每天跳樓梯跑樓梯，常常不是練到摔下樓梯，就是跑去廁所吐，後來一看到樓梯都很不舒服。

高中之後比較不那麼嚴格，但發生了些不愉快的事情，讓輕鬆打球的地方變得有如煉獄。那樣的經驗，使我明白人跟人之間的關係是比任何東西都更嚴苛的訓練。跳不高可以練，跑不快可以練，可是跟人相處這種道理是不能苦練的，沒有方法可以練，也不會有效果，所有的解釋都只會讓事情變得更糟而已。

日後，我碰到事情時也習慣了沉默，說出了眞心話並不會讓事情變得更好。

唉，想這些不開心的事情做什麼。

胡亂地瀏覽著網頁新聞，腦子裡卻還是紛紛擾擾地亂成一團。

「げんきにだそう いいおとだそう……」

此時，電話在背包裡響了起來。

是小透。

盯著手機不知道該不該接起來，有時候來自朋友的壓力也是很無奈的。

6

我終究還是接起手機，想想她自己一個人也怪可憐的。

「對不起。」小透低低地說。

「我是沒什麼關係，不過，妳真的確定妳要一直這麼過下去嗎？」我們坐在文學院前面的椅子上，微涼的夜風吹過來，不論心情多壞都會慢慢平復下來。

我對失戀沒有什麼太大的體悟，上大學時，也想過要談戀愛，也喜歡過別人，但是這些感覺到最後都不了了之，不是喜歡的人有了女朋友，就是喜歡我的人我沒感覺。

還是忍不住想起了很久以前的夏天，每天放在抽屜裡的信件。

那些信件們現在躺在我衣櫥裡，被小心保存的回憶，算是戀愛嗎？

「我也不想。」小透今天倒是沒抽菸也沒渾身酒味地出現，而且一反往常地騎車很慢，眞是不太像她。

「妳知道嗎？我看過一本書，忘記書名了，可是裡面有一句話我永遠都記得，就是所有的事情都是你自己可以選擇的。」我開始想起一些不好的回憶。「很多時候，我們都會覺得好痛苦，好像永遠都不會好起來了，可是那也是一種選擇，是自己選擇要讓自己那麼痛苦的，其實還有其他的選擇，只是你選擇了要讓自己那麼痛苦。」

「好像繞口令喔。」小透笑了起來。

「雖然乍聽之下有點強詞奪理，可是想想也有道理不是嗎？生活中很多事情都可以選擇要或不要，就像有人跟妳告白，妳可以選擇拒絕，傷心也是，難過也是，妳都可以選擇拒絕。」

我看著小透，她正用一種狐疑的眼神看我。「我說Kiki，妳最近是心海羅盤看太多了嗎？怎麼講出這種乍聽很華麗，實際上卻沒有什麼道理的東西。」

「心海羅盤是什麼？」我瞪小透一眼。

「其實我也不知道自己在難過什麼，說眞的，分手倒還好，反正一年到頭在分手，也還滿習慣的。我難過的是有一種到達不了的感覺。」小透慢慢將手握成拳。「我希望自己可以找到長久安穩的伴侶，可以一起分享心情，好的、壞的、有趣的、無聊的都可以，就算我們只是坐在家裡什麼也不做，就能覺得開心。可是我找不到，所以好沮喪，爲什麼不能有一個人願意這樣陪著我。」

「妳……不覺得這樣的要求，很自私嗎？」我慢慢地，一字一字說出了口。

「很自私沒錯，可是那些女孩子要求我做的事情，又何嘗不是爲了她們自己著想呢？既然她們也希望我怎麼樣怎麼樣，爲什麼我不能有自己的希望？我也希望不要老是出去認識她的朋友，老是唱歌跑夜店看電影，爲什麼不能跟妳一樣，只是晚上出來逛個校園聊聊天呢？」

「在網路上認識的人不就是那麼回事嗎？」我今天嘴巴眞是壞，控制不住地把實話都說出來了。「沒有眞的相處過，只看照片聊聊天眞的能適合嗎？眞的會有眞愛嗎？」

「應該會有吧。」

傻子，對付這種傻子到底有什麼方法可以用呢？爲什麼小透的感情觀念會這麼扭曲啊？

「妳知道那種迫切需要一個擁抱的感覺嗎？」小透的眼神看著遠處的路燈，因爲早晚溫差太大，深夜的校園裡開始有點霧氣，燈光看起來朦朦朧朧。「那種覺得自己好孤單，希望能依靠在某個人懷裡的念頭出現時，我需要有個人提供擁抱，那怕只是暫時，那怕不是眞心，我只是害怕一個人。」

「一個人不好嗎？」我看著小透顫抖的側影，「一個人有什麼不好的？想去哪裡就去哪裡，想吃什麼就吃什麼，想睡就睡，想玩就玩，這樣的生活不才是最自由的嗎？」

「妳都不害怕一個人的時候，從四面八方包圍過來的寂寞嗎？寂寞的感覺就像異常寒冷的冬天，缺少了一個人的體溫那種感覺。」

這……還眞是好難體會的感覺。

「Kiki妳談過戀愛嗎？」

「有……吧。」我遲疑了一下，那應該是戀愛吧？是嗎？

「妳那時候會覺得每天都想擁抱他，每天抱著他入睡嗎？」

「應該沒有……吧。」突然覺得一陣燥熱，回想起當時的情景。那時候還是國中生，腦袋裡還沒有想到什麼抱著睡覺的事情，但是……好像眞的想過要抱著男生試試看。

「那算戀愛嗎？」小透冷哼了一聲。

「應該……算吧。」我回想著那時候的一切，時間久遠，記憶也變得模糊了，當時的我跟他……

記得那時候爲了九月的永信盃，在室外場地練球適應天氣跟太陽。我每天都期待著，當我練完球像狗一樣又累又髒地回到教室裡，會看見抽屜裡放的那封信。

信裡面總是寫著我當天練球的狀況，像是「發球不太穩喔」、「在後排接球時要看清楚前排封網的人手的位置」等等的話，也會有許多鼓勵的話語，想必都是在我練球時邊看邊寫下來的。有時候練完球會想：現在衝回去教室，會不會遇見正在放信的他，但是又覺得保持這樣的神祕感很讓人期待。

有時候，他也會回答我前一封信裡問他的問題，我把煩惱說給他聽，他把他的意見講給我聽。

回信時，我總是將我寫的信放在抽屜中，練完球回來，我的信就會消失，換成他的信。雖然現在想起來覺得自己當時眞是天眞幼稚好單純，但對當時的我來說，這是一種神祕的浪漫。

放學後的信件內容開始慢慢地延伸，從練球的狀況到最近的心情，很多不想對別人講的事情，我都會在夜裡，一字一句地寫在信紙上給他。他會在我傷心難過的時候安慰我，在我開心的時候陪我開心，語氣總是非常溫柔，也很中肯

這麼一來一往地通信，一轉眼就到畢業季，互相通信的我們，卻一次也沒有見過面，更沒有留下彼此的聯絡方法，只記得最後一封信他寫著：「我好像愈來愈喜歡妳了，妳也喜歡我嗎？」

那封信我沒有回他，然後我就畢業了。我們再也沒有聯絡過，也聯絡不上，對方像是就這麼消失了一樣。

我不知道自己為什麼不敢回信，大概是因為自己就要畢業了，而且當時我對自己非常沒有信心，每天練球，男人婆般的髮型、粗壯的身材、黝黑的皮膚，我自己都覺得自己是男生，萬一見面時，對方一看到我就大哭跑走怎麼辦？雖然他每天看我練球，但是那麼遠會不會是認錯人了？好啦我知道我想太多，可是當時就覺得可能沒希望，所以儘管被告白了很開心，仍然讓機會就這麼消失了。

畢業之後，我的位置也已經換成學弟妹的座位，總不能再去抽屜裡放信吧，要嚇死學弟妹嗎？

然而珍貴的回憶總是讓人捨不得忘記，這些信件我到現在都還放在宿舍裡。當初要來嘉義讀書時，我媽還問說帶這些東西做什麼，我告訴她，這些信件可以陪伴我度過一個人在異鄉的時光，難過的時候拿出來看一看，心裡就會很溫暖，即便到現在，每當被學生家長罵了，心情不好時就會拿出來看一下，那就像是我精神的OK繃。

只要心裡出現傷口，就拿出信來讀。現在回頭看那些信件，會覺得年少時的煩惱好微小，但是那些溫暖的鼓勵跟支持一直都是最好的心藥。

那應該是國中練球的男子漢生活中最珍貴的粉紅色回憶。

當時他在信的最後都會寫上一個「木」字，充滿詩意的我當然也要回他一個字的署名，後來我就寫上「水」。現在回想起來眞的很幼稚，不過當時我只是個國中生而已，也很難有什麼成熟表現吧。

每次想到木，心裡都暖暖的想要微笑，如果他現在出現在我面前，不管他長得是圓是扁，我都一定要跟他告白，然後交往……嗯好吧，如果長得太圓太扁就當好朋友。

「自己一個人傻笑什麼？」小透的聲音突然出現在耳邊，我抖了一下。

「沒什麼。」這麼蠢的故事，說出來肯定要被小透看不起。

「Kiki，如果我說我喜歡妳，妳會怎麼回答？」小透突然蹲在我面前，用認眞的語氣問我。

「謝謝？」我想了一下，勉強說出這兩個字。

「我可以喜歡妳嗎？」

「哪一種喜歡？朋友的可以啦，談感情的就不必了。」

「爲什麼？」

「感情這種事，合則來不合則去，哪有爲什麼。」

「那，妳可不可以……每天給我一個擁抱？」小透拉起我的手，緊緊地盯著我。

我頓時心臟漏了一拍，心裡忍不住想著小透眞是帥，然後不自覺地說出：「好……」

「那就這麼說定了喔。」小透笑了，然後突然將我緊緊地抱住。難道她都不害怕我一身的臭汗味？

小透的臉靠在我的肩上，我聽見她對我說：「謝謝妳。」

很長的一段時間後，小透抬起頭來，拉著我往停車的方向走過去。其實小透除了脫掉衣服之後是個女生之外，平時光看外表根本不會發現她是女生。難道這是我長年以來都沒人追的原因？因爲小透這樣看起來就像是我男朋友？

夜晚的校園眞的好迷人，難怪情侶們都愛半夜來學校散步，不過除了文院到噴水池這一區之外，我還眞不敢往別區走過去。上次跟李子侑打完球快十點，體育館那邊已經沒什麼人了，高爾夫球練習場的燈關掉後就黑漆漆的，感覺很像隨時都會有阿飄跑出來。

從小到大不知道爲什麼就是怕黑，到了黑漆漆的地方整個人就沒了膽子，手腳發抖，連個話也說不好。本來想說來中正念書肯定一天到晚都要心臟病發，但說也奇怪，經過這個陰森森的環境訓練之後，這毛病反而沒有以前嚴重，我想這就是「如入鮑魚之肆，久而不聞其臭」。

想到李子侑，心裡面還是有一個大大的問號，想起那天他沒說完的話，心裡就更悶，他到底爲什麼會知道那麼多事情？

「Kiki？」小透拍了一下我，眼神充滿疑惑。

「什麼？」我嚇一跳。

「我問妳，我們應該每天的什麼時候抱？」

「還眞的喔！妳要害我被妳眾多的前女友拿刀追殺嗎？」我白了她一眼，這什麼鬼問題，而且……跟小透擁抱？怪怪的吧。

不知不覺，我們走到了從來沒來過的工學院。工學院不愧是校內最拚的科系，每間研究室都燈火通明。「Kiki，妳爲什麼會答應我？」

「因爲我還沒說完，我想說的是好……嗎？」

「妳又沒損失。」

「我損失可大了，搞不好我沒男友都是因爲妳。」

好不容易走回橋上，涼風徐徐吹來，突然想起今天是學生們的第十二堂課，再一個多月就要成果發表了，但是我到現在竟然還沒有把劇本跟節目單排出來！還要練習呢！天知道這些小猴子們要花多久時間背台詞記舞步！

「啊！」我大叫。

小透停下腳步。「幹麼？」

「回家回家，我得回家。」我趕緊往小透停車的地方跑，小透不明究理地跟著我跑得氣喘吁吁。到停車場，我立刻逼小透發動車子載我回家。

到家之後，我跳下車子就要往房間衝，被小透一把抓住。「妳是怎麼啦？」

「大事！大事！學生要表演了，我竟然忘記這件事，也沒人提醒我，我要回去排節目排劇本。」我本來天性就比較容易緊張，這下子沒準備，到時表演如果開天窗就好笑了，我在家長心目中的地位會就此蕩然無存。

「好啦，別緊張。」小透摸摸我的頭。「還有時間，快去吧。」

揮別小透，我衝上樓打開電腦，拿出行事曆核對，果然再兩個月就要表演，現在開始排不知道會不會來得及？

打開檔案，準備開始輸入節目單跟劇本時，MSN的視窗跳出來在畫面上閃啊閃。

哎唷，這時候是誰，正值危急存亡之秋哪！

打開視窗一看，是李子侑。「怎麼這麼晚了還上線？」

要不是心裡面有根刺扎著我，讓我不吐不快，我想我應該不會犧牲成果發表會來換他的答案。正因爲今天剛好想到這件事，又剛好他自投羅網送上門來，所以……

「你爲什麼知道我那麼多事情？」我單刀直入地問，拐彎抹角不是我的風格。

「木，和水。」

看到這三個字，渾身的雞皮疙瘩都站起來。

「你是誰？」我想，今天應該是個無法入眠的夜。

「我是李子侑，木子李，孔子的子，人有侑。」

這豬頭，什麼答案嘛，還打了個大笑臉！

「終於又見到妳了。」我的視窗裡出現了這一行字。

看著這一行字，眼淚突然無預警地掉下來，連我自己都不知道爲什麼。

坐在電腦前，螢幕上的字都變得好模糊。

「你是木嗎？」我用顫抖的手異常艱難地打出這些字。

「是。」

過去，來到現在了。

7

天空微微亮起，鄉間不知名的鳥兒嘰嘰喳喳地叫著。

揉了揉酸澀的雙眼，照照鏡子，眼睛裡紅通通的都是血絲，證明熬夜之後雖然人生會變成黑白的，但眼睛會變成彩色的。

李子侑就是國中時跟我通信的傢伙？也就是……我的初戀情人？媽啊現在把他跟這幾個字連在一起怎麼覺得有點噁心？

我國中的時候一定是個很容易騙的孩子。

李子侑說因爲他國中時非常非常害羞（他昨天打出這句話的時候，我一直懷疑跟我在MSN聊的不是他本人），所以都不敢跟我說話，加上當時我已經國三了，他才國一，他覺得沒有希望，只想在暗中幫助我。

所以他去圖書館惡補了《排球教室》、《基礎排球》之類的書籍，並且去網路上看了很多世界女排大賽的影片，從中學習各種排球技巧跟知識，希望成爲默默支持我的力量。

之後，他就在三樓教室就窗邊看我練球，邊看邊幫我找出應該加強的地方。天啊，他當時眞的很閒，國一都沒有課業壓力嗎？我以前練球是每天下午四點到七點，比賽前練到八點、九點也是常有的事，反正就是練到像條爛抹布一樣癱在地上，教練就會放我們回家。

「我覺得，妳變了很多。」李子侑這麼說。「頭髮長了，人也變漂亮了。」

看見這句話，我臉火辣辣的，好像剛在空氣不流通的地方吃完麻辣鍋的反應。

昨天其實沒有聊太久，李子侑就趕我去睡覺，他說今天要打球不可以熬夜。

關掉電腦，我腦子裡面一直有那些畫面跑出來，當年我練球時，他是用什麼樣的心情在看著我？

現在呢？現在他又用什麼樣的心情跟我聊天？

那些信的內容又開始陸續浮上心頭，想起前兩天自己說如果現在遇見他一定要跟他告白然後交往，現在一想，眞是無地自容。

他說國中畢業之後打聽到我考上北一女的消息，不過後來他自己也忙，加上他的學校離我的學校很遠，所以後來就幾乎沒有我的消息……

「而且我升上高中長高很多，也練了身體，突然之間變得很受女生歡迎，就忘記妳的事情了。」這是昨天李子侑一字一句打出來的。「當時可忙了，每天去補習班都有不同的女生要我的手機號碼，晚上回家手機都響個不停，電腦一開機就好多訊息。」

「恭喜你。」我突然想關掉視窗，專心排小朋友的表演節目了。還是把時間拿去做有用的事情比較不會浪費。

「這些年來，妳過得好嗎？」

昨天的對話就停在這個問題。我草草回答說還要趕著備課下次再說，但心裡面充滿了許多的酸澀。

這些年過得好不好，嚴格來說是好的，畢竟努力過，也有些收穫。

但總是覺得缺少了些什麼。高中的時候曾經喜歡過人，也被喜歡過，最後卻都沒有發展的機會。好不容易上了大學，以爲美好的生活就要展開，但現實是殘酷的，讀書跟賺錢塞滿了所有的時間，幾乎所有系上或班級的活動我都沒有辦法參加，漸漸地也只剩下幾個聊得來的朋友。說孤單也不孤單，說過得好，好像又有點差強人意。

有點雞肋般的生活吧，我想。

說不期待愛情，應該也是個令人心虛的答案。可是一直過著趕來趕去忙得要死的生活，星期一、四要上課，不上課的時間爲了節省電話費還是去補習班做電話測驗，有時候跟小透吃個飯也就是全部了。忙碌歸忙碌，眞的靜下來時，自己其實也不知道該做什麼，常常一個人開著電腦傻在那裡。

想到最後，那個問題一直出現在我腦海裡，只要閉上眼睛，就會化成各種字體在眼前像螢幕保護程式一排一排飛過去。

妳喜歡我嗎？

這麼多年之後我才想回答這個問題，還來得及嗎？

看看時鐘，已經是七點半了，距離早上的第一堂日文課還有半小時。也不知道爲什麼，都大四了，竟然還有折磨人的第一堂課。當初也是掙扎了很久才選，老師硬是要開在八點，眞是一點辦法也沒有。

在牙膏上擠滿牙刷，看涼颼颼的感覺能不能讓頭腦清醒些，別再胡思亂想。

正當刷了滿嘴泡沫時，手機響了，肯定是小透心血來潮突然想吃早餐。我胡亂找到手機，按下通話鍵。

「Hello，粗早餐咩？」我不清不楚地問著。

「好啊。」電話對面傳來男性的嗓音。

把電話拿遠一看，不得了！是李子侑！我嚇得趕緊把電話切掉丟到棉被上。

還以爲這時間除了小透之外沒人會發瘋打給我，趕緊把牙刷好，隨便洗個臉衝出來，再拿起手機仔細看一下已接來電。果然是他，不是我在作夢，也不是一大早有人打錯電話。

按著按著，電話又響了，還是李子侑。

「喂？」我心虛地接起來。

「爲什麼掛電話？」

「因爲正在刷牙，所以……」

「會不好意思？」

「嗯。」

「妳剛剛約吃早餐，我答應了，所以現在我出發去接妳，五分鐘後到樓下等我。」

「你知道我住哪裡？」

「不知道，所以快點說。」

五分鐘後，我穿戴整齊到樓下，四下張望並沒有發現李先生的蹤影，於是踢著石頭往早餐店方向前進。由於我就住在正對學校不遠的地方，有時候不趕時間也會走路上學。不過不趕時間的情況很少。

「叭叭！」後頭突然傳來汽車喇叭聲，回頭一看，李子侑正從車上探出頭。

「上車吧。」

我默默坐上車。「早安。」

李子侑偏過頭看我。「幹麼這麼拘謹？」

「我也不知道。」我囁嚅著。

「我們應該算是很熟的老朋友了吧，沒關係，我會給妳時間。」他開著車往民雄方向前進。

眼看著我們離學校愈來愈遠，我忍不住開口問他，「要去哪裡？我八點有課。」

「妳要上課嗎？還是跟著我去一個地方？」李子侑專注地看著眼前的路，嘴角笑盈盈的。

「不是只要吃早餐嗎？」

「可是我更想帶妳去一個地方。」他又偏過頭來看著我。「妳會喜歡的。」

進退維谷啊，是最愛的日文課呢？還是神祕不可知的驚喜呢？猶豫了好一會兒，眼看著李子侑已經開到省道前的便利商店。

「我……要去上課。」

李子侑看了我一眼，他的表情，讓人猜不出他心裡在想什麼。突然，車子來了個大迴轉。

「也好，那就去金品吃早餐吧。」

「下次！你說要去的地方，我們下次再去吧。」我很怕這機會轉眼間又不見，語氣也著急起來。

「沒關係，我都等妳那麼久了。」他只淡淡地這麼說，我的心裡卻一震。

不得不承認，面對這樣的話語，我其實是有點害怕的。

8

「下課後，打個電話給我？」李子侑送我到學校之後這麼說。

我點點頭，就往教室的方向走過去。荷花池現在好污濁，想起以前剛來的時候裡面還有可愛的小魚，但現在已經面目全非，短短幾年，就將「人事依舊，景物全非」的場面詮釋得淋漓盡致。

兩小時的日文課對我來說總是飛快的，果然日文跟英美文學史是完全不同的兩個世界，有天堂地獄的差異。

剛走到文學院門口，背包裡就傳來震動。我趕緊飛快地翻出電話，手忙腳亂地接起來。

「哈囉，剛下課，等我一下。」

「等妳幹麼？」電話那端傳來小透的聲音，我一愣。

唉，今天怎麼老是發生這種錯把馮京當馬涼的烏龍事件。

「沒事，我跟朋友約好等一下要出去。」

「哪個朋友？我認識嗎？」

「妳看過吧，就那天一起打球的學弟。」

「去哪？」

「我也不知道。」

「不知道？」小透的聲音開始提高：「這樣妳還敢跟人家去？」

「我跟學弟認識很久了。」

「有多久？三天那麼久？」

「小透，妳在生氣什麼？」我悶悶地問。

電話那端沉默了一陣子。「我沒有生氣，那是妳的自由。」

然後，小透竟然掛電話了！

在我看來，掛電話是非常沒有禮貌的舉動，那讓我感覺不被尊重。話都還沒講完，怎麼可以沒有說聲再見就把電話掛掉？

我死盯著電話，手指停在通話紀錄畫面上，考慮要不要撥回去罵小透。一方面覺得自己打回去罵人很幼稚，另一方面，就是有股氣悶著不吐不快。

「妳跟手機有過節嗎？」耳邊突然傳來子侑的聲音。

抬起頭，發現子侑站在身邊，用饒富興味的眼神望著我。

「沒有啊，怎麼了嗎？」我心虛地把手機塞進包包裡。

「那妳爲什麼站在這裡動也不動，用殺人的眼神盯著手機？」

「應該是你眼睛有問題吧，我明明是認眞地在找你的手機號碼想要打給你。」

「這樣喔，那我應該要很感動才對。」

「沒錯。」

「妳今天沒課了對吧。」

「嗯。」我點點頭。

接著，李子侑突然牽著我的手往前走。「那走吧，我帶妳去冒險。」

等一下，李子侑先生不是才大二嗎？「不對，你都不用上課嗎？大二不是應該很忙嗎？」

「是挺忙的，我今天有六堂課外加練球。」李子侑繼續拖著我往停車場的方向走，我心裡開始掙扎，六堂課耶！拜託，平常蹺兩堂課我都心神不寧了，怎麼可以害人家蹺六堂？

「不去不去，你去上課。」

「妳現在是在擔心我嗎？」李子侑停下腳步回頭看著我，嘴角啣著一抹奸笑。

「我……只是怕你到時候被當了會怪我。」

「放心吧，自己的事情我很有分寸的，走吧。」

搭上李子侑的車，我心裡既驚喜又害怕。驚喜的是，原來以為只能留在信裡面當成回憶的人在現實生活裡出現了；害怕的是，這種驚喜讓人有說不出來的不安感受，像是突然看見只在書裡看過的吸血鬼活生生站在自己眼前，期待又恐懼。

好啦我知道比喻得很爛。

這一路上，我們沒有刻意聊些什麼，有一句沒一句地答腔，沒話說時也不覺得尷尬，靜靜地看見路旁的景色從眼前閃過也很享受，不知不覺從民雄經過新港，來到布袋。

不知道什麼時候，子侑開了窗，海風的鹹味悄悄地鑽進鼻腔裡。近午時分，十月分氣溫還是過分地偏高。

突然想起了高中時候去過基隆海邊，那是完全不一樣的感覺。基隆的海是灰色的，海水不太透明，就連海風裡也有種工業味。

車子突然停在路邊，子侑下車之後拉開我這一頭的車門，抬頭一看，是鹽山耶！好有趣喔！

「走，我們去爬。」李子侑拉著我往前跑。

「可是四周都圍起來了耶！」

「爬進去啊！」

愈走愈近，才發現四周矗立著告示牌寫著些什麼。我認眞一瞧之後趕緊停下腳步，「這裡寫禁止攀登耶！」

「管他的。」李子侑跳上石牆，伸出他的右手。「Do you trust me?」

聽到這句話，我像被雷打中一樣，他還記得這些？都幾年前的事情了，我以為只有我自己記得。

小時候，我很愛看迪士尼卡通，從《小美人魚》開始，還不太懂英文就跟著歌亂唱一通，還買原聲帶在家裡一遍又一遍地聽歌看歌詞。後來，《阿拉丁》上映，我還特地把存下來的零用錢拿去看電影，裡面阿拉丁對茉莉說：「Do you trust me?」這幕讓我印象超深刻，於是就把這份感動寫在信裡告訴了木，想不到他還記得。

這種幼稚的事情，我自己現在想起來都覺得很丟臉。

「你記得喔？」我伸出手，搭在子侑的手上。他一用力，就把我拉到足足有半個人高的石牆上。突然間，我們的距離只剩下一點點，近到可以聽見他呼吸的聲音。我趕緊甩開他的手，

「那個……你先爬上去吧。」

李子侑看了我一眼，沒說什麼，三步併兩步地往上跑，沒多久就衝到鹽山上坐在那裡。

我慢慢地往上走。雖然看起來只是座小小的鹽山，但坡度不太好走，走到一半我往後看，腿突然間有點軟，腳步一個踉蹌就往下栽倒。我只感覺到自己不斷地滾著，然後撞到某種東西停下來，眼前一片黑。

「凱淇！凱淇！」有個聲音非常大聲地衝進我耳裡，「沒事吧？頭會暈嗎？有沒有覺得哪裡痛？」

搖搖頭，我被扶起來，這時候才感覺到痛。「小聲一點，你要害我聾掉嗎？」

「妳哪裡痛？還好嗎？看得見嗎？」他把音量降低之後我才發現他的聲音在發抖。

驚嚇的感覺過去之後，我慢慢移動身體，轉轉手臂動動腳，也才慢慢意識到自己應該沒有傷得很嚴重，只是右手因爲直接在鹽山上摩擦，有一大片血跡斑斑的擦傷，褲子也磨破了。

「我還好，沒什麼大礙，擦傷而已。」

「妳確定？」李子侑一下子摸我的頭，一下子摸我的手，很著急地檢查著。

「李子侑，你再這樣亂摸我要告你喔！」

話才剛說完，李子侑突然把頭碰一下靠在我肩頭上，手還緊握著我沒受傷的左手。「對不起，我應該牽住妳，不應該放開手的。」

「你不用對不起，不是你的錯啊。」

「不，我應該要更誠實更果斷才對。」

這是說到哪裡去了？聽得我一頭霧水。不過就是跌倒，跟誠實果斷有什麼關係？

「那個……李子侑。」擦傷的地方因爲沾著鹽，瞬間爆炸性地痛了起來。「我傷口超痛，可以先站起來讓我去附近洗傷口嗎？」

他猛地抬起頭，「怎麼可以用自來水洗傷口？我帶妳去醫院！還要順便檢查才可以。」

「可是我好痛，因爲……」

話都來不及說完，李子侑就一把抱起我往車子方向前進。我嚇得目瞪口呆，更可怕的是，不知道什麼時候，附近聚集了很多看熱鬧的民眾，這下子全都鼓起掌來。

我趕緊用不痛的左手遮住頓時變得熱辣辣的臉。

李子侑用非常輕柔的動作將我放進車子裡之後，火速地往醫院開去。儘管我一路上不斷堅持只要找個藥局買碘酒跟紗布就可以，他還是臭著臉一直往前開。

好不容易到了醫院，他還堅持要掛急診。清洗完傷口，包紮完之後接著一連串的檢查。確定我除了擦傷之外眞的沒事，這時他才一屁股坐在急診室領藥處附近的長椅上，雙手撐住頭，閉著眼睛喘了一口大氣。

我默默地坐在他旁邊，輕輕地用左手拍拍他，在心裡說著：「謝謝你爲我擔心，沒事了。」

我偷偷注意到，從布袋到嘉義的這一路上，他握住方向盤的雙手用力得指關節都泛白了。那瞬間，我終於意識到這幾年來我對他的想念化成實體，慢慢從心裡那個粉紅色的角落滲透出來了。

我靜靜地看著他的側臉，金黃色的陽光從窗外照進急診室，輕輕灑在他的臉上，我知道自己的生活即將要改變了。

9

我們一直坐著，沉默了很久之後，李子侑慢慢抬起頭來看我，「對不起。」

「不用抱歉啊，又不是你害我滾下去的。是我自己一時腿軟，才會不小心發生這種事，你肯送我來我已經很感激了，哪裡能把錯怪到你身上？」我忍不住伸出手，按著他的肩膀。

「我有點怕。」他把眼光轉移到我包得像超大棉花棒的前臂上。

「怕？怕什麼？」李子侑是不是摔到頭？怎麼講的話都沒頭沒腦的。

他沒說話，只是揚起手掠過我的髮梢，臉上表情若有所思。「我送妳回家休息。」

「嗯。」

沿路他沒說話，車速也放得很慢，慢到我都忍不住想幫他踩油門。

到了我住的地方樓下，李子侑堅持送我上樓，他說沒看見我進房間他不安心。

「我保證只送妳到門口，絕對不會偷看妳房間。」後來我要李子侑做出以上的保證，才讓他跟著我上樓。

開玩笑，就連對髒亂忍受度很高的小透，看到我的房間都會唉聲嘆氣地說該打掃一下，怎麼可以讓李子侑看見那種爆炸性的畫面。

到了房間門口，我回頭對亦步亦趨跟在後面的李子侑說：「到了，可以放心回去了吧。」

「嗯，如果有什麼狀況，或是哪裡不舒服，都趕快打給我，我一定會接電話。」

「那個……」爲什麼要這麼關心我？本來想問的，但又覺得這樣太厚臉皮，說不定他對每個女性朋友都這樣。

而我希望自己比較特別。

「什麼？」

我搖搖頭：「沒什麼。」

「那妳好好休息，晚上我再來看妳。」子侑拍拍我的肩膀之後就下樓去。

好不容易找到鑰匙打開門，走進房裡，我隨即倒在床上。最近的生活眞是超乎想像，不適合大四老人的平淡日子。人家都說大一如金、大二如銀、大三如銅，大四如垃圾，我已經過慣了被當成垃圾的生活，想不到最近幾天風波這麼多。

習慣了孤獨的生活之後，孤獨也就不那麼可怕。從小，我就知道自己與眾不同，媽媽是爸爸的小老婆，是沒有名分的那種。爸爸三十多歲時認識了十九歲的媽媽，然後他們墜入愛河。

聽起來很浪漫嗎？但現實生活不是這麼回事，大老婆跟小老婆的戰爭是永遠不會停止的。小時候，曾經半夜睡覺睡到一半被警察帶進警察局，眞是草木皆兵。

家裡只有我一個小孩，所以從小就沒有什麼人可以說話。爸爸媽媽因爲工作的關係常常在外地，這時候我就會寄住在舅媽家，或許這樣對我來說也是好事。

媽媽的教育理念是教科書永遠是對的，我的功課一定要跟參考書後面的答案一模一樣才可以，不能有其他的思考方向。我到很久很久之後，才知道這樣是不對的。只是當時不知道提出自己的意見，一直忍下來。

這樣的成長過程，導致我長大之後也不太會跟人相處。人際關係這門課，我一直到國中才開始慢慢學會。那時候加入了球隊，大概是因爲身高的關係，被當時的教練選進球隊裡。剛開始練球的時什麼也不會，對牆只能打三下。後來憑藉著一種不服輸的精神苦練，終於可以成爲先發球員。

努力，是眞的可以獲得甜美的果實。

只是那些努力必須是自發性的，如果是被逼的，那些成果很快就會被拋在腦後遺忘。從小到大，我的人生有太多不能自己主宰的部分，包括我的身分，也是經過法院判決之後才被承認的。

這些過去，我現在已經可以灑脫地帶著笑容看待。

這些傷痕或許不痛，卻永遠會在我心裡。

媽媽到現在仍然無怨無悔地愛著爸爸，即便她仍舊是沒有名分的那一個，每天煮飯、洗衣，陪爸爸四處去溜達，這些生活她過得樂此不疲。

但我無法忘記那些過去，無法忘記那些在警察局發抖著睡覺的夜晚，無法忘記爸媽吵架時揮拳相向的情景，無法忘記回家路上被人拿棍子打的畫面。

愛情是什麼？爲什麼可以讓一個人從十九歲死心塌地到五十歲？即使是這樣不堪的過去都無法中斷所謂的愛情嗎？

這是什麼愛情？

我不知道答案。

有時候，我會把這些事情寫給木看，但是又能怎麼樣？除了當事人之外，誰可以體會？就算全世界都說這故事太誇張，但確切發生過的事實在我心裡深深地刻著，說不痛也不是，說痛也不是，卡在心裡不上不下。

所以遠離，選擇在嘉義默默地讀書、工作，過自己的生活。

有時候也覺得很累，也希望有個人可以在我累的時候讓我靠著，傾聽我心裡的聲音，不多說什麼，只是靜靜地陪我度過長夜。

從背包裡翻出手機想看個時間，上面竟顯示著九十九通未接來電。

反覆地看著手機上的畫面，猜測手機是不是跟我一樣摔倒出問題，不然怎麼會出現這種離譜的數字呢？

也不過就是幾個小時沒拿出電話，竟然有九十九通未接來電，是手機中毒了嗎？

我按了查看，都是小透。

她打了九十九通電話，我都沒有接到。

有時我覺得自己不是太稱職的朋友，像這種時候，會想起的人都是李子侑，而不是小透。當喜歡的人出現在身邊，小透給我的壓力會變得好大。

有時候想跟小透保持距離，保留一些空間。

雖然這樣有些自私，不過我想小透也該知道，除了我之外，她應該要有其他的朋友。

10

那天晚上，我忽略了小透令人驚嚇的未接來電，也不是刻意忘記，只是趕著做自己的報告跟孩子的表演項目，忙完已經凌晨兩點多，想想也就沒特地回電了。

這兩天，跟子侑之間好像有些新的進展。

因爲我受傷了，子侑會來載我去吃飯，送我上下課，陪我散步、聊天。

有時候我幾乎就要忘記他比我小這個事實，一頭栽進這種幸福的假象裡。

今天吃完飯後，子侑在我的堅持之下去上課，我自己一個人在校園裡慢慢散步。

我慢慢地從宿舍沿著大吃市走到校門口，從校門口慢慢地往體育館前進。校慶的氣氛愈來愈濃厚，距離開幕只有三天，突然想起我報名了明天下午的越野賽，這下子不知道要怎麼跑。

秋末，學校裡的樹會落下小小的黃色葉子，像花瓣一樣散落，像極了金黃色的雨。站在樹下沒多久，身上都會有黃金色的小花，難得詩意啊我。

將來畢業之後，這些勢必都會成爲我心裡最美麗的回憶。

在很久很久以前，我喜歡一個人。

那個人會聽我說話，會陪著我難過，會讓我覺得即使他不在身邊，我也感受得到他的溫暖像陽光一樣包圍住我。想起他，我會非常溫柔、輕輕軟軟地微笑著。

但我們分開了，時間跟空間上都毫無交集地過了這麼多年。

突然，他就這麼站到我面前來了。

從當年的國中生蛻變成一個男人，這麼帥氣地走到我面前。

這樣的相會，雖然讓我想起當初美好的一切還有自己的感情，但是……

但是這一切讓人好害怕。

我害怕無法控制的生活。這麼多年來，好不容易讓自己的生活成爲一條不會改變的生產線，忙著上課、幫小孩上課，餘下的時間用來發呆跟睡覺。

我害怕自己喜歡他的情緒一出現之後，其他亂七八糟的情緒也開始跑出來。

途中，我經過體育場。接近校慶，體育場總是特別熱鬧。走進體育場，有人正在練啦啦隊，有人在練傳接棒，有人在練大會旗入場。我走上二樓看台，找了個位置坐下，左顧右盼地看著各種不同的活動。

我總是一個人，孤獨地被生出來、孤獨地長大。小學之前我很少跟人說話，上小學時還一度被老師懷疑我是自閉兒，得做許多測驗來證明我是很正常的孩子，只是不太愛說話。

很難想像到今天我竟然變成需要講很多很多話的老師，因爲這些孩子讓我開始認同自己，上課時，看見他們的笑容，就讓我打從心裡快樂起來。

孩子的這份純眞，爲什麼長成大人後就會消失呢？每一個人不都曾是孩子？

猛然看見跑道上有個身影很熟悉。

高高瘦瘦的，穿著繡著一號的黑色球褲在跑道上熱身，蹦蹦跳跳的。

他不是去上課了嗎？

「大會報告，男子組一百公尺預賽即將開始，請各位同學離開跑道，以利比賽進行。重複一次，男子組一百公尺預賽即將開始，請各位同學離開跑道，以利比賽進行。另外，參加女子組一百公尺預賽的同學，請至檢錄組檢錄。」

可能是去上課了才發現今天要比預賽，所以請公假出來。校慶週就是這樣。

我默默看著他走到起點處，跟其他選手一同準備起跑。

這個才見面沒多久的人，卻是幾年來一直留在心裡的人，既熟悉又陌生的感覺。

槍聲響起，我看見他的身影大跨步地奔跑過我眼前，以第一名的姿態衝過終點線。

十幾秒的時間看似很短，他跑步的動作卻深深地印在我眼裡。

衝過終點線之後，我看見他跑去跟朋友擊掌，說說笑笑的，接著又走回起跑線附近動來動去，沒多久，女子組跑完之後，他又站上了起跑線。

這次選手的水準比較接近，起跑後，他跟另外一位選手之間的距離都相差不大，最後幾乎是一起衝過終點線的。

衝過終點線，我看見他們兩個有說有笑互相推來推去，看來是認識的朋友。

原來坐在這裡看別人的一舉一動是這樣的心情。我才看了十來分鐘，而過去的他，可是每天在某個地方看著我近三小時，風雨無阻地看了快一年，直到我畢業。

他……他是一個神經病嗎？

每天看著一樣的人做相同的事情不會很膩嗎？雖然教練不時會想出不同的花招整我們，但基本上熱身、攻擊、發球這些過程都是一樣的，每天這樣看不會煩嗎？這是怎麼樣的執著？

走下通往川堂的樓梯，穿過還在練舞的人群，往體育館走去。我們學校的體育設施都集中在一個區域，但彼此之間還是有點距離，像體育場對面是網球場，再過去是室外籃排球場，然後是高爾夫球練習場、壘球棒球場跟室內體育館。

走進體育館，我慢慢地爬上四樓到達排球場，已經有很多男排隊員在場上熱身了。有個人認出了我是那天跟大家打球的人，跑過來跟我打招呼。

「妳是Kiki對吧。」跑過來的是那天跟我站同一邊舉球的學弟，叫彥鈞。

「對。」我笑了笑，打過一次球就可以被記得真是榮幸。

「妳手怎麼了啊？」彥鈞在我身旁的位置坐下，拿出毛巾擦著汗。

「跌倒了。」子侑怎麼還沒有來？不是跑完了？決賽要到星期六才舉行啊。

「要小心一點，不過……既然今天妳不能打，怎麼會來球場？」

這個問題，我說不出答案。

球場入口處，李子侑慢慢走了進來。

而他的身邊站了一個嬌小可人的女生，奶茶色的長髮燙成時下流行的大波浪，笑容很甜很美。

李子侑跟她，兩個人的手緊緊地十指交握。

11

李子侑發現我在現場，馬上停下腳步，臉上的表情顯得不太自然。他放開長髮女生的手，大踏步朝我走過來。

等到他站定在面前，我也終於能平靜地一些擠出笑容，「哈囉。」

「我不是叫妳在家休息嗎？」他的聲音有點怒氣。

彥鈞在旁邊好像覺得氣氛不太對勁，趕緊跑回場上去，長髮女生這時候也走過來，站在子侑的身邊看著我。

「子侑，這是你朋友？」

「嗯，妳好，我是Kiki，上星期和大家一起打過球。」我不給李子侑機會，搶著回答。

「妳好，我是小鬥，男排經理。」長髮女生的笑容非常燦爛且美麗。

子侑轉頭對她說：「妳要不要先去幫大家準備一下水跟毛巾？」

「等一下再弄好了，他們也還沒開始熱身。」

「那妳先到旁邊去等我。」

「爲什麼？」

「先去，好嗎？」

女生嘟著嘴走到球柱旁坐下，眼神仍然望著我們這邊，看來眞的是他女朋友。

「你不必這樣的，這樣會讓你女朋友誤會我們的關係。」

「那妳覺得我們的關係是什麼？」

我心裡有點酸，卻仍然笑著。「朋友啊。」

「我可不覺得是。」

「我要先回去了。」我往側邊邁開一步準備閃人，這算什麼答案？

「爲什麼來？」子侑跨步站到我面前。

「沒事來走走不可以嗎？」

「我練完球過去找妳。」

「不用。」

其實我也不知道自己在生什麼氣，只覺得心裡好悶好悶。感覺到場上那些人雖然都在熱身，但眼睛跟耳朵都不斷地在注意我跟李子侑，我好想趕快離開這裡。

「張凱淇。」李子侑抓著我的左手。「拜託妳。」

我抬起眼。「你這樣，大家會怎麼想？」

「我不在意別人怎麼想。」

「那你女朋友呢？」

「嚴格說起來，她只是……唉，有些事情我沒有處理好，這是很長的故事，就像下午我說自己應該更誠實一些的……很多話一時之間也講不清楚。」子侑抓抓頭，「我拜託妳，妳先回家休息等我，我一定會把所有的事情都跟妳說。」

「我今天去看了你跑步。」我低著頭，慢慢地，把字從牙縫中一個一個擠出來。「坐在看台上，看著你熱身拉筋，看著你起跑、加速、衝過終點線。我坐在那邊看了半小時左右，從初賽、預賽到準決賽。你沒跑步時，我就看你跟朋友講話、打打鬧鬧。看完之後，我想到你當初在某個地方看我練球的情景。」說著說著，鼻頭有點酸，可是不能在這樣的地方哭出來。「我想謝謝你，謝謝你那一年的信，每天每天這樣看著我們練球，很累人吧。」

「凱淇……」

「那些回憶……還有那些鼓勵跟支持，在我心裡是非常非常重要的，也因爲重要，所以見到你的時候我非常訝異，心裡面也很高興，這些年來一直存放著的遺憾，現在或許可以昇華得更美好，但是，在那同時我也很害怕，害怕因爲你而失去了原本平靜的生活。」

「張凱淇，妳回家休息好不好？」

「我們，可不可以把彼此留在信裡面就好了……」最後，我說出了這樣一句話，不想等他回答什麼，就快步走出了球場那扇門。

我用最快的速度跑下樓梯，衝出體育館門口，靠在外面的樹上喘氣，心裡很悶，像是被人用手抓住那樣，跳不動，卻又拚命想跳動掙扎。

休息了一下子，我轉身往回家的方向走，拚命地把眼淚往心裡吞。我反覆告訴自己不能哭，沒有什麼好哭的，那些過去就讓它繼續活在信裡面，現實中遇見的人，就當是作了一個夢吧，幹麼看著人家十指交握覺得不舒服。

今天好好地睡一覺，明天醒過來又是被上課、整小孩和電話測驗追著跑的一天。

來。

沒有什麼好在意的。

手機一直響，我卻懶得拿起來看。可是沿路上人來人往，我像是活動的音響一直重複播放〈屁屁體操〉給大家聽，也引來路人們的側目。在電話響起不知道第幾次時，我還是接了起來。

「凱淇。」是李子侑，「凱淇，對不起。有很多事情我暫時沒辦法解釋，但是如果妳相信我，請給我一點時間。」

「小鬥是你女朋友？」

「……可以說是。」

「那就好了，我真的很怕她誤會我們，請幫我跟她道個歉。」我笑了。沒有什麼大不了，這年頭專情才稀奇。

「凱淇，我沒料到會再見到妳，還來不及處理……」

「李子侑，練球啦！」電話裡突然出現女生的聲音，應該就是小鬥吧。

「你快去練球，我又沒事，不用擔心啦。」講完之後，我趕快掛掉電話。

回家路上經過便利商店，突然想起應該要喝些什麼讓自己開心一點，所以拿了一手海尼根。反正家裡有冰箱，平常都冰些牛奶水果什麼的，今天放海尼根慶祝光輝燦爛的校慶也很應景。

拿著一手海尼根，哼著歌回到家裡。

在我家門口等著的，是小透。

她叼著菸，隱隱的火光在夜裡特別明顯。

「小透。」我出聲叫她，小透這才回過頭來。
「妳去哪裡了？今天不是沒課嗎？」小透迎面走過來。
我再也忍不住，抱著小透哭了起來。

12

彷彿過了很久，我意識到好像有什麼不對，才猛地推開了小透。「對不起。」
「怎麼了？」小透雖然有點驚訝，但仍然心平氣和地問我。
「小透，妳有沒有曾經很期待些什麼，結果發現事實根本不是那麼回事的時候？」
「這種事常常發生啊。」小透聳聳肩。「沒什麼大不了，習慣就好。」
我慢慢地把以前的事情講給小透聽。不知道爲什麼，我今天話特別多。我說到以前在大太陽底下練球，皮膚曬得好黑，加上球隊規定要剪短髮比較好整理，國中辛苦的日子裡，那些溫馨的信件往來特別讓我感動。
「小透妳知道嗎？那時候我眞的很期待每天的信，我每天會那麼努力練球，也是因爲我知道他在身邊陪我。陪著我練球、陪著我跌倒、陪著我開心失落，妳知道那是多珍貴的陪伴嗎？
「這些年來，被喜歡或者喜歡一個人，感覺都是淡淡的。我曾經以爲愛情在生活裡可有可無，畢竟已經太忙了，沒有空間也沒有時間再去負擔另外一個人的情緒。但是他出現了，從信裡走出來，活生生地站在我面前，妳知道哪種感覺嗎？」

我鉅細靡遺地講著，把國中時候所感受到的溫馨跟感情一股腦地說出來。雖然只是國中生，但也會有眞摯的情感。即使在大人眼裡我們仍然是小鬼頭，但是我們已經知道去珍惜擁有的一切，包括感情。

「從分開的那天起，我就一直相信，如果我跟他眞的有緣分，只要我不斷努力，總有一天我們一定會在未來的某個地方相遇。我抱著這樣的信念相信著，想不到眞的實現了。但是他身邊已經有別的人……」

絮絮叨叨地說著，一直說到了看見他們十指交握的剎那，我感覺心裡被撞擊般一陣一陣地抽著，那是什麼樣的情緒？

「他女朋友很漂亮喔，笑容很燦爛，很需要人呵護的那種類型。有些女生天生就看起來好柔弱好需要人保護的樣子。之前有個我喜歡的男生，對我說我看起來獨立堅強，做事很俐落，自己一個人也可以在險惡的社會中活下去，引不起男生的保護欲。」

小透只是靜靜聽著，手中的菸一根又一根地點著又熄滅。

「後來我困惑了很久，獨立跟堅強對女生來說難道都不是好事嗎？這些年來，我也是經過千辛萬苦才變得堅強獨立，誰喜歡什麼東西都要靠自己，我也希望難過痛苦孤獨寂寞的時候有人能陪著我……」

然後小透默默打開海尼根，遞了一瓶到我面前。

我伸手接過之後，我咕嚕咕嚕地灌下去。啤酒的冰涼，似乎讓人頭腦也跟著清醒一點。「我不想要當柔弱的女生，也不要變成那種只懂得依賴人的女生，我知道那樣的人生是怎麼樣的。

把對方的人生當作自己的人生，把對方的理想當成自己的理想，失去了自己，也失去了尊嚴，還剩下什麼？」

一瓶又一瓶，一瓶又一瓶。

小透靜靜地握著我的手，靜靜地聽我說，我們認識這麼多年以來，她大概是第一次聽我說這麼多話。

我也很訝異自己竟然可以這麼滔滔不絕。是酒精的關係嗎？我感覺臉上很熱，身體很輕，思緒很飛揚，不知不覺地把心裡的話都傾倒出來。

不知道什麼時候開始，好像附近的樹都突然長了腳，在我四周跑來跑去。

「小透？」我坐在路邊的人行道，頭靠在小透的肩膀上。

「什麼？」

「爲什麼行道樹在跑？」

「啊？」小透完全不了解我在說什麼。

「妳不覺得行道樹一直在跑嗎？妳看！這棵，這棵剛剛從這裡跑到那裡去了！」真的！我生平第一次看見樹會跑耶，原來Discovery頻道說每種生物都有各自活動的時間跟範圍是真的！

「Kiki。妳喝太多了。」小透想要抽走我手裡的啤酒瓶。

「不要搶走我的東西。」我緊緊抓住瓶子。對我來說，現在最重要的就是這瓶啤酒了。

「妳不懂東西被搶走的心情啊，這是我要喝的，我的啤酒，怎麼可以搶走人家要喝的啤酒呢？

這樣不是插隊嗎？我明明等了很久啊，好不容易快要輪到我，妳卻從旁邊跑出來想要早我一步搶走最後一個商品，這是不可能的！我不會讓給妳的。」

「Kiki……」小透把她手裡那瓶啤酒喝完，然後碰地一聲把罐子踩扁。「妳帶我去找他，他在哪裡？」

「找誰？」我抬起頭看著小透，胃猛地開始翻攪。「喔，小透妳不要站起來，我不舒服，妳幹麼跟樹一樣跑來跑去？」

我的意識正天旋地轉，有一輛汽車突然停在我跟小透旁邊。車子我似曾相識，從車上走出一個人，長得也很熟悉。

「凱淇……」這聲音聽起來也好熟，只是我的眼前糊成一片，好像從岸上往海裡看，東西都長得歪歪扭扭的。

小透輕輕地站起身來，看著開車來的人。「你是誰？」

我把手上的海尼根喝完之後，發現身邊好像已經沒有未開瓶的啤酒。

「我是李子侑。」

「我是小透。」

兩造安靜了一陣子，矇矓中，我看見小透揚起手，給了李子侑一拳。

13

頭痛得要命。

我掙扎著從床上爬起來……天啊，這是怎麼回事，頭怎麼這麼痛，看一下鬧鐘的時間，早上九點十五分。

我搖搖晃晃地往廁所走去，異常艱難地避開傷口，洗了個熱呼呼的熱水澡，才終於感覺不那麼難過，也慢慢想起昨天晚上的事情。記得我跟小透坐在人行道上一直聊天，講到我跟李子侑的事情，講到我其實還滿難過的……然後……後來……

耶？後來呢？

我現在怎麼會在家裡？怎麼回來的？難不成我被壞人尾隨了……

洗完澡，包著浴巾趕緊衝出浴室，左顧右盼沒有發現什麼可疑的跡象，門有沒有鎖啊我？一看，門底下有一把鑰匙，門上黏著一張紙條。

「Kiki，妳喝得太醉了。本來想在妳家休息一下，但我發現這裡根本亂到沒有地方可以睡，所以我回家去了。鑰匙從妳鑰匙圈拆下來的，要記得放回去。今天會頭痛是正常的，妳昨天喝太多了。

小透」

原來是小透，眞是個貼心的好朋友。

昨天買了六瓶，我記得我只喝了一兩瓶啊，怎麼會這樣。那剩下的四瓶呢？小透喝光了嗎？

啊，不管了，頭好痛，還好今天沒課，可以在家裡好好休息一下。

回想起這幾天的事情，心裡面還是苦苦的。原來這就是第三者的心情，李子侑呢，簡單地說就是劈腿。也不對，他又沒說過喜歡我，只是我單方面對他有點感覺，好吧，很多感覺。

「我可不覺得是。」那天他說的話突然鑽進我腦海裡。

不覺得是朋友？那我們是什麼？

跟男人除了朋友、戀人，還能有什麼樣的關係？姊妹？兄弟？曖昧？

雖然不懂談戀愛是什麼感覺，但是談戀愛會發生的事情我可是瞭若指掌。而大部分的知識都要拜小透之賜。有時候，跟一些朋友聊天也會聊到各自的男朋友，我才知道原來女生聊到這些也可以這麼開心，分享彼此的經驗，還有各種講出來令人臉紅的話題。我還以爲女生都會比較保守，原來我錯了，現代社會開放到已經沒有什麼不能拿出來講。

只是女生難免都會搞不懂男生在想什麼。女生聊男友聊到某個程度之後就會嘆氣，然後說：「有時候眞的不知道他在想什麼。」。

這是所有女生必備的台詞，到目前爲止，我認識的女生都講過這句話。

那，這幾天的事情是怎麼回事呢？

那天晚上他們十指交握的畫面，一直在我腦裡揮之不去。也看見了李子侑急著解釋的神情，不知道爲什麼，我眞的很想相信他。

「げんきにだそう……」手機響起來，但是我根本不記得手機放在哪裡。循著聲音的來源找，終於在棉被裡發現它。

「哈囉？」

「凱淇。」是李子侑。

「嗯。」

「我有話想跟妳說。」他的聲音聽起來很累。

「你在哪裡？」

「妳家樓下。」

眞的假的？

「等我一下。」切斷通話，我趕緊胡亂地穿好衣服，隨便把散落一地的書、雜誌、教具、教案……都收到應該去的地方。雖然還是差強人意，但勉強算整齊了一點，如果等一下要讓李子侑進來應該也不會太丟臉吧。

衝下樓，發現他站在我們這個宿舍區的鐵門外，臉色憔悴。

打開鐵門，我近看他，發現他嘴角邊一大塊很明顯的瘀青。

「你怎麼了？跟人打架？」

他笑笑。「沒啦，被球打到。」

「這麼早，找我我做什麼？」

「我昨天晚上就在這裡了。」

「什麼？」我瞪大眼睛看他。「昨天晚上？爲什麼？」

「妳不記得了？」

我搖搖頭。

「我可以上去嗎？有點累。」

看著他發青的臉跟微微冒出來的鬍渣，眞的很難拒絕他的要求，所以我領著他往上走到二樓我房間。

才坐定，他就一副快睡著的樣子。

「你等一下，我泡杯茶給你。」

「妳手好一點沒有？我其實是想等妳起床，帶妳去換藥。」

我的眼眶突然熱起來。「白痴什麼，你幹麼一整夜不睡覺等在外面。」

「妳喝太醉，我有一點擔心。」

「我去泡茶。」

我平常很愛喝紅茶，所以在房間裡準備了很多茶包，晚上讀書、備課、寫節目單時都可以來上一杯。

趕緊跑到走廊上的飲水機泡了杯熱騰騰的紅茶，小心翼翼地走回房間。

一進門，卻看見李子侑已經倒在巧拼地墊上睡著了。

我捧著那杯茶，心裡面不知道該有什麼樣的情緒。

他身上還穿著練球的那件衣服跟外套，眼睛底下有顯而易見的疲憊。我何德何能，讓他在樓下等我等一個晚上？

這讓我無法狠下心來叫醒他。

我輕輕搬開和式矮桌，免得他翻身時撞到桌子。再從衣櫃中拿出備用棉被蓋在他身上。

這是第一次有男人在我房間裡睡覺。乍聽之下很勁爆，實際上卻非常不香豔刺激，跟大家講的都不一樣。

看著他的臉，我無法不注意那一大片瘀青。是怎麼回事？我慢慢地伸出手想要觸摸，卻又怕吵醒他，被他覺得我是變態就不好了。

卡農的旋律響起，雖然很小聲，在安靜的早晨卻很清楚。

那是他的手機。

14

接？不接？

幫別人接手機這舉動的含意實在很深，千萬不能亂接，但是又怕手機這樣一直響，會驚擾了他的睡眠。

折騰了整晚，鐵打的人也會累，還是讓他好好休息吧。

我拿起手機，來電顯示是「汪小鬥」這個名稱。

按住手機上聲音出來的地方，讓音量降到最低。音樂停下來之後，我一看：「未接來電三十六通」，雖然比小透的九十九通略遜一籌，也已經是恐怖的數字了。

女生想抓住男友的心難免都是這樣，擔心對方不接電話，擔心這擔心那的。之前還從學妹那裡聽說她對男朋友的各項規定，包括打電話一定要接，晚上十一點之後不能出門，不可以跟女生一起出去玩之類的，聽到我都開始同情那個男生。

但是，兩個人在一起不就是那樣，要互相包容，要爲彼此改變，重點是要彼此信任，不是嗎？

把手機轉到無聲模式，沒多久後就看見畫面閃啊閃的。

拉上窗簾，不讓陽光直接照射進來，躺在地板上的李子侑也許能睡得安穩些。我慢慢地烤了兩片土司，塗上香噴噴的奶油，就著剛剛泡的紅茶，享受一個人的早餐。

是什麼樣的動力讓他在樓下待一個晚上？雖然他有車，可是嘉義夜晚跟白天的氣溫落差這麼大，那幾個小時他都在想些什麼？有沒有吃東西？

想著想著，我又忍不住看了他沉睡中的臉，眞是好可愛。

等一下，我剛剛在想什麼，我是不是發瘋了？

手機又開始閃了，顯示名稱一樣還是「汪小鬥」。她現在一定很擔心吧，是否女人都習慣將男人視爲自己的附屬物，所以交往時說「我男友」，結婚之後說「我老公」。但我覺得人要爲自己活，誰都不屬於誰，說穿了只是陪伴。

我不知道什麼叫離不開，什麼叫從一而終，我只知道愛情可以轉化成無止境的折磨，縱然自己不覺得痛苦，身邊的人卻因此而受苦。小時候我常被打，那時候我不知道原因，如今長大了多少能體會。普通人過了幾十年那樣的日子早瘋掉了，我媽只是間歇性地發作一下，應該還在可以容忍的範圍內。

我一直相信人要靠自己，我們在這個世界上，唯一可以依靠的人只有自己，就算是父母也不見得可靠。

父母，在我的人生中只是遙遠的名詞，我從來沒從中感受到真正的溫暖。有時候，我也想要一個溫暖的擁抱，一個可以傾訴的對象，但通常我只是沉默，沉默地聽著，或是沉默地承受那些加諸於身上的痛楚。

所以格外珍惜來自他人的關心，那怕只是一些些，都會讓我非常溫暖。

我其實是很渴求那些溫暖的。

所以清清楚楚記得李子侑信裡的一點一滴，記得他對我說過的每一句話。他給我的每封信，都是我生活裡最大的安慰。

那是我第一次感受到被關心。

那是我第一次感受到被喜歡。

生活不是一件太簡單的事情，但是我在他的信裡面找到了勇氣，那給了我繼續往前走的力量。

整理了一下補習班的檔案，不知不覺已經是下午兩點。越野賽三點半就要報到，到底要不要跑？明年畢業後就要離開學校了，實在很想去跑這最後一次，留下紀念。

要不要叫醒他？

算了，讓他好好睡，大不了等一下把他關在裡面睡。

下定決心之後，我拿起我的運動服，走進廁所換上。我的房間亂歸亂，廁所可是超乾淨的呢。我每天洗澡時都會順便把浴室刷一遍。要把身體洗乾淨的地方，當然也要保持乾淨才可以，是不是？

今天的越野賽，我想要慢慢跑，把學校看過一遍，然後回家洗個澡再去補習班。

換好衣服，一打開廁所門，就看見一個人影在我面前。

「啊！」我嚇得大叫退後好幾步。

「幹麼？想嚇死我？」李子侑在我眼前撫著自己的胸口。

「你才幹麼呢！爲什麼不聲不響地站在廁所門前？」

「妳知道的，一個男人在陌生的地方醒過來也是會恐懼的。當然首先要檢查身上的衣著是否完整，不過……有時候不需要脫衣服也可以侵犯男人。所以我想知道妳有沒有侵犯我？」

「侵犯你？侵犯你？」我震驚得語無倫次。

「這也不能怪妳，都怪我的身軀太美好，」李子侑邊講還邊把上衣脫掉。「看我這結實的胸肌跟腹肌，還有完美的膚色……我不會怪妳的，只是下次不要忘記先叫醒我。」

「你……少臭美！自己跑到我家來，什麼也不說就自顧自地睡著了，還要我照顧你。睡了這麼久，我沒有收你場地租借費已經很客氣了，竟然還誣賴我侵犯你！」

「妳……照顧我？」李子侑愈來愈靠近，而且還不穿上衣服。我看著看著，忍不住又吞了一口口水，我好恨我這種下意識的反應喔！

咦？遠處好像有東西在發亮！

「喂！你手機！你手機在響！」顧不得步步進逼的李子侑，趕緊一個箭步衝到書桌旁拿起電話。

李子侑走過來接起電話，「小鬥？什麼事？」

不想偷聽戀人之間的對話，於是我默默地往小陽台走去。午后陽光依然很強烈，不知道等一下跑越野賽會不會中暑。

沒多久，李子侑走到我身旁。「有件事，我想跟妳說。」

15

「先不要講好不好？」我突然好害怕聽見他要說的話。「等一下要跑越野賽，再不去報到會來不及，最後一年，我想好好跑，等跑完回來再說好不好？」

不管是好是壞，我有點害怕這突如其來的話語會改變什麼。我寧可現在大家當朋友，也不要到最後弄得亂七八糟大家各自都不開心。

「妳有報名越野賽？」謝天謝地，李子侑終於穿上衣服了，他沒穿衣服時我都不能專心思考。

「嗯，我每年都會跑。」

「那為什麼沒得名過？妳如果有得名，我也不會到現在才發現妳了。」

「發現我要幹麼？你以為你是考古學家來挖恐龍骨頭的嗎？我喜歡跑越野賽是因為可以沿路看學校的風景。跑太快就沒辦法專心注意風景啦。」

「那妳平常多跟我去校園裡散步，也可以沿路看學校風景啊。」

「那又不一樣。」

「哪裡不一樣？」

「喔！」我抓起鑰匙。「我要來不及了啦！」

李子侑一把抓住我的手。「我們來打個賭。」

「什麼？」

「今天的比賽我讓妳先跑五分鐘，如果最後我贏了，妳要答應我一件事。如果我輸了，換我答應妳一件事。」

我想了想。「這又不公平，我受傷耶。」

「那好吧，妳贏了，我答應妳三件事。」

「眞的嗎？任何事情？」

「你以為我是神燈精靈嗎？當然是能力範圍能做到的事情啊！笨蛋。不然，萬一妳說妳要中樂透，我不就要當個食言的小人？」

「也對。」

「那，要打賭嗎？」李子侑頭一偏，手比出「六」，伸到我面前。

「賭就賭，誰怕你！」我伸出右手，牢牢地勾住他的小指。「我贏定了。」

哼，對付這種前一晚沒睡覺的人，我還覺得勝之不武呢。

為了節省體力，我決定搭他的便車往學校去。到了行政大樓前，已經有很多人在那邊集合了。

我們走到報到處，剛好碰到男排的彥鈞跟小黑來報到。

他們兩個看到我跟李子侑一起出現先是嚇一跳，再看見子侑身上穿著和昨天一樣的衣服，他們臉上隨即出現詭異的表情，但是又非得打招呼不可。

「哈囉，你們也要跑？」老半天後，彥鈞終於說出這句話。

天啊，我該不會被誤會做了什麼奇怪的事情吧？

我趕緊跑去報到，把解釋的事情留給李先生自己好了。

報到完，一轉身，李子侑又不聲不響地站在我背後。

「幹麼？嚇人喔？」

「妳不要忘記剛剛的約定喔。」

「我才不會呢。倒是你，我要怎麼知道你會比我晚五分鐘起跑？要是你作弊怎麼辦？」

「Do you trust me?」他看著我，嘴角微揚地說出了這句話。

我開始討厭這句話了。

沒多久之後，人愈來愈多，我們也被擠在人群之中。李子侑拉著我往後退一些，到人比較少的地方，他說我們不跟別人比輸贏，不需要衝得太前面。我右手緊緊地被拉著，有股暖意從他的手心裡傳出來。

想起了小鬥，突然發現這種溫暖是有代價的。

我眞的只想要讓李子侑留在信裡嗎？我眞的不想試試看當初沒有勇氣做的事情嗎？

但，爲了自己而必須傷害其他人，我做得到嗎？

「各位同學注意，比賽即將於五分鐘後開始，請同學留意自己的腳步，注意自身安全。」

李子侑轉過頭看著我，「緊張嗎？」

「不會。」我搖搖頭。

「我已經想好了我要妳答應的事情。」

「我也已經想好三個願望啦，神燈！」

槍聲響起，全部的人都往前衝，我們還是站著。

子侑放開我的手，輕輕地說：「去吧，我會追上妳。」

我往前跑，還聽到他在背後說：「妳等我，我一定會追到妳。」

這句話，讓附近的人都回頭一直看他，還有工作人員聽到了在旁邊拍手叫好。

我低著頭，眼眶漸漸熱起來。

對不起，小鬥。我想我可能還是希望李子侑在現實生活中也可以一直陪著我。

加快了速度往前跑，希望風可以帶走心裡的罪惡感。

16

跑著跑著，到了後山步道。我沒去算時間過了多久，只是想著往前跑。如果生活也可以這麼簡單就好，只要往前，總有一天會到達應該到的終點。

但我們總是遇上了好多岔路，沒多久就要選條路走。走錯了，有時可以回頭，有時不能回頭，浪費的時間都算自己的。有時候走錯路，有時候在想，當初走另外一條路會不會比較好，總是猶豫著。

路，總不是直的，而人都得爲了自己的選擇付出代價。

後山這邊有個螢火蟲培育區，以前小透帶我來看過。我們半隻螢火蟲也沒看見，反而被蚊子叮得半死。從此之後，我就不相信什麼螢火蟲復育計畫，根本是蚊子復育計畫。

和小透認識的過程也很戲劇性，完全沒料到我們會變成好朋友。

其實當初不是先認識小透的。我們班有個同學叫宜貞，大一進來就跟我處得還不錯，我們常常下課一起去吃飯。那時候我還沒開始兼英文課，生活裡只有學校課業，單純得很。

過了不久，宜貞跟我說她戀愛了，對象是班上同學，叫小透，還指了指坐在教室角落的小透給我看。當下我一看，覺得是個長得不錯的男生，開心地祝賀宜貞，不過宜貞說暫時還不要跟別人說這件事情，神神祕祕的。

當然，人交了男友之後就會減少跟朋友相處的時間了，所以我開始變成跟大家一起吃飯，過一陣子也開始打工賺錢，漸漸地變成自己一個人吃飯，也比較少跟宜貞再像以前一樣聊心事。大家見面時，就只是點個頭互相打個招呼。我不太會跟人家相處，所以就算覺得兩個人之間好像有距離，也不會刻意去拉近，有緣分的人總是會再遇見的，不是嗎？

平常，本人因爲對馬桶的執著跟清潔上的考量，所以都盡量不在學校裡上廁所，某天下課之後因爲實在忍不住，就在學校找洗手間。在教室附近繞啊繞，好不容易找到女廁衝進去，正要敲某間廁所門時，門突然打開了，宜貞的「男友」從裡面走出來，嚇得我當場差一點就失禁了，心裡想說這男的怎麼回事？竟然跑來上女生的廁所。

她淡淡地看了我一眼，對我說：「我是女的。」

這下子更讓人困窘，因爲對方竟然看出了我心裡的疑問，難道我的表情這麼明顯嗎？

「對不起。」

「不需要對不起，我習慣了。」

「可是妳眞的很帥。」情急之下，我忍不住就說了這一句，我自己也不知道爲什麼。

「謝謝，我好像在哪裡看過妳。」

「我跟妳同班喔，之前聽宜貞說過妳，妳叫小透。」講完這句話之後，小透臉色突然有一點變，就匆匆離開了，留下我在廁所獨自埋怨這個人沒禮貌。

那是我們第一次見面。後來小透說他跟宜貞沒多久就分手了，本來是宜貞跟她告白，但因爲宜貞不想讓人家知道她跟女生在一起，所以小透就決定跟宜貞分手。

在大家眼裡，或許小透是個像花花公子一樣的人，女友換來換去，又抽菸又喝酒又泡夜店的。起初我也是這麼想的，可是認識她愈深，就愈發現她只是個小孩，一個需要愛的小孩，如此而已。

小透唱歌非常好聽，她的歌聲裡有一種很奇妙的情緒，可以把人帶到旋律裡面去，把情感釋放出來。跟小透去唱歌每次都會哭。但，那或許是因爲喝酒的關係？

有時候我會想，爲什麼我跟小透之間沒有產生愛情？

「在想什麼？不是要欣賞風景的嗎？」耳邊突然傳來李子侑的聲音。

我抬起頭：「你偷跑！」

「哪有，我請工作人員幫我計時五分鐘才出發的，跑沒多久就發現有人邊跑步邊神遊，不知道在想什麼，所以就來提醒一下她，我可是已經勝券在握了喔。」

「亂說，我故意等你跑過來才要發揮我的實力。」

「那請便啊。」李子侑作勢讓我先跑。

話說「輸人不輸陣」，所以我硬著頭皮加快速度往前跑。但後頭的穩健腳步聲卻讓我知道他一直在我背後。

他沒有超越我，一直在後面跟著我的腳步。

我抱著一定會再相遇的決心生活著，漸漸有些疲倦，就在快要放棄時，遇見了子侑。爲什麼過了這麼多年才實現的願望，竟然會是這麼難以選擇的場面。但我不想放棄，要堅持下去，只要抱著勇氣跟決心，希望就有機會實現。

我慢慢地跑，雖然旁邊有很多人超越我，我心裡卻更堅定。學校沿途的風景也像電影裡的畫面一樣變得唯美。

轉過最後一個彎，進入體育場前的健康路，再幾百公尺就會跑到終點，大學生涯中最後一次越野賽就要結束，但是我相信會有更美好的東西要開始。

比如說：我的三個願望。

哈哈哈，我贏定了啊。

跑過室外排球場之後我開始衝刺。雖然我的衝刺看起來微弱無力，但是起碼也超過了十幾個人，希望衝過終點線之後我還有力氣站著。脫離了練球的日子，體力也如江河日下，現在跟中年人賽跑搞不好也不會贏了。

後頭的腳步聲愈來愈近了，怎麼回事？

忍不住回頭看了一下，想不到李子侑帶著奸笑，臉不紅氣不喘地追上來了，而且還超過我！

「唷，我先走啦。」

怎麼會這樣？這個人不是昨天沒睡覺嗎？難不成是騙我的？

千萬不能讓他先馳得點！我拿出最後一點力氣配合腎上腺素，用意念灌注到腳下，可是李子侑還是離我愈來愈遠、愈來愈遠。

終於，他先我幾十步抵達了終點，拿到了名次貼紙。

「認不認輸？」我跑到之後，李子侑揮舞著貼紙走到我身邊。

我白了他一眼，繼續往前走。

李子侑此時面對著我往後退，邊走邊問我，「妳準備好答應我的要求了嗎？」

就在準備回話時，我看見李子侑的腳絆到了後面突起的樹根，整個人往後翻倒，畫面像慢動作一樣播放。

他的後腦就這麼撞上了設置在旁的茶水桌。

「快來人幫忙！」眼看他倒地不醒，我對身邊的所有人大叫，醫護站的人也趕緊過來。

「請不要圍住他，請退後。」醫護人員大聲對四周的人講。

我摀住嘴，看著人群漸漸地愈來愈多，我的視線也逐漸模糊起來。

而子侑，並沒有醒過來。

17

在救護車上，李子侑終於醒了過來，只是淡淡地問怎麼回事，我回答說：「你跌倒撞到頭昏倒了，所以現在要去醫院。」

「這麼誇張，要坐救護車？」

「嗯，就是這麼誇張。」

然後他又閉上眼睛。我很緊張地問隨車的人員，他們說目前看來沒有外傷，其他的部分，可能要到醫院做了詳細檢查之後才會知道。

我緊緊握著李子侑的手，希望能像武俠小說裡一樣把氣過給他，讓他快一點用內功療傷。

到了醫院，經過一連串檢查。等待報告的時間，我坐在他的病床邊，他看起來像是睡著了那樣平靜。

「怎麼那麼笨，走路還會跌倒。跌倒就算了還撞到頭，撞到頭就算了還昏迷不醒。這是哪一部戲的劇本啊？接下來你是不是要演出失憶這個老梗？今天打賭雖然是你贏了，但是你醒過來之後如果忘記了，我也不會再提醒你的，所以你最好要記得，才能跟我索賠。」

旁邊沒多遠的地方有人趴在病床上哭喊。每次看見這樣的畫面都會忍不住鼻酸，人與人之間的告別是非常難挨的，活著分開就已經很難過了，更何況是死別呢？

所以才有這麼多令人傷心的場面。在這麼大的世界裡，兩個人能夠遇見已經是一種奇蹟了，經過相遇、相知、相戀之後的分別，當然會更讓人心痛。

如果沒有打賭，李子侑現在會不會好好的？

醫生走過來，手上拿著份報告在端詳，我趕緊站起身來。「醫生，他怎麼了？」

「目前看來是還好，各種檢查結果都沒有異常的表現，推斷應該只是輕微的腦震盪，看是要在這邊繼續觀察，還是要回去觀察。如果有發燒、嘔吐或持續昏迷的狀況，就要再回來複診。」

「可是他現在不就是昏迷？」

醫生笑了笑。「他現在只是在睡覺而已。」

什麼？睡覺？

送走了醫生，我看著李子侑躺在床上的臉，恨不得把他搖醒，賞他兩巴掌。大老遠坐救護車來這裡，竟然只是因爲李子侑想睡覺？

什麼嘛！讓別人擔心了這麼久只是因爲他想睡覺？

這時，李先生在床上伸了個懶腰。這動作要是發生在五分鐘之前，醫生還沒過來的時候，我可能會很感謝老天爺保佑。但是現在……我只想要跟他說拜拜，然後走到後面的嘉北火車站坐火車回民雄！

我到底是爲什麼要跟著坐救護車來？

早知道自己騎摩托車，現在還可以扭頭就走，不要理這個討厭鬼！

李子侑懶洋洋地睜開眼睛，「我昏迷多久了？」

「你應該是問『我睡了多久』吧！」我沒好氣地說。

「什麼？」

「醫生說你根本沒事，只是在睡覺。」

「什麼？眞是個庸醫，我頭眞的好痛。」李子侑摸著自己的後腦杓。

「少來，醫生說檢查報告一切都沒有異常。」

「沒有異常又不代表正常，搞不好等一下再檢查一次就會發現我內出血。」

「內出血個呸呸呸，哪有人詛咒自己的。」

「那我們現在要幹麼？」

「醫生說看你是要在這裡觀察還是回家觀察。」

「那我們回去了好不好？」李子侑看著我。「我不喜歡醫院。」

「我也不喜歡。」

李子侑慢慢地起身，下床時還很敬業地演了一下快要跌倒的戲碼。「拜託，醫生說你沒事，不要假了。」

聽見這句話之後，李子侑身體一僵，拒絕了我要攙扶他的手。

我們兩個人一前一後地走到護理站，向護士說李子侑要回家觀察。護士小姐說好，她先去醫生那邊問一下。

過一會兒，護士小姐走回來。「醫生說病人有輕微的腦震盪，回去之後不可以讓他睡太久，每隔兩到三小時要叫醒他。如果有嘔吐、暈眩或者是昏迷的現象，都要趕緊再送回來。」

「是。」李子侑點點頭。「我知道了。」

「好，那這邊是領藥單，去批價領藥之後就可以回去休息了。」

我拿著藥單想去批價領藥，卻被李子侑一把搶過去。「我自己來。」

「你坐在那邊休息啊，我去就好。」

「反正妳認為我沒事，是假裝的，那我自己去就好，不用麻煩妳。」

我再度把藥單搶過來。「好，是我的錯，你可以休息嗎？」

李子侑重重地跌坐在椅子上，我趕緊去領藥，藥師還特別叮嚀我各種藥的用途。

走回子侑身邊，我問他，「我們怎麼回去？」

「搭計程車。」說完，李子侑站起來往急診室出口走，走路的樣子有點不穩。看來醫生雖然說沒事，但撞到之後那種暈眩可能是真的。

走到急診室門口，剛好遇到了一臉焦急的小鬥。她看見我陪著李子侑，先是露出不敢相信的表情，接著就對我展開笑容，「謝謝妳送子侑過來醫院，我好擔心。」

接著，她當著我的面緊緊地抱住李子侑，「我好擔心，下次小心一點好嗎？」

李子侑有點狼狽地推開她。「不要這樣。」

小鬥有點錯愕。「怎麼了？」

「不是說過要分手？」李子侑盯著小鬥的眼睛對她說。

「怎麼現在說這個？」小鬥往後退兩步，之後又堆起笑容拉住李子侑的手，「你撞到頭了？是不是很痛？我們先回去休息好不好？我有開車過來。」

小鬥看著我，仍然是笑容盈盈。「要不要搭我的車回去？」

「嗯。」我只能點點頭。

「謝謝妳幫忙照顧我的男朋友。」

聽到這句話，我的身體一震，現在的我，到底在做些什麼呢？

「我不是妳男朋友。」子侑有點生氣，「請不要再阻礙我的生活。」

「先上車回去吧。」彼此沉默了幾分鐘後，小鬥轉身往停車場方向走去。

18

車子一路開到了校門口大吃市附近的宿舍停下來，李子侑隨即開門下車。我也趕緊滾下車，車上如果只剩下我跟小鬥，場面肯定很尷尬。

「子侑！」小鬥趕緊下車拉住子侑。「等等……」

子侑回頭看著小鬥，用一種很深沉淡漠的眼神，「妳還要這樣傷害自己到什麼時候？」

那瞬間，我看見小鬥的表情愣了愣，然後眼淚慢慢慢慢地瀰漫了她的眼眶。

看見那畫面，我心裡面想著的竟是：漂亮的女生連哭起來都讓人不由自主地憐惜啊！

不想看見這樣的畫面，於是我往宿舍走過去。想起今天最後的越野賽，雖然結果不甚美麗，但是會成爲我永恆的回憶。

有時候，人生只靠著回憶就能過得很美好。

努力說服自己還是放棄吧，這種破壞別人的罪惡感是承受不起的。

然後不知道發了什麼神經，我走回小鬥跟子侑面前。「我知道可能沒有資格說什麼，不過李子侑你不應該讓女生哭，我會祝福你們的，希望你們可以一直幸福下去。」

小鬥跟子侑都用一種「妳發神經嗎？」的眼神看著我。

接著小鬥走到我面前，眼神凌厲地說：「妳懂什麼？」

「我？」

「對啊！妳懂什麼？」小鬥的眼淚大滴大滴地奪眶而出。

「小鬥……」子侑走到我和小鬥中間試圖想說什麼，卻被小鬥打斷。

「就算陷在過去當中走不出來，我還是惦記著那個人沒有錯，但是你有沒有想過，這段時間我也付出了不少，我也是很痛苦的啊。」小鬥惡狠狠地看著李子侑。

我聽得一頭霧水，根本不知道這是什麼意思，只是感覺好像事情比想像中的複雜。

「那妳說，妳眼裡看見站在妳面前這個人，他的名字是什麼？」李子侑不甘示弱，大聲地回敬小鬥。「妳說啊，妳看見的是我李子侑還是黃賢治？」

小鬥搖著頭不住地往後退。「不是……」

「妳說啊！」我沒見過李子侑這麼激動過。「是黃賢治還是李子侑？」

「不要！」小鬥尖叫著蹲下。「不要，不要再這樣了。」

「把過去放下，不要在我身上尋找黃賢治的影子，他已經死了，不要再爲他浪費生命，不要把我當成他，不要以爲他還在這裡。」

聽到這裡，我突然同情起蹲在地上嚶嚶哭泣的小鬥。「李子侑，夠了沒有？」

扶起小鬥，她顯然正沉浸在過去的傷痛中無法自拔，哭泣的聲音讓人聽得都鼻酸。

「愛情沒有誰可以替代，我陪了妳這麼久，說難聽一點，還不是當黃賢治的替身？我有義氣，不代表妳可以一直利用我。」

小鬥哭得肝腸寸斷。

我跟小鬥不熟，但那樣聲嘶力竭的哭泣不會是假的。我緊緊握住小鬥的雙手，「不要哭了，不管過去有多痛苦，都已經過去了，妳要往前走。如果不放下這一切，都不會過去的，不管多痛，也要把他放下。」

小鬥抬起頭看著我。「他死了，黃賢治死了。我要怎麼放下，要怎麼往前走？」她臉色死白，一邊說，一邊用力地掐我抓住她的雙手。

每個人都有過去，我也陷在過去中。回憶對我來說是珍貴的，對小鬥來說卻是殘酷的。

在移情作用下，小鬥愛上了長相酷似黃賢治的李子侑，但長相不能取代一切，黃賢治是子侑的學長，所以他代替學長照顧他的女朋友一年。

一年過去了，小鬥始終沒有走出來，而子侑遇見了我。

沒有人可以不受傷，就順利到達終點。

所以受傷，所以跌跌撞撞，只是爲了那個夢想，那個可以永遠幸福美滿的夢想。

我們都很傻啊。

我抱著小鬥，不知不覺間也開始陪著她哭。

過去是被發現的痛苦回憶，通通都竄出心裡，再也無法隱藏，無法掩飾。

19

小鬥的故事是這樣的。

她叫陳維瑄，是財金系大四的學生，在大一時，有一次參加系上的夜唱活動，騎車不小心撞到一個騎機車逆向行駛又沒有駕照的高中生，兩邊都受傷了。小鬥當時太害怕，完全忘記要報警，於是跟高中生互相留電話看後續狀況怎麼樣再聯絡，沒想到，惡夢才跟著開始。

先是高中生的家長打電話來，說高中生傷得很嚴重，已經不能走路，也因爲被撞，精神受創好幾天沒去上課。小鬥心裡一急，就趕緊把自己這個月的生活費六千元送去慰問這位高中生。本來想說事情可以暫時告一段落，沒想到過了一陣子，家長就打電話說兒子哪裡出問題要錢，修車也要錢，每天電話轟炸，一直問小鬥要怎麼補償他們，還開出二十萬補償金的價碼，說什麼兒子受到重大創傷，需要精神補償費。

小鬥被這件事情搞得筋疲力盡。受傷還沒復原、自己的機車修理起來也是一筆開銷，加上每天被追著要錢，有時對方家長還會口出惡言說要去告她。

就在焦頭爛額之際，同學介紹她去學校的法律服務社，在法律服務社遇上了當時大三的法律系學長黃賢治，黃賢治聽到小鬥的狀況眉毛一挑，就立刻覺得事情不單純，帶著小鬥到警局報案，並調出事發當時的路口監視器畫面，後續也查詢相關的案例和法條。在多方奔走之下，終於跟對方成功和解。

這件事的解決，讓小鬥和家人都鬆了一口氣，也非常感謝出手協助的黃賢治。小鬥為了表示感謝，就請學長吃飯。

經過一陣子的相處，兩個人也順理成章地交往，非常甜蜜。

黃賢治除了是法律系的學生之外，還是攝影社的成員，加上喜歡登山，所以常常背著相機到山上、海邊去拍攝。而他的生活中多了小鬥，攝影作品中除了美麗的大自然，也自然而然地多了巧笑倩兮的小鬥。

這樣甜蜜的生活一直持續著，直到後來，黃賢治考上台大法律所卻毅然決然放棄，選擇留在中正繼續研究所課程時有了變化。首先是家人的不諒解，認為他沒必要為了女朋友捨台大而就中正，但他的態度堅決，讓家人的矛頭轉向了小鬥。

小鬥心裡其實也很難受，雖然遠距離的愛情讓人有些擔憂，但是她也更希望學長能夠去台大，畢竟台大是所有學生都嚮往的學術殿堂。

「你還是去念台大好不好？」小鬥這麼對學長說。

學長卻只是淡淡地笑，愛憐地揉了揉小鬥的頭。「我喜歡中正啊。」

事情就這麼定了，學長說在哪裡念書都不重要，重要的是態度。

而就在這事件過後不久，他們依然持續甜而不膩的愛情，依然趁著假日遊山玩水，拍出一張又一張的照片。

有一次，他們爲了看日出，凌晨從學校出發騎車上阿里山，一路上不知道爲什麼，小鬥始終覺得很不安，頻頻跟學長說今天還是先回家吧不要上山了，學長卻說不要擔心，後座載著小鬥就像有平安符一樣，他會特別小心特別謹愼。

然後，事情就這麼發生了。

當天剛好有個熱愛頭文字D的少年，想試試看花了幾十萬改車之後的極限性能，就這樣約了人半夜在阿里山上練習甩尾跟水溝蓋跑法……

所有的意外其實都會有巧合，如果不是在那個時間點經過那裡，或許就不會發生。但是那天晚上，當學長跟小鬥在公路上因爲視線不清輾過了一條蛇。小鬥很害怕，但學長安慰她說回去之後幫蛇唸唸經就沒事了，卻沒料到蛇的屍體和血黏在輪胎上，讓他在過下一個彎道時因爲壓車而打滑。就在打滑的當時，練甩尾的少年剛好疾駛而至。

小鬥只記得一陣強光照過來，就失去意識了。

醒來時，她人在醫院，身上多處的傷痕都已經包紮好，身上抽痛著。

「學長呢？」她問著身邊的好友筱玲，而筱玲只是支支吾吾地說：「他在另外一個地方休息，現在還不能下床，妳也還不能去看他，他的狀況比較嚴重。」

當時小鬥信以爲眞，以爲過兩天學長就會帶著相機和一如以往溫暖的笑容來看她。

直到隔天，一位淚流滿面的中年婦女衝進小鬥房間，對著小鬥說：「妳把兒子還給我！」她才知道學長在二十分鐘前被醫生宣布腦幹發黑，已經拔管了。

小鬥望著對著她哭叫的學長母親，心裡面的情緒忽然都消失了，她顫抖著身體輕輕地問：「對不起，請問學長在哪裡？」

學長的父親扶著發洩完情緒的太太，領著小鬥去見了學長最後一面。

舉步維艱地踏進加護病房後，盯著躺在病床上已經漸漸開始變得冰冷的學長，小鬥慢慢地把對學長的感謝和愛，一字一句說給他聽，把這近三年從認識到最後的細節，彷彿電影一般播放出來。

學長的父母也在旁邊聽著他們的故事，臉上表情稍微平靜下來，但仍然是止不住那椎心刺骨的喪子之痛。

小鬥講完之後，靜靜地趴在學長身上。「學長，再見只是暫時的，我馬上就去陪你。」

隨後，小鬥拿起一旁用來裝乾淨開水的玻璃杯，猛地往桌角敲碎，就往自己脖子上用力一抹。

汩汩流出的血，染紅了學長的身體。

當然，小鬥被救了回來，對方的父母親也因爲小鬥這樣的舉動選擇放下，他們明白了責備小鬥並沒有意義。

學長的告別式小鬥沒有參加，因爲那時，小鬥住在沒有任何物品可供她自殘的房間裡，靜靜地一句話也不說，只是盯著純白的天花板流眼淚。

她休學了一年，回到校園之後，小鬥遇見了子侑。

同爲法律系學生，子侑聽說過系上學長的事情，不過沒料到自己會在校園裡被身爲當事人的小鬥突然衝過來抱住他大哭。

「然後，就像妳看見的這樣，我一直都在他身邊，以女朋友的身分自居。」小鬥點起一根菸，繚繞的煙霧瀰漫了我小小的房間。「我沒有想過他是什麼心情，也不想管，偶爾我會看著子侑的臉叫他學長。我知道他對我仁慈，想讓我開心一點。只是我騙不了自己，我一直以爲自己走出來了，以爲可以活在這樣的假象裡……都過去這麼久了。」

小鬥靠在床邊，頭往後仰，突然間，眼淚不斷地流出來。「我到底在做什麼，學長？」

我看著小鬥的雪白頸項上長達十公分的紅色疤痕。

20

這個故事，小鬥現在講來輕描淡寫，但當時的狀況必定慘烈而痛苦。人在經歷過巨大的痛苦之後都會產生變化，小鬥說以前她聞到附近有菸味就會立刻走得遠遠的，從來沒想過自己會有抽起菸來的一天。

「現在一天一包都算少了，花費很大。」小鬥用拇指跟食指抓著菸，自嘲似地笑了起來。「爸媽現在也不太敢管我，怕我又會拿東西割自己。每個人都寵我，都盡量想讓我開心，可是我開心不起來……」

我站起身來，打開房間裡的兩扇窗戶。冷冽的風吹進來，讓人的頭腦不那麼昏昏沉沉。經歷過下午的事情之後，李子侑已經被我趕回家休息，只有淚流不止的小鬥回到我家，和我坐在家裡喝茶聊天。

這是我在最短時間內迅速變熟的朋友。小鬥的故事讓人聽到都會覺得像戲劇般不可思議，心裡會忍不住想對她好一些。我能體會爲什麼李子侑會對她好，遇到這樣的人，難免都會想多保護她一些。

「我不知道自己在做什麼。從那天之後，我就不敢騎摩托車，所以家人買了車給我。我會因爲心情不好不去上課，教授也說沒關係，他能體會我的處境，跟同學出去不太說話，同學們也說沒關係他們了解我的心情……而他們到底了解了什麼？」小鬥講話的聲音顫抖著。「他們到底能體會什麼？沒有一個人了解這些痛，卻自以爲是地覺得自己能體諒我，自己好體貼，都是放屁。」

我不知道該說些什麼，只好在茶盤上一次又一次地泡著紅茶，注入空著的瓷杯。

「只有李子侑，他不說他了解我的痛，他也不安慰我，只是問我什麼時候要忘記學長好讓他趕快可以交女朋友，別再耽誤他的青春。」小鬥笑了出來，順手又點了根菸。「每次他這樣講，我都會覺得很輕鬆，總算有個人可以正常地跟我說話，而不是用那種『因爲妳的遭遇好可憐，所以我一定要對妳好』的眼神看著我。只是我還是不敢放手，總覺得讓子侑走，學長就會跟著消失了……」

看來明天得買除臭劑回來放了。平常小透來，要是敢給我在房裡抽菸，肯定會被我趕出去，可是小鬥的狀況讓我不敢叫她不要抽，這也是自以爲是的體貼嗎？

小鬥看著我，「放心啦，我現在已經不會有想跟學長一起死的念頭了。我要活下去，爲了能夠有一天去見他時無怨無悔，能夠把這生經歷的所有都跟學長一起分享。到時候，或許我可以沒有遺憾地跟他繼續在來生相遇。」

「妳相信有來生嗎？」我淡淡地說。

「我相信，如果不這麼相信，要怎麼回學長的身邊？所以一定要相信，一定可以回去。」

「我當初也一直相信，只要努力就會再遇見子侑。」

之後我們都沒再說話，任由沉默在小小的空間裡恣意流竄。

放在桌上的手機震動了起來，打斷了我的思緒。我趕緊接起來。

「Kiki？」

「嗯？」

「出來一下好不好？」

「發生什麼事？」電話那端非常吵雜，我幾乎聽不見小透的聲音。「妳怎麼了？」

「我在噴水池，快來。」

講完這句話之後電話隨即斷線了，怎麼回事？這樣沒頭沒腦地來了一通電話，是不是發生什麼意外？

「誰？」小鬥手上的菸燃燒到快熄滅了，殘留的紅色火光在一明一滅著。「子侑？」

「不是。」怎麼辦？看看時鐘，現在也才八點多，小透到底怎麼了？

「那會是誰？」小鬥笑了。

「是我的好朋友。」我嘴裡好像乾乾澀澀地說不出話。

「是喔。」小鬥站起身。「我該走了，妳似乎很想趕緊出門。」

在我們整理好東西，到門口準備穿鞋子時，小鬥突然輕輕地說：「妳不喜歡的話，可以還給我。」

說完之後，小鬥下樓去，爾後聽見她車子發動開走的聲音。

而我停在原地，不能動彈。

21

一路上，我持續撥著小透的電話，但不是沒有接聽就是進語音信箱。雖然心裡焦急，但愈靠近噴水池就愈覺得不對勁。

太多人了，將近九點，學校裡怎麼會有這麼多人在校園裡走動？而且感覺好多人都精心打扮過，遠處隱約有閃亮的燈光跟歌聲傳來。

歌聲？算算時間，難道是校內KTV大賽嗎？

到了噴水池，我在人群中發現小透，她正坐在池邊喝著便利商店的咖啡。

「小透。」我走到她身邊拍了她肩膀。

小透站起身來。「來得正好，就快輪到我了。」

「校K？」

「對啊，我是第六十五號，每個人上去唱幾句，如果被舉了三個叉就要下台，緊張的很。」

「好刺激喔。」

小透仰首，將最後一口咖啡飲盡。「所以我需要妳。」

「什……」話都來不及說完，已經被小透擁進她的懷抱中。

意識到旁人的眼光飄過來，我有一點困窘。「喂！附近很多人耶。」

「噓，靜靜地給我力量，給我勇氣。」小透靠在我的肩上深呼吸。我嘆氣，慢慢伸出手，輕輕地撫著小透的背。

「妳會是最棒的。」我輕輕地說。

人聲仍舊鼎沸，但我知道小透的心慢慢平靜下來了，沒多久，小透抬起頭來對我微笑。

「妳要看著我喔。」

「嗯，我會一直看著妳。」

小透往舞台方向走去，我則是默默地往前站到離舞台比較近的地方，雖然還是有點距離，但已經足夠我看清楚台上的人。

「當天是空的，地是乾的，我要為妳倒進狂熱，讓妳瘋狂讓妳渴，讓全世界知道妳是我的……」台上的男生架勢十足地唱著海角七號的主題曲，充滿力量的聲音很適合這樣的歌。

在一片掌聲中，男生鞠躬下台了。

然後看見小透緩慢地步上舞台，等到她站定，在台上自我介紹，才發現在燈光下的小透散發著光芒，一種天生就註定會耀眼的光芒。

「今天的歌，我想要獻給台下的一位女生，謝謝她，每天都給了我力量。」小透的聲音透過麥克風，變得跟平常不太一樣，多了些磁性。「我要帶來這首〈小情歌〉。」

因為是初選，所以台下的人群還是會彼此聊天，無法專注在表演中，現場有點吵雜，此刻我有些擔心會影響小透的表現。

慢慢地，小透深呼吸。

沒有音樂，只聽見小透悠揚的聲音開始清唱著……

這是一首簡單的小情歌
唱著人們心腸的曲折
我想我很快樂 當有你的溫熱
腳邊的空氣轉了

小透的聲音很乾淨，穿過麥克風之後，加入了回音，慢慢地，感覺到台下鼓譟的人聲漸漸安靜下來。

這是一首簡單的小情歌
唱著我們心頭的白鴿
我想我很適合 當一個歌頌者
青春在風中飄著

跟小透一起去KTV時，不知道聽她唱過這首歌幾百次了，但是這一次聽起來特別不同，她的聲音裡帶著點軟軟的溫柔，輕輕地包圍住在場的人。

你知道 就算大雨讓整座城市顛倒
我會給你懷抱
受不了 看見你背影來到
寫下我 度秒如年難捱的離騷

小透站在台上，發現了在台下眾多人群之中站著的我，她邊凝視著我邊唱著。

我的眼淚，不知道爲什麼流了下來。

就算整個世界被寂寞綁票
我也不會奔跑
逃不了 最後誰也都蒼老
寫下我 時間和琴聲交錯的城堡

小透唱完了，現場爆出如雷的掌聲，評審也沒有舉出任何一個叉。
但這些對我來說都不重要，小透她……
我好像突然間明白了什麼。
站在台上的小透渾身散發著耀眼的光芒，我知道，或許將要跟她愈離愈遠了。
小透跟這首歌，對現在的我來說，都太沉重了。
我轉身，忽略那些歡呼的聲音，忽略小透期待的眼神，離開了比賽現場。
這時候才發現，我心裡掛念著的，是另外一個有著傻氣微笑的那個男孩。

22

回家的路雖然不長，卻走了很久才到家。我手上提了一大包鹽酥雞和大杯蜂蜜綠茶，今天我要放縱自己好好大吃。

打開門，坐在從生活工場搬回來的超大紅色星球椅上，深深地喘氣。

好舒服啊，人生就是要有這麼一張椅子，可以在妳疲倦的時候成爲最佳的靠山。陷進軟軟的椅星球椅中，整個人感覺都放鬆了。打開電視，抓起裝了香菇、雞肉、豆乾、米腸和魷魚鬚的超大包寵愛自己鹽酥雞，「啵」地將吸管插進大杯蜂蜜綠茶，深呼吸之後用力地喝一口，眞是舒暢。

難怪有些人難過失意時都喜歡大吃大喝，食物對人類來說眞是非常重大的存在，如果沒有美味的食物來塡補人類心靈上的空虛，那麼我們的生活一定會過得很痛苦。

拿著遙控隨便亂跳台，跳到目前據說很紅的鄉土劇，裡面的人正拚死拚活地吵架、互相陷害，垃圾食物配上鄉土劇，眞是太適合了。

雖然悲哀，但不得不說，我的人生有時候總像是只有自己一個人而已。

有時候也覺得很累，好希望個人可以讓我依靠，讓我傾訴，聽聽這許多年來心裡的遺憾，我也好想要有人陪伴。

不知道自己當初爲什麼會默許小透每天互相擁抱，但是至少在那個時刻，感受到小透的溫度，感受到小透願意給我的友情是那麼眞實。

所以我不願意去多想。就連男女之間都可以有純友誼了，女生跟女生之間，當然就更自然了不是嗎？

聽見小透清亮的聲音唱著蘇打綠的〈小情歌〉，感覺到小透對我好像有一些些不一樣。

所以我害怕地逃走了。

看著電視上演員互相叫囂，我努力地往嘴裡塞著又香又酥的雞肉，電話竟然響了。

「在做什麼？」是李子侑。

「吃鹹酥雞。」我累了。「你好點沒？」

「好多了。」

「過來陪我一起吃，我吃不完。」我想要找一個肩膀。

「爲什麼？」

「買太多了。」儘管很自私，但我不再想要一個人。

「等我五分鐘。」

「多久我都等。」

掛掉電話之後，我靜靜地躺在星球椅裡，縮起身子。

沒多久，李子侑就站在門前。我打開門，看見了他還包著繃帶的頭。

他笑了。「想我嗎？」

「嗯。」我想了想，點點頭。

沒想到李子侑傻了一下，隨即試探地問我，「妳喝酒了嗎？」

「沒有，爲什麼這麼問？」

「因爲妳喝酒的時候會很放得開。」

我沒有回答，只是笑了笑。

「上次妳喝醉的時候，有個女生打了我一拳，說眞的，她那一拳力道眞猛。」

「小透打妳？」

「妳不記得了對吧？」李子侑踏進房裡，隨即關上了門。

螢幕中的人物仍然在大聲叫喊著：「妳這個不要臉的狐狸精！」

「我不記得，什麼也記不得了。」

「妳還記得妳欠我一件事嗎？」子侑拉起我的手。

「什麼？」

「我想要妳當我的女朋友。這是我的說求。」

沉默了很久之後，我輕輕地說：「我們才認識不到一個月耶。」

「我可不這麼想。」

「不然你怎麼想？」

李子侑大剌剌地坐在星球椅裡，伸展他修長的四肢。

我實在很難不注意他微微露出來的腹肌……對不起我就是喜歡男生有腹肌，對不起對不起我的意志力好薄弱。

以後絕對不能讓他發現我這個弱點，不然吵架的時候，只要他一脫衣服我就投降了怎麼可以呢！

「我從很久以前就喜歡妳。」子侑慢慢地，一個字一個字地說：「記得那是一個非常熱的下午，我入學沒多久，放學後沒事做，在學校裡鬼混，碰巧看見操場邊的球場上有人在打球，基於無聊，我就留在那邊慢慢看。雖然那些女生看起來都長得一樣，高高壯壯頭髮很短，不過打排球這件事我是第一次見到，覺得很新奇。

「等一下，我去泡紅茶。」聽這種八卦怎麼可以不喝茶呢？我用趕火車的速度，把紅茶泡好，端到小桌子上。

子侑雙手交疊枕在頭後，用非常慵懶且舒適的姿勢躺在星球椅上，這點讓我非常不開心，那是我的椅子耶！爲什麼現在他舒舒服服地坐在那裡露出美好的腹肌，我卻要坐在地板上？

「剛開始我什麼也不懂，只能默默讚嘆說這女的跳好高，好厲害，扣球很有力，這女的很會接球，這女的發球好厲害之類的。慢慢地，看出了一點興趣，後就去圖書館看書查排球怎麼打，上網看排球比賽的影片。有時候會一個人跑去公園找牆壁自己想著影片上的動作亂練一通，那陣子固定每天都會看妳們練球大概一兩個小時吧。」

「你都沒有功課要寫，沒有補習班要上嗎？」

「我家又沒人管我，更何況功課這東西我向來也不在乎。後來我慢慢注意到裡面有一個比較沒那麼壯的女生，腿很漂亮，嘿嘿。練完球大家做完收操後她總是還默默留在球場上，有時候會自己沿著排球場的線一圈一圈走著，有時候會自己站到各個位置上做動作，有時候會拿張紙鋪在地上塗塗寫寫。她這種奇怪的行爲引起了我的注意，所以我都會特別再留下來看她今天有什麼新花樣。」

這些事情我倒是第一次聽見，想不到以前李子侑那麼閒，每天都沒事做，還可以留下來看我做那些蠢事。因爲以前我還挺愛打球的，練完球之後如果有時間就會留下來想想隊形、想想攻擊動作、想想如果有人封網我要怎麼抓守備位置，反正就是一些很無聊的事情。

「直到有一天，我看見她坐在球場上哭。那是我第一次看見女生這樣，靜靜地坐在地上。本來以爲她是睡著了，後來我偷偷跑到附近看，看見妳靜靜地用手擦眼淚，但是眼淚一直滴下來。」

李子侑坐直，拿起桌上仍微溫的紅茶。「我想問妳怎麼了，卻不敢靠近。於是我寫了第一封信給妳。查清楚妳的班級座位之後，隔天偷偷放在妳抽屜裡。幾天之後的下午，我要再拿信去的時候，發現妳放了回信在抽屜裡，那時候眞是超開心的。」

我聽著這些從不知道的過往，心裡有種既甜又苦的情緒，偷偷地竄出來。

他慢慢地講述著，我也靜靜地聽，在紅茶氤氳的香氣中將兩個人的回憶完整地拼在一起，像是兩個人手上的拼圖終於拼成完整的圖片。

子侑的聲音有點沙啞，低低地在耳邊迴盪著，不知道爲什麼讓人覺得很溫暖，怎麼喝紅茶也會有點暈？

「我發現自己好像漸漸地喜歡上妳，儘管那時候妳打球像個男生般凶狠，但是感覺私底下的妳很脆弱，很需要人家關心。記得妳說過妳覺得自己總是一個人，我不知怎麼地就很想去陪妳，所以妳每一次練球我都盡量不錯過。後來妳要畢業了，我很緊張，想不到跟妳告白之後妳就再也沒有回信，人也畢業了。雖然後來知道妳考上北一女，但是我總不能追到北一女看妳打球吧，有時會想在網路上查一下妳的消息，但總是沒有什麼收穫，只會查到妳比賽報名的資料。妳考大學那年我也去交叉查榜，但跟妳同名同姓的人眞的不少，根本不知道哪個張凱淇是眞的。後來就這麼斷訊了，一直到那天在球場上看見妳打球，看見這個熟悉又陌生的身影，看見妳的笑容，感覺變漂亮了很多，但，有個感覺沒變，就是妳……還是那麼孤單……」

李子侑突然停住了。

我轉頭看著他：「怎麼了？」

他突然離開椅子跪到地上來，跪到我的身邊。「我可以抱妳嗎？」

那瞬間，我不想再去考慮小鬥的事情，也不想再去想小透的心思，只是看著李子侑清亮的眼睛。

沒有回答，我伸出手環住他，把額頭抵在他的胸膛上。

子侑伸出雙臂環抱住我，在我耳邊輕輕地說著：「所以我們不只認識一個月，從國中到現在的歲月中我常常想起妳……我眞的很想妳。」

他溫熱的呼吸在耳邊吹拂著，我不自覺地渾身發燙。

「我喜歡你。」抬起頭看著子侑，我嘆了口氣。「很抱歉，那時候沒有告訴你，我也很喜歡你。」

我看著子侑的臉愈來愈近，呼吸也愈來愈急。

然後，感覺到他的唇貼上我的，熱熱的、軟軟的，帶點紅茶的香味。

第一次接吻的感覺非常熱，不知道爲什麼，覺得身體好熱好熱，所有的理智通通斷線，心裡面只想著要緊緊抱著子侑。

子侑不知何時把上衣給脫了，露出結實的身軀。男生跟女生的身體眞的有非常大的差異呢，從國中到現在，我們經歷過了許多事情，卻仍然保留著那些兩個人的回憶。

子侑的唇很柔軟，接吻好像是一件會上癮的事情，感覺停不下來。

不知道哪裡來的勇氣，我也親吻著他。男生有種特殊的香味，淡淡的，非常容易使人頭暈的味道。

我們緊緊地擁抱著彼此，聽見子侑的聲音在我耳邊說著什麼，我總是看著他的眼睛微笑以對。

最後，我們沉沉睡去。

「我終於找到妳了。」子侑睡前對我這麼說。

「我也終於等到你再次出現了。」我聽著他穩定而緩慢的心跳聲，靜靜地流著眼淚。

幸福的時間很快就過去了，刺眼的陽光灑進房間之後，這才猛地發現自己昨夜的失態。

我紅著臉趕緊起床，望著李子侑的睡臉，仍然有一種不敢相信的感覺。

胡亂拿了件T恤套上，就到浴室裡刷牙梳洗。想起昨夜的點點滴滴仍忍不住要臉紅心跳，我到底怎麼了？是不是打了針或嗑了藥？

亂七八糟地洗了個澡，才感覺到有種重生的清爽感。望著鏡子裡面的自己，經過昨夜之後，這張熟悉的臉怎麼也感覺有點陌生？

人家說女生談戀愛之後皮膚會變好，不知道我的皮膚今天有沒有變得閃閃發亮？想到這裡，忍不住靠近鏡子研究一下今天的皮膚是否晶瑩剔透……

好像眞的有一點。

就在我專心研究皮膚時，突然被人從後面一把抱住，我嚇得大叫，然後發現是子侑。

「早安。」子侑親吻著我的耳後，一陣戰慄隨之而起。

「早安。」想起昨天晚上那令人面紅耳赤、心跳加速、無地自容的畫面，實在是讓人心神蕩漾、心猿意馬、心心相印……呸呸我在想什麼。

「那個，妳……會不會不舒服？」李子侑欲言又止，吞吞吐吐地問著。

「那個，今天天氣不錯喔。」不知道該怎麼回答，只好隨便講，然後趕緊衝出浴室。

浴室裡傳來陣陣水聲，想必子侑應該在洗澡，我趕緊趁著他洗澡的空檔，把應該穿的衣服都穿好，然後把地上的東西都整理好。

沒多久之後，子侑圍著浴巾走出浴室，未乾的頭髮還在滴著水，美好的上身跟腹肌正在對我微笑。

這可不行，這樣下去我怕自己會控制不住。

「快穿上衣服啦。」我把他的衣服丟到他身邊，轉身不看他。

子侑穿上衣服之後走到我面前。「凱淇，我有話要說。」

「什麼？」臉好熱。

「我喜歡妳。」子侑認眞地看著我。

「我知道。」

「要不要一起去吃飯？」

「呃？」這是告白之後應該說的話嗎？

「我肚子好餓，經過昨天的體能訓練之後，我眞的好餓。」幹麼裝委屈？

「什麼體能訓練……」

或許是察覺我的不安，子侑走到我身邊。「怎麼了。」

「沒有。」悶悶地。

子侑將我拉進他的懷裡。「這麼多年來，我等待的人終於到我身邊來了，我不會輕易讓妳走。」他看著我的眼睛，「Do yoy trust me?」

聽見這句話，我破涕爲笑，點點頭，緊緊地抱住了子侑。

我們就這麼在晨曦中擁抱。這麼多年來的思念，終於跨越了時間，在今天羽化成蝶。

23

從那天之後，子侑會打電話找我吃早餐、午餐、晚餐、消夜……再這麼吃下去，過兩個月我應該會不認識鏡子裡的自己。

除了吃飯的事情之外，子侑還有很多奇怪的堅持。

例如不管怎麼樣，子侑就是堅持不讓我騎車，一定要開車載我上下班。

「那麼晚了，女孩子一個人騎車從嘉義市回來很危險。」每次我抗議時，子侑就會這麼說。

「這條路我都走三年了，要出事早就出事了。」
「呸呸呸，童言無忌。」
「什麼童言無忌，我明明就比你大。」
「年紀大有什麼用，行爲還不是像小孩子。」
「你才像小孩子。」
這種事後回想起來會覺得非常無聊的吵架，互相指著對方鼻子說「你才幼稚」的小學生對罵內容經常在生活中出現，最後兩個人罵到累了也都不了了之。
不過人是會被寵壞的，不可諱言，有人接送眞的比較不累，也比較不用在冬天時穿著像粽子一樣騎車。這陣子，因爲還要留下來幫孩子排練成果發表，在回程的路上我常常一不小心就呼呼大睡，到家時，子侑總是用幾個溫柔而深長的吻喚醒我。
「公主，該醒醒了。」子侑輕輕吻著我的額頭跟鼻尖。
「什麼？」迷迷糊糊地回應著他，雖然意識是朦朧的，但身體卻會慢慢地熱起來。
「公主，妳再用這種聲音勾引我，我就要帶妳上樓做體能訓練了喔。」子侑的聲音變得沙啞，手開始不安分起來。
我抓住子侑的手，睜開眼睛醒過來。「這裡是大街上耶！」
「哪裡是大街？這是妳家樓下，晚上都沒什麼人經過。」
「住這裡的人會出現啊，被看見怎麼辦？」
「也對，那我們上樓好了。」他很壞地笑著，把車子停好之後過來拉開車門，牽著我手三步併兩步地跑上樓。

我們總是笑鬧著，好像生活一直都會這麼開心。

雖然小鬥還是會找子侑，但是我知道她有她拋不開的過去，我想她應該嘗試過要跳脫那些痛，但我也明白生離死別的痛楚不是一般人能想像的，所以也不去多想小鬥，有時候也會問小鬥要不要一起吃飯，但小鬥叫我們不要找她當電燈泡。

「臭凱淇，被妳搶走我的男朋友已經很嘔了，竟然還要我去陪你們吃飯，你們這對奸夫淫婦要不要這麼過分。」實際上小鬥是這麼回答的：「我也是有身價的，還有人排隊等著約我吃飯呢，再見，哼。」

不用去嘉義市上課時，我會陪子侑到球場打球，或是兩個人到嘉義市到處亂晃。最近我們喜歡去逛家具，因爲星球椅兩個人坐起來實在有點擠，如果再買一張各坐各的，又變得會離很遠，所以最近在找舒適又便宜的兩人沙發。

以前，男朋友這個名詞對我來說一直都很陌生，最近開始慢慢有所領悟，那約莫就是有人會陪在身邊的感覺，很溫暖，比起來更像是家人。

「男生娶很多老婆是什麼心態？」我躺在子侑的懷裡，用非常嚴肅的心情問他。

「大概就是想找死吧。」他閉著眼睛回答。

「這什麼回答？」我用手強行扳開他的眼皮。

「這是眞的啊，妳想想看，我只有妳一個人，就每天體能訓練到快乾掉，如果有很多個妳，我可能無福消受就會一命嗚呼了。」

「喂！你認眞一點回答啦！」

「我很認眞啊，妳爲什麼一直打我？妳再這樣我要還手囉。」

子侑翻過身，用一隻手緊扣住我的手壓在枕頭上，然後跨坐在我身上，臉上露出邪惡的笑容。

「我要搔妳癢囉！」

「不要啦！不——要——啊！」

子侑的手指在我的腋下跟腰中間抓來抓去，我們笑著鬧著，忽然間電話聲響起。

「暫停！暫停啦！是我的電話。」我踢開子侑，找到包包，拿出電話看。

上面的來電顯示是小透。

24

雖然不知道爲什麼，但小透對那天晚上我突然消失的事情隻字不提，只問了一個非常令人摸不著頭緒的問題。

「我星期五晚上要去錄影，妳要跟我去嗎？」

「錄影？」

「嗯，那天比賽之後有人遞名片給我，約我這星期五去棚內錄影。」

「詐騙集團？」現在詐騙手段愈來愈求新求變。

「不是啦。」小透失笑。「眞的是電視製作單位，問我要不要去節目裡當挑戰者。」

「哇，妳怎麼回答？」

「我說好。」

「妳去電視上唱歌一定會很棒。」我眞心地爲小透高興，這是非常好的機會，小透的歌聲是我聽過最好聽的。「恭喜妳。」

「等到星期五再恭喜吧，妳要跟我去嗎？」

「我……」看了一眼子侑，他正專心地睡覺。這陣子也辛苦他了，最近要比聯賽，他們每個星期加練兩天，每天練完球還要火速趕去嘉義接我，也實在是累壞了。

忍不住伸手順了順子侑亂得不像話的頭髮，心裡甜滋滋的。

「Kiki?」小透的聲音將我拉回現實。「可以嗎？」

「喔，」應該會很棒吧，要到攝影棚去耶。「好啊。」

「那我星期五中午到妳家接妳。」

「好。」

掛掉電話，捨不得叫醒子侑，他太累了。

小透就要上電視了，好像在演連續劇喔，總覺得這是偶像劇裡面才可能發生的劇情。一個沒沒無名的女生，突然間被叫去電視公司試鏡，然後，一夕之間成爲家喻戶曉的明星。

哇，好夢幻。

好啦我知道我想太多了，但是小透眞的很棒嘛。

她的聲音非常多變，唱快歌時非常有力量，唱慢歌時又讓人覺得骨頭酥軟，唱悲傷的歌時又可以讓人忍不住哭泣。

剛開始，跟小透去唱歌是非常享受的事情，偶爾她會帶女朋友一起去，她女朋友聽她唱完歌之後都會更愛她。

但後來唱歌的約都是因爲小透失戀，假借唱歌之名行胡亂喝酒之實，所以漸漸地，我也就比較沒去注意她聲音裡的感情，大概也是因爲我有點習慣了吧。

每次談戀愛，小透總是覺得對方還不錯就在一起，在一起之後就會陸續發現對方的缺點，日子一久，這些缺點開始變成小透無法忍受的存在。小透對她們來說，或許只是個帶出門非常引人注目，用來滿足虛榮心的LV包包。

這種事情發生好多好多次，但小透依然沒有放棄。她沒有放棄去尋找那個可以讓她安心的對象，一次次地嘗試，卻也一次次地受傷。

我有時候很同情小透，有時又不理解她爲什麼要這樣，明知道自己並不是很喜歡對方，或是對方表現出也喜歡男生的樣子，卻總是一再掉入相同的處境。

小透那次對我說：「比起寂寞，我更寧願要一個晚上的溫柔。」

我不懂，與其要這種假的溫柔，不如自己一個人。何必爲了這些假象，最後弄得自己遍體鱗傷呢？

爲什麼不認認眞眞地找個人談個眞正的戀愛？

有時候也會很壞心眼地覺得小透活該啊，明明就跟她說這女生的男性朋友多到不尋常，小透還是相信愛情可以戰勝性別。

但事實證明性別還是很重要。

雖然在愛情的路上小透一直不順利，但這次小透終於抓到了好的機會，讓她可以往另外一個方向發展，不要再把時間浪費在感情上。我相信一旦小透站上舞台，她肯定會是最亮眼的那個人。

轉過頭，發現子侑愈睡姿勢愈奇怪。

我看著他睡覺的樣子，均勻的呼吸聲，隨著呼吸顫動的睫毛。

他臉頰旁邊有細碎的痘痘跟疤痕，靠近看會發現小小的汗毛跟剛冒出頭的鬍渣。

我伸出手，輕輕撫著他的眼、鼻尖，略微泛紅的嘴唇，順著臉側的線條，往下到他的喉結，他的鎖骨，胸肌的線條，手臂的肌肉。

我慢慢的掀開子侑寬大的衣服，傳出一陣汗味。

「臭死了李子侑。」我小聲地咕噥著。

李子侑不愧是逮到時間就會去健身房做重量訓練的傢伙，連睡覺的時候都有腹肌。

往下看，綁運動褲鬆緊的繩子竟然在外面晃，似乎在呼喚著我把它拉開。

糟糕，我是不是變壞了？

慢慢拉開子侑的褲頭……

但拉開之後我要做什麼？想到這裡又覺得自己很變態，所以又把繩子重新打好結，還仔細地打了兩次才弄得很漂亮。

抬起頭來，看見李子侑帶著笑意的眼睛正盯著我。

「啊！」我尖叫一聲。「幹麼嚇人啊？」

「我哪有？」他裝出一臉無辜樣。「睡到一半發現有人拉開我衣服還鬆開我褲頭，還好我危機意識很重馬上就醒來了，不然不知道會被怎麼樣。」

「誰要對你怎麼樣！」怎麼室內的溫度突然間提高了？

「不然妳掀開我衣服要做什麼？」子侑不斷靠近我。

「因爲……因爲我看見蚊子飛進去了，想幫你把蚊子打死。」

「說謊。」子侑突然壓住我，眼神非常地討人厭，笑容也非常討人厭。「但是妳說這種謊我一定會原諒妳。」

他俯下身吻住我，儘管已經不知道有過多少次親吻的經驗，但每次的吻都是那麼讓人心醉，柔軟的唇舌、子侑身上的氣味，都讓人上癮。

「唉，今天又要體能訓練了。」李子侑站起身來假意地嘆著氣，邊往浴室走邊碎碎唸。「都不體諒一下我的辛勞，還要先洗澡，洗完澡做體能，做完還要洗澡……」

25

「對了，忘記跟你說，星期五我要回台北喔。」隔天晚上，跟子侑一起練完球，吃飯時我突然想起這件事，咬著滿口的烏龍麵邊說著。

「女孩子家吃飯不要說話，麵都要噴出來了。」子侑慢條斯理地吃著他的肉絲蛋炒飯加飯。

聽完之後，我趕緊把麵條吞下去。「我星期五要回台北喔。」

「怎麼突然說要回去，今天已經星期三了耶。」

「昨天小透跟我說她唱完校K之後，有電視台的歌唱節目找她去挑戰。」我很興奮地說。

「詐騙集團？」子侑淡淡地說。

「哇！」我驚叫。「我們好有默契喔，小透跟我說的時候我也是這樣回答她喔。」

「現在這社會，大家都會這樣想吧。」

「不過，小透說真的是電視公司耶，所以我星期五要陪她去錄影，順便參觀一下攝影棚、看明星。」

「小透，嘖嘖嘖。」子侑表情有點怪。

「怎麼了？」

「妳記得上次妳喝醉我去找妳的事情嗎？」

「你是說路邊那次嗎？」想想都覺得很丟臉，醉倒在路邊發酒瘋，唉。

子侑白了我一眼，「是，就是某人想亂喝酒，結果在路邊喝到一發不可收拾那次。」

「我知道錯了啦！」

「妳知道後來的事情嗎？」

「後來有什麼事？」廢話，怎麼可能會記得。

「那天我到妳家門口停好車，下車之後，發現有個女人已經東倒西歪，眼神失焦，嘴巴裡還胡亂說著樹不要跑之類的火星話……」

我以後一定要天天喝酒鍛鍊酒量，才不會被人家笑說只喝幾瓶啤酒就掛。

「我走過去，妳旁邊那位看起來很帥的傢伙突然問我是誰，那時候覺得她是女生，可是感覺又有點不像，很小白臉的感覺。當然，依照我誠實可靠的個性，我回答了我的眞名，她也說了她的名字叫小透，想不到接著這人就一拳打過來。第一次我沒閃掉，等到第二拳又過來時就有點生氣了。我抓住她的手問她什麼意思，抓到她手的那瞬間我就知道她是女生了。」

「爲什麼爲什麼？你會摸骨啊？」

「這跟摸骨有什麼關係？我抓住她的手，那皮膚的感覺跟細細的骨架，立刻就會知道是女生。」

「喔，你偷摸小透的皮膚。」

「相信我，妳比較好摸。」子侑嘻皮笑臉地摸著我的手。

我唰一下把手抽回來。「哼哼。」

「其實那時候我有點生氣，莫名其妙被人打的感覺很不爽，但是看在她是女生的分上我也不想多計較，就在我們僵持不下時，旁邊有個人唱起歌來了，唱的還是英文兒歌，什麼I love you in the morning之類的……」

「啊！」那是我們教材五級的歌，我很喜歡，歌曲非常可愛，歌詞本身也很容易背誦，小朋友們都很喜歡。

對不起，現在不是推廣教材的時候！

「小透後來氣憤地把手抽走，叫我離妳遠一點，如果下次再讓妳這樣哭，她就不會饒過我。長這麼大，我還第一次被女人威脅。我說這是我跟妳之間的事情，妳知道她說什麼嗎？」

「什麼？」

「她說妳是她生命裡最重要的人，任何人傷害了妳，她都會幫妳出頭。」

「她應該是說我是她生命裡最重要的朋友的意思啦。」有時候雖然隱約感覺到，但我都選擇逃避，就像那天的小情歌，小透看著我唱歌的眼神跟表情，都讓我隱約有些不一樣的感覺，但……

小透就是小透，不管是男生女生，在我心裡都只是好朋友的小透。

「妳不覺得小透喜歡妳嗎？」不知道什麼時候，子侑已經把他分量超大的蛋炒飯吃得盤底朝天。

「我不覺得。」我倔強地回答。

「妳……有時候不知道該說是遲鈍還是愛逃避，這麼明顯的事情要早點處理，拖得愈晚，就會傷害人家愈深。」

「你想太多了啦，我和小透眞的只是好朋友，她對每個朋友都會兩肋插刀，我想那是因爲她第一次看見我哭得跟豬頭一樣，所以才起了惻隱之心要替我教訓負心漢。」

「如果眞是這樣就好了。」子侑低頭，默默地把我已經冷掉的烏龍麵端過去吃掉。「星期五怎麼去？」

「小透會來載我。」

「去搭車？」
「不知道耶，總不會騎野狼上台北吧。」
「妳跟她說我送妳到車站跟她會合。」
「好。」
我拿起手機正要撥號，卻被子侑一把按住。「什麼？」
「小透知道我們在一起嗎？」
「咦？」說到這個，我好像真的沒跟小透提過這件事。「我沒跟她說。」
「那如果她問起來，妳就說我現在是妳男朋友。」
「幹麼這樣？」
「爲了斷絕一些不必要的麻煩。」烏龍麵又消失了。奇怪，到底這些食物被李子侑吃下去之後都到哪裡去了，爲什麼他還是那麼瘦？
「那如果她沒問呢？」
「還是要找機會告訴她。」
我撥了小透電話。「小透？」
「什麼？」聽起來正在睡覺。
「星期五我們要去哪裡坐車？」
「我會去載妳啊。」
「妳要騎摩托車上去喔？」

「沒有，我車被偷了。」這等大事從小透嘴裡說出來卻很淡然。

「啊？」野狼也會被偷喔？不是，是車子被偷了好可憐喔！

「所以我爸買了汽車給我，星期五我開車去載妳就好。」

「喔，好。」原來小透能揮金如土，是因爲爸爸也揮金如土的關係。不過幾天的光景，就買了汽車。

「星期五等我。」小透都還沒講完，旁邊突然出現另外一個女生的聲音。「小透，怎麼了？」

我吐了吐舌頭。「好，那……妳先忙吧。」這時候不可以打擾別人。

掛下電話對子侑說：「小透說她會開車上台北。」

「喔。」李子侑一副思考的表情。「這下子有點麻煩。」

「什麼事？」

「小孩子不會懂的。」

「我就說我不是小孩子，我年紀比你大。」我不甘示弱地叫出來，然後發現坐在附近的人全都往我這看過來。

糟了，我忘記這裡是公共場合……

李子侑非常壞心地低著頭一直笑。

「笑什麼……」我趕緊抓起包包往外面慢慢移動，假意地跟子侑告別。「不好意思，我吃飽了先走一步喔學弟。拜拜。」

唉，糗。

26

星期五，整理好行李，準時站在我家樓下等小透。

只是我旁邊還站了個幼稚鬼。

「為什麼要來啦？」我板起臉。

「我不放心妳跟她一起出門啊。」李子侑依然嘻皮笑臉。

「誰不知道你心裡在想什麼。」

「那妳說我心裡在想什麼？」

我語塞。「這……不就是……」

「明明就不知道還要裝懂。」

「哼，幼稚鬼，你不就是要來跟小透說你是我男朋友。」

「妳怎麼會這麼想？我明明就是擔心妳的安危，雖然小透是個女人，但是她喜歡妳啊，而且又長得一副妳會喜歡的樣子，所以我有點擔心。」

「喂，你也太會擔心了吧，我跟小透是很多年的好朋友了，很多年。如果要發生什麼事情早就發生了，還等到今天？」

「所以說妳是小孩子不懂大人的事情。」

「不跟你說了。」我還是不想承認小透喜歡我，總覺得只要承認之後，就不能再自自然然地面對她。

李子侑站到我面前，兩隻手握住我的肩膀，強迫我看著他。「我曾經以爲或許那些回憶只能放在心裡，或許以後只能在網路上查張凱淇，猜測妳的近況，或許沒有再見面的機會，但我沒想到妳會在這裡，就在離我這麼近的地方。跟妳在一起的這些日子，生活很戲劇化，從見面之後，我一直在想要怎麼跟妳說小鬥的事情，因爲我想要跟妳在一起。可是小鬥的狀況很特殊，可能需要一些時間處理，當時我不夠果斷不夠誠實，所以後來有些不愉快的事情，好不容易事情朝著最好的方向發展，好不容易能夠跟妳在一起……」

子侑低下頭，用額頭抵著我的額頭。「我也會擔心妳，小透她……眞的是很出色的人。」我想，不管是什麼女生，聽到男友這樣感人肺腑的自白之後，都不會捨得再生他的氣，我也是。

所以我抱住子侑，把臉頰貼在他胸口上。「你不要擔心，不是只有你一個人等待了很久，我也很珍惜……」

這時突然有台黑色Mazda 6猛地煞車停在我們前面。

副駕駛座旁的窗子緩緩降下，小透的臉出現，她坐在駕駛座對我說：「上車吧，行李放後面就可以了。」

子侑幫我打開車門，送我上車，再把我的行李放到後座。

關上門之後子侑對我微笑，然後對著小透說：「那就拜託妳了。」

「這個不用你說，我自然會把她照顧得很好。」

講完之後，小透油門一踩，子侑的身影開始慢慢地被拋在後面。我從後照鏡看著他一直站在原地目送我離開。

傻瓜。雖然嘴巴上這麼說，卻依然覺得眼眶有些發熱。

「妳跟他在一起嗎？」小透轉過頭來看了我一眼。

「嗯。」我點點頭。

「什麼時候的事？」

「用一種說法來算，是幾天，用另外一種說法來算，是幾年了。」

小透沒回話，沉默了一陣子。

「小透。」其實我一直很希望妳能得到幸福。我好想這麼說。

「什麼？」小透面無表情，讓我覺得有點退縮。

「我希望妳幸福。」

「謝謝。」小透微笑。

「我希望妳可以對自己更認眞。」

「我哪裡讓妳覺得我不認眞？」才幾句話的時間，我們竟然已經到達大林慈濟，這速度……我忍不住一直緊抓安全帶。

「我覺得妳應該先一陣子不要談戀愛，專注在生活跟課業上。」

「爲什麼？」

「妳花太多的時間在談感情，但是那些感情往往又不是妳需要的，到最後都是浪費時間。」

「妳希望我這麼做？」

「我希望妳更珍惜自己。」

「如果這是妳的希望，我會試試看。」

小透的話語有時候讓我心驚。

但如果小透眞的如子侑所說一樣喜歡我，那我是不是也該早點提醒她？

可是……莫名其妙地問別人「妳喜歡我嗎」聽起來就像個花痴。

車子開上了高速公路，這一路上我們聽著音樂，很少再交談。

下午五點要準備開始錄影，表示四點左右我們要先到攝影棚報到，順一下流程，小透也應該要做個造型之類的。

「小透，妳緊張嗎？」到了台北下交流道之後，我這麼問。

「不然妳以爲我爲什麼要帶妳來呢？」小透熟練地在台北市奇怪的道路中穿梭。

「有妳在，我才會更安心。」紅燈時，小透轉過頭來用期待的眼神看著我，「我還是希望妳可以看著我，一路幫我加油，好嗎？」

「我是妳最好的朋友，當然要幫妳加油。」我刻意強調了我們的關係。

小透，希望妳不會眞如子侑所說的那樣，因爲這注定不會有結果。

27

到了攝影棚，小透立刻被工作人員叫過去先彩排、做造型。我因爲不想跟（其實是不能跟）就被安排坐在台下親友團的位置。攝影棚在電視上看起來感覺很大，但實際上在現場看會發現並沒有很寬敞。場內人聲鼎沸，旁邊好多拿著加油海報的人都已經就定位，我東張西望，發現附近好多人手上都有自製加油板，超酷的。

第一次來這種場合，感覺自己就像劉姥姥逛大觀園，對每件事情都覺得好新奇，啊！主持人出現了，本人看起來好瘦喔！我眞的非常喜歡她，覺得她是新世代女性的代表，她是少數非常聰明的主持人之一，說話非常有內涵，腦筋動得快，又很會賺錢，家庭生活也幸福美滿。上次，新聞報導她在廣播節目跟call-in的觀眾嗆起來，我眞的打從心底佩服崇拜她。

對不起我有偶像崇拜情節，如果我這時候衝上去要簽名會不會被打？可是我眞的期許自己將來成爲像她一樣的人，聰明、人緣好、辯才無礙。

錄影開始前，現場的人都好忙碌，調燈光的、測音效的，一堆人掛著器材走來走去。做一個節目眞的很不容易，其實這節目剛出來時，我幾乎每一集都看，每個星期都超級期待，可是幾季後，熱情一消退，我就愈來愈少看。

到開錄前，大家的忙碌也達到了最高點，樂隊老師會開始演奏音樂，然後主持人會唱上一段。彩排的氣氛非常歡樂，大家都會互相鼓勵，眞好。

節目正式開始錄，氣氛突然變得很緊張，因爲大家都知道正式來可不能像彩排一樣有重來的機會，不論彩排唱得多好，正式上場唱得不好就是不好。

就跟比賽一樣，不管練球時打得多精彩多華麗，比賽時如果用不出來都沒有用。之前我們隊上有個攻擊手非常強，練習時總是可以打出力量跟手腕，但她對比賽總是莫名地緊張感，上場都一定要先丟好幾分才會開始慢慢抓回手感，每次都讓我們很緊張，教練也很無奈，後來教練請了專攻運動心理的老師來幫我們做心理訓練課程，每個星期做一至兩次，說也奇怪，經過那些看似不起眼的想像訓練還有自我喊話，每一個人對比賽的恐懼都克服了不少。

老師說，有時候不是身體沒準備好，是心理沒有準備好。

今天在比賽時就看見了這樣的選手，彩排明明整個人放得很開，唱得也很不錯，正式來的時候感覺就有點退縮。然後，講評都是主持人在現場隨便選一個評審來講，眞得像考試一樣，隨便一點，就要趕緊把心得說出來，實際上很難的。

好不容易等到小透，「讓我們歡迎董硯儒，二十二歲，目前就讀於國立中正大學。」主持人唸著手上的小卡。

她走出來的瞬間，現場就一陣驚呼，我想大概是因爲大家分不出來小透是男生還是女生。站定位之後，主持人果然問了小透的性別問題，還開玩笑地問說小透去女廁會不會有人尖叫，小透笑笑地回答說：「所以我有時候會去男廁，使用率比較低，有時候還比較乾淨。」現場笑聲不斷，主持人也接著問小透今天要唱什麼歌。

「信樂團的〈離歌〉。」

「怎麼會想挑這首歌？」

「這首歌，我想送給一個人，希望她懂我的意思。」

「喔——」主持人拉長了聲音。「有涵意喔，那我們來聽聽看。」

音樂響起，小透慢慢拿起了麥克風唱著……

一開始我只相信　偉大的是感情
最後我無力的看清　強悍的是命運
妳還是選擇回去　他刺痛妳的心　但妳不肯覺醒
妳說愛本就是夢境　跟妳借的幸福　我只能還妳

第一次聽小透唱這首歌，不知道爲什麼覺得很難過。這首歌要送給誰？現場的人也專注地在聽小透唱歌，突然慢慢地靜了下來。

想留不能留　才最寂寞　沒說完溫柔　只剩離歌
心碎前一秒　用力的相擁著沉默
用心跳送妳　辛酸離歌

好苦。這歌爲什麼聽起來這麼難過？我生氣地擦著眼淚。

原來愛是種任性　不該太多考慮
愛沒有聰不聰明　只有願不願意

唱到這裡，小透轉頭看著我，剎那間我懂了。

小透話裡的涵意是什麼，我終於知道了。

看不見永久　聽見離歌

最後一句歌詞落下，小透的聲音有點哽咽。

而現場的人，在音樂結束之後，突然爆出了熱烈掌聲。

那瞬間，我知道小透的聲音抓住了所有人。轉頭看了一下評審們互相交頭接耳，表情高深莫測。

「哇，這感覺……」主持人走出來之後一臉不敢置信。「這感覺好像被雷打到，太震撼了。」

我知道，小透即將要發光發熱了。

看著台上的小透，我們之間的距離是那樣遙遠。

28

果不其然，小透挑戰成功，當主持人問她想要領獎金還是想下次再來時，小透毫不遲疑地回答下次再來。

但我心裡一直有疑問：小透眞的喜歡我嗎？像子侑說的那樣喜歡我嗎？

現場的氣氛因爲比賽繼續進行而持續高漲著，音樂聲、歌聲、吶喊聲通通在我腦海裡糊成一團。

對其他人來說，或許小透的表演已經結束了，但是對我來說，這一切才正開始。

是應該繼續假裝不知情，還是要把事情問個清楚？

是不是眞的像子侑說的一樣，拖得愈久，愈會傷害到小透？

整個錄影的後半段，我都無心於錄影，根本不知道內容是什麼，只是出神地望著台上的人來來去去，有時還會被身旁加油團的尖叫聲音嚇到。

好不容易挨到錄影結束，小透和主持人在一旁聊天，我則依然坐在椅子上，想著對我來說過於複雜的事情。

一直以爲小透和我會是永遠的好朋友。

即便是約定了給彼此擁抱，也以爲那只是小透因爲感情不順想暫時找人依靠。

突然覺得好恐慌，如果處理得不好，會不會失去小透這個好朋友？

「在想什麼？」

我驚跳了一下，「啊……想睡覺。」

「累了喔？」

「今天恭喜妳。」

「唱得還好嗎？」

「唱得非常好，而且還差點害別人被淘汰了。」

「哈哈，還好他後來留下來了，不然我會好罪惡。」

「那妳下次還要來？」

「嗯，下星期天下午一點。」

「我覺得妳搞不好會因爲這個比賽踏進演藝圈耶。」

「那也沒什麼不好，反正讀書有點膩。」

「你家人不會反對嗎？」

旁邊一個工作人員拿著一疊資料走過來。「不好意思，硯儒，我要跟妳確認一下之後的事情。」

小透跟我說聲抱歉，就和工作人員到旁邊討論。

今天被淘汰的女生，下台之後就紅著眼眶不斷跟其他人告別。看大家圍著她加油打氣，就知道這些選手經過一連串比賽的考驗，彼此之間眞的會建立出革命情感。

朋友是這樣的，彼此互相陪伴一段時間，終究還是得告別，有緣分的會維繫下去，不然也就這麼斷了，誰都不知道當時的眞心對待能持續多久。

說穿了也是這麼現實的東西。

誰能預料有哪個人會陪在自己的身邊很久很久？

拿起手機一看，一通未接來電也沒有，可見子侑並沒有打電話給我。雖說相信是兩個人關係的基礎，但難免有一點失落。

子侑有在想著我嗎？會擔心我嗎？這個時間應該練完球了啊。

要不要打電話給他？可是打了又好像我一廂情願地在乎他。

就在我猶疑不定時，小透談完事情走回來。「餓了吧，不好意思讓妳等我這麼久，我請妳吃飯吧，順便慶祝一下。」

「嗯。」我把手機收進包包裡。

哼，你不找我，我也沒關係喔！

明知道這是危險的想法，明知道賭氣不會有好結果，但我還是忍不住賭氣。爲什麼偏偏要我先打電話？我就是不打電話，看你要怎麼樣。

走出攝影棚，冷風呼呼地吹，猛地覺得有點冷。

在民雄已經是深夜的十一點，台北依然燈火輝煌。台北是不夜城，沒有停息的時刻。

在小透車上，我看著忠孝東路上滿街的人潮，無數辣妹穿梭在街頭，在接近冬天的時刻，依然有非常多短裙跟熱褲吸引人們的眼光。

「想吃什麼？」停紅燈時小透轉過頭來問我。

「隨便，看妳想吃什麼。」想了想之後還是決定問她，「小透，妳今天這首歌是要唱給誰的？」

「妳說呢？」小透輕描淡寫地回答，一點也沒有扭捏或是不自在的樣子。

「我怎麼會知道。」

「那是爲了節目效果啦，妳想想，如果這樣講，一定會有更多的想像空間對吧。」

「眞的嗎？」

「嗯，這樣別人心裡就會聯想到我是個很深情的人，但又會想我喜歡的人會是男生還是女生，不知不覺就會一直想我的事情，然後下星期就會很想再看我。」

「哇，妳想好多喔。」

「因爲我很喜歡唱歌，妳也喜歡聽我唱歌，所以我希望能夠抓住機會。」

「如果有一天妳變成明星，妳會忘記我嗎？」

「怎麼會呢？」小透偏著頭想了想。「如果我變成明星，我就請妳當我的助理，這樣妳就不用去上班，又可以跟我跑來跑去，我去國外宣傳妳也可以跟我去，很棒吧。」

「哪有這麼棒的事情。」

「妳等我，我一定會努力。」小透把車停在西門町附近的停車場。「走吧，我們去吃飯，好餓喔。」

明明是深夜，西門町的人潮卻洶湧得嚇人，我們在徒步區裡穿梭。

小透很自然地牽起我的手，「這樣才不會不見。」她如是說。

我則是抽開了手，「不用啦，我會跟緊妳。」

29

我們到了西門町一家很有名的港式飲茶店，走進去之後，濃濃的香味撲鼻而來，這才發現肚子很餓了，坐到位置上，等不及地拿起菜單開始點菜。

「要蝦仁腸粉、豆豉排骨、蘿蔔糕、蠔油芥蘭、燒雞……還要叉燒包。」看著菜單，不知不覺會愈來愈餓。

「小姐，那個……小點的部分，等一下推車過來妳直接拿就可以了，不用點菜。」服務生帶著微笑回答我。

小透看著我這饞樣，忍不住笑出來。「妳第一次來吃港式飲茶嗎？」

「我餓到忘記了。」

「這頓算我的，盡量點沒關係。」小透也點了幾道熱炒的菜餚，還補了冷盤。

「幹麼沒事要請客啊？」

「謝謝妳今天陪我。」

突然聊到這個話題，我是應該切入正題呢？還是打哈哈混過去？「哎唷別這樣說，我自己也超想去攝影棚看看啊，又不是專程去加油的。」

講完好想打自己，我怎麼這麼懦弱。

「Kiki，妳現在……開心嗎？」

「我現在肚子很餓。」這是眞的，從下午到現在完全忘記吃東西了。

這顯然不是小透要的答案，因爲她笑出來了，「好啦吃完再講。」

小透講完這句話之後，剛好裝滿了食物跟點心的推車出現在我身旁。「需要點心嗎？」

「要！」我大聲回答，這才發現旁邊的人都轉過頭來看我。唉，沒辦法，平常都訓練小朋友一定要大聲回答，結果自己也染上了這樣的習慣。

我紅著臉，把推車上的東西一盤盤拿到桌子上。不過幾分鐘，我們的桌子上已經堆滿了食物。

這下子，所有的煩惱都已經不重要，眼前只有這些可愛的食物們最吸引人。

我跟小透有一搭沒一搭地講話，重點都放在吃東西上。港式點心配上熱茶，眞是太棒了。

「吃慢一點沒關係。」小透不知道爲什麼看起來很開心。

「妳在高興什麼？」

「比賽很開心啊。」小透輕描淡寫地說著，「還想吃些什麼？」

這就是很困擾的地方，人家明明就沒有說喜歡你，好像從頭到尾都是自己在想像，萬一好死不死，人家的那首歌眞的是要送給別人的，自己大屁股跑去坐在椅子上不是很丟臉？

就算有百分之九十的把握，但也有百分之十是誤會啊！

這樣的問題總是很難處理，總不好當著人家面問說：「妳喜歡我喔？」

看起來簡單，實際上執行起來非常非常需要勇氣。我這人最「卒仔」了，像在補習班，有家長故意找麻煩，我都會當縮頭烏龜。道歉可以了事的話，我都會道歉，家長得罪不得。

吃完超美味的港式飲茶，順便逛了一下西門町，隨便亂走亂吃，等到發現應該回家的時候，已經是凌晨一點半了。

這時間非常尷尬，如果回家被爸媽發現，就是爸媽練習罵髒話的時間，可是不回家，就是我自己一邊罵髒話一邊付旅館錢。

人生為什麼有這麼多兩難的事情？是應該回家呢？還是應該浪費血汗錢呢？

「妳家在哪？」上了車，小透邊繫安全帶邊問。「我送妳回去。」

「呃……這時間回家會被我爸媽唸到爆炸。」唉。

「那去我家好了。」

「妳家不是在台中？」

「台北也有。」小透往忠孝東路開，路上車流少很多，還是有為數不少的人在街上。

「我還是回家好了。」不然會被李子侑給追殺。後面這句我不敢說出來。

對了！想到李子侑，趕緊拿出電話一看。

十一通未接來電。

這一陣子，我的未接來電數目都是非常驚人的數字。

最後一通是十二點半，不知道子侑現在睡覺沒。明天雖然不用上課，但是他們要比賽，也得要練體能的樣子，今天可能會比較早睡。

還是不要吵他好了，讓他好好休息，明天再跟他說。決定好之後我把手機收進包包裡。

到我家門口，小透停下車送我進門。「晚安。」

「Kiki，如果沒有妳，我該怎麼辦。」

「世界還是會轉啊，不要太擔心。妳有天一定會遇見眞心愛妳的人。」我趕緊轉話題。

「那我愛的人呢？」小透抬起頭看著我。「我愛的人呢？她會愛我嗎？」

我先是一愣。

望著小透認眞澄澈的眼神，我發現自己無法說謊。「我想，她應該會很感謝在這個世界上有妳喜歡她吧。」

我想起過去的事情。小透還沒有沉迷在戀愛遊戲時，我們總會約了到處去探險。

「但是她有更喜歡的人，也是她一直等待著的人。我想，那才是她最後的選擇。」對不起，小透。

小透聽到這答案先是有點錯愕，接著笑了出來。「妳不要想太多。」

「希望妳可以趕快找到妳的心靈伴侶。」講完之後，小透坐上車。

我喜歡小透，但無法跟小透成爲男女朋友的關係，我甚至無法想像那會變成什麼樣子。

但是拒絕小透又讓我很難過，我不想傷害認識這麼久的朋友。

爲什麼人不能夠只是單單純純地當朋友？如果我們能夠只是好朋友，事情是不是會簡單很多？

「小透？」不知道哪裡來的一股衝動，我拍打小透車窗，叫住她。

「什麼？」小透轉頭看著我。「怎麼了？」

「妳，喜歡的人是我嗎？」問出口之後，心裡好像有點重量咚地消失了。原來把話問出口不是太困難的事。

「是。」小透點頭。

「什麼時候開始的？」

「我也不知道，這事情能算時間的嗎？總不會像高中生一樣還寫日記紀錄吧。」

「也是。」我笑出來。

「晚安囉。」小透作勢要離開。

「小透……」我再度叫住她，「對不起，我一直都沒有發現。」

「現在不是知道了嗎？」

「可是……」

「我知道的，很多事情妳不必多說，我也不期待什麼，妳只要靜靜地當我的朋友陪著我，就可以了。」

「對不起。」我低頭。

「這有什麼好對不起的，不是每個人都可以跟喜歡的人相愛的，晚安。」

「晚安。」我苦澀地回答。

小透開車離開。

不是每個人，都可以跟喜歡的人相愛的。

30

回到家，意外地家裡沒人，爸媽大概是出差去了。

我洗完澡，躺在床上，輾轉難眠。明明身體發出了疲倦的訊息，卻無法闔上眼睛。

我一直在想小透說的話。

人的相遇非常奇妙，我以前不知道會遇到小透，更沒想過會有女生喜歡女生這樣的事情。一直以來，看過的都是男生愛女生，最驚世駭俗的戀情，頂多是像我爸媽這樣的外遇情節。

我沒料到自己會陷入如此意外的情境中。

發現被很多人喜歡的小透喜歡上，應該是很幸福的事情，而且小透也對我很好，但這愛情習題的答案卻無解。

這些事情都不是預料中的大四生活。

大四了，應該就要擔心研究所或就業的事情。但我既沒有野心繼續念書，也沒有就業的問題，大不了回台北之後繼續教英文。

常常聽見班上的同學討論托福、GRE申請入學的事，許多人開始準備研究所考試或出國備審的資料，也有的開始準備找工作，好像只有我很狀況外。曾經有同學問我爲什麼要教英文，薪水又不多。

薪水的確是沒有非常多，但是我還滿喜歡那樣的工作，不太需要勾心鬥角，跟補習班同事們相處得也不錯，他們甚至會幫我慶生，我覺得很感動。

我的生活其實這樣就可以了。

此外，最近也多了好多東西。期待的愛情眞正來臨時雖然甜蜜，卻也有負擔，像是子侑跟小透不對盤，就弄得我很頭痛。

唉，人生眞的好難喔。

俗話說一醉解千愁，是不是應該去偷我爸的高粱喝一杯？

正想走去客廳酒櫃偷酒喝，發現手機在黑暗中閃啊閃。

拿起手機一看，是子侑。

現在三點多了他還沒睡覺？

「喂？」按下通話鍵做好被唸的心理準備。

「終於接電話了妳。」子侑的聲音聽起來很疲倦。

「我沒聽見電話響，發現的時候已經快兩點，想說你明天要練體能應該會先休息，所以就沒打回去給你。」

「爲什麼會到了兩點才想到要看電話？」

「我十一點多看過啊，你又沒打給我。」

「我打完球已經十一點了，我沒打給妳，妳也可以打給我啊。」

「我比較想要當接電話的人嘛！」我不喜歡這種氣氛。

「妳現在在哪裡？」

「我在家。」

「好啦，到家就好，早點休息，明天幾點回來？」

「還不知道，要問小透。」

聽到小透的名字，他稍微沉默了一下，接著說：「回來打個電話給我。」

「好，你也早一點睡，晚安。」

掛掉電話，想起這個人這麼累了還在擔心我，心裡面竟然邪惡地笑了起來，原來被人家擔心的感覺這麼好，以後我要多讓他擔心一些。

接了子侑的電話之後，很奇怪，所有煩惱都拋到九霄雲外，不知不覺就睡著了。

31

隔天，回民雄的路程，我們走二高，在清水服務區停下來休息。天剛黑的晚上，點點燈火看起來非常美麗。

小透拉著我在二樓的雅座坐下來，旁邊有一對閃到讓人睜不開眼睛的情侶，一直不斷地摸摸親親、親親摸摸，害我的眼光一直無法專注在夜景上。

「Kiki?」小透看著前方，突然對我這麼說。

「嗯？」我轉過頭看著她。

「妳可以答應我一件事嗎？」

「什麼？」

「不論發生什麼，都相信我很喜歡妳。」

「會發生什麼？」

「不論會發生什麼，都要相信我，好嗎？」

我不知道小透這麼說的理由，但如果是她說出來的，我願意相信，「好。」

講完這句話，小透突然俯身過來蜻蜓點水地吻了我。

我錯愕地看著她。「這是做什麼？」

「我只是想親妳。」

「不可以！」我突然生氣起來。「不可以！這是什麼狗屁理由！」

「幹麼這樣？」小透莫名其妙地看著我，「幹麼這麼生氣？」

「這是不對的！我們只是朋友！」

小透不再說話，往停車的地方走。

我們兩個人就這麼沉默著，開了四個多小時的車，終於回到嘉義。小透雖然嘴上沒說，臉上已經顯露出疲倦的神情。

儘管我還在生氣，還是不能不道謝。「謝謝妳。」

「嗯。」

下車時，小透突然說：「對不起。」

「我們只是朋友。」我再一次強調，儘管這對小透來說很不好受，但我們眞的只會是朋友。

如果做不到，就可能連朋友也當不成了。

而我不想失去這個朋友。

目送小透的車離開之後，突然有個念頭一閃而過：如果小透是男生，我會愛上小透嗎？

雖然只是一閃而過，卻嚇得我不敢再往下想。

我趕緊上樓，背包隨便一扔就倒在星球椅裡放空。

連電話在包包裡叫起來我都不太想動。

一次、兩次、三次、四次、五次……是有沒有這麼夙夜匪懈啊？

爬到背包旁邊抓出手機，唉，李子侑。

「喂。」我用非常虛弱的聲音喂了一下。

「累了吧。」電話中傳來子侑略帶笑意的聲音。不知道爲什麼，聽到他這樣的語氣我能想像他的表情。他應該是剛打完球，在球場邊拿著手機，毛巾還掛在肩上，臉上有微微的汗，帶著微笑。

「對啊，累到都不想動。」聽著子侑低低的聲音，忍不住想瞇上眼睛。

「要睡著啦？」

「對啊。」

「我想去找妳。」

「那你動作要快，我快昏倒了。」

「會餓嗎？想吃什麼？路上幫妳帶。」

「熱烏龍茶半糖。」

放下手機之後，突然覺得心裡暖呼呼的，不自覺地笑了起來。

沒幾分鐘，手機再度響起，應該是子侑到了，我切掉電話直接下樓去開門。

快到門邊時，還看見他背對著門打電話。嘉義這種日夜溫差大的地方，十一月的時節，白天還是夏天，晚上卻已經是冬天了。這樣的天氣裡，子侑只穿薄薄的出隊服外套，不知道是不是想冷死。

「怎麼沒接？該不是睡著了？」他自言自語。

我按下開門的按鈕，「恰」一聲門打開，子侑聽見聲音回過頭來看見我。「我還以為妳睡了。」

「我聽到了。哪有人這樣說別人壞話的，至少也得對著門口看我有沒有走下樓再說。」

「這又不是壞話，睡著就睡著，我也不會怪妳。」

「少獻殷勤。」話雖這麼說，心裡還是甜甜的。

回程的路上，下定決心回來嘉義後絕對要義正辭嚴地跟李子侑說本人討厭查勤、討厭盤問、討厭跟朋友出去還要報告。

但看見李子侑，就好像被熨斗燙平的衣服一樣，「滋」地一聲就服服貼貼。

李子侑左手提食物跟飲料，溫熱的右手則是緊緊握住了我手。

我也緊緊地牽住他。

回到房間，才發現子侑帶來的食物驚人地多，有豬腳飯、炒烏龍麵配炸豬排、熱呼呼的芋圓，甚至還有我最無法抗拒的鹹酥雞。

「你肚子很餓？」我相信我臉上一定顯露出無法置信的恐怖表情，這些食物的量是一個正常男人應該吃的量嗎？

「我怕妳會餓。」他慢慢地從背包裡拿出熱烏龍茶。

「幹麼放背包，萬一杯子上的封膜破了不是很麻煩？」

「這樣比較不會冷掉。」

「沒有這麼快冷掉啦。」

雖然外面有一點冷，但氣溫也不至於讓一杯熱茶在幾分鐘內變冷吧，雖然覺得這樣的舉動對保溫無濟於事，還是暗暗讚許他在這種小地方的細心。

子侑站起身來準備去洗手，我從後面拉住他的衣角。

「什麼？」他回頭問我。

我慢慢從後面環住了他的腰，把臉貼在他背上。「謝謝你。」

他轉身抱住我，說了一句沒頭沒腦的話，「沒事，只要妳回來了就好，回來了就好。」

32

桌上滿滿的食物，我們只用了半小時吃掉，最後十分鐘還是我吃鹹酥雞延長的時間，李子侑只花二十分鐘就把豬腳飯、豬排烏龍麵和芋圓掃光，連甜湯也一滴不剩。

趁子侑吃完，躺在星球椅看電視消化的空檔，我突然掀起他的衣服看。

「幹麼？想侵犯我？」他竟然給我裝出一副受驚的樣子。

「為什麼你吃完那麼多東西之後肚子不會圓起來？」好挫折，為什麼我只要一吃飽，肚子就圓得像彌勒佛？

「會啊，怎麼不會，妳自己看。」他不甘示弱地拉起衣服秀出他略微變形的腹肌。

「啊眞的好像有變胖一點。」

「眞的嗎？」李子侑驚訝地看著自己。「那我明天要去重訓。」

「對了，有件事我想跟你說清楚。」我舔舔嘴唇。

「什麼事情？」

「關於小透的事情。」

「她跟妳告白囉？」

「算是吧，反正她說她喜歡我。」我呑呑吐吐地說著。

子侑沒回話，用一種「妳看，我就說吧！」的眼神看著我。

「其實我覺得小透也很可憐……哎唷，你先不要這樣，聽我說嘛。」講沒兩句，這機車人就在那裡給我翻白眼。「我跟小透從大一就認識了喔……」

我開始把跟小透認識的過程講給子侑聽，到小透跟我常常相約出去遊山玩水。

「妳不要愈講愈複雜，這跟她喜歡妳有什麼關係？」

「我……其實也不知道有什麼關係，只是覺得改變之後的小透，很渴望那種平淡的幸福，她希望彼此可以只是互相陪伴，比如一起吃飯、散步、假日出去玩這些簡單的事情，但大部分的女生好像都當她是展示品，帶出門很好看，實際上對她也並不太認眞。」

「這不是她自找的嗎？」子侑不以爲然地說著。

我突然有點生氣。「你知道那種被當成物品的感覺嗎？她也很痛苦啊，不然她爲什麼會變成這樣。」

「既然這麼痛苦，不要接受那些人不就得了，我說妳是不是太悲天憫人了一些？每個人都要爲自己所做的事情付出代價，她既然覺得被這樣對待很痛苦，爲什麼一開始不選擇拒絕呢？自己認不清事實，又責怪別人對她做的事情，這不是很幼稚嗎？」

「她說……有些時候要勇敢面對感情。」

「感情不是這樣面對的，我之前也常想，爲什麼我要讓小鬥這樣子對我。但我想到這是自己選的。我選擇用半年的時間，讓小鬥可以漸漸走出來，面對我並不是學長的事實。雖然比原本預計的花了更多時間，但這段時間內我沒有抱怨過，也沒有向別人解釋過爲什麼，因爲這是我選的。」

「可是小鬥跟小透又不一樣。」

「的確不一樣。我只是想說，在這些關係中，小透並不是絕對劣勢的，她沒有妳想像的這麼可憐，或許妳還不夠了解，但我覺得小透絕對不是個簡單的人，妳以後要小心她一些。」

「喂，她是我好朋友，你不要把她想得這麼糟糕。」

「她明知道妳跟我在一起，又對妳告白，這還不夠糟嗎？」

「她說她不是要給我壓力，只是想讓我知道而已。」

「這種話只有妳這種單細胞生物會相信。」子侑用非常嚴肅的表情看著我，「妳自己想想，她講了這些話之後，妳有沒有一點點稍微考慮過『如果她是男生，我會不會喜歡她』的可能性？」

聽到這句話，我整個人呆在原地。我沒有辦法回答，只能看著子侑，盡量不讓自己顯露出任何表情。

「『如果小透是男生，我們會在一起嗎』，妳只要這樣想，對她來說就是一大收穫了。因爲妳從來沒想過自己身邊會有女生喜歡自己，她說喜歡妳，人長得帥又體貼細心，而且女生一定比男生更了解女生的，加上小透在妳身邊那麼久，她一定比我更知道妳這種單純的生物腦袋裡裝些什麼。妳心裡先是會想，如果她是男生，妳會不會喜歡她，再過一陣子妳就會想『如果沒有子侑，搞不好我會跟小透在一起』。」

「我才不會。」

「妳聽得出這兩句話之間的差別嗎？」

我搖搖頭。

「等妳想通了，就會知道爲什麼我討厭董硯儒。」

「不過說眞的，妳跟她出去玩我有點擔心，因爲依照她的個性，她肯定會把握獨處的好機會。妳們沒發生什麼嗎？」

我趕緊抬起頭。「怎麼可能？你以爲我是怎麼樣的人？」

「還好沒有，不然妳心裡就會更困惑了。」

我伸手拿起叉子，胡亂叉起已經涼掉的鹹酥雞，我覺得自己心臟怦怦地跳得好大聲。子侑，會發現我說謊嗎？

33

我不知道子侑有沒有發現那天我的神情有異，畢竟當下眞的非常心虛，心虛到爆炸，差一點點就想把小透的那個吻說出來，好減輕欺騙的罪惡感。

但是說出來又怎麼樣呢？對誰都沒有好處。所以還是靜靜地把祕密收起來，或許等到有一天我們都能釋懷時，再拿出來回味一下。

那個吻……我按著自己的嘴唇，能怎麼說呢，是我第一次跟女生接吻。

當下除了驚訝跟生氣之外，也沒有什麼特別的感觸，和子侑接吻的感覺不一樣，子侑的吻，總帶來一股暖流，緩慢地經過身體。

我很討厭欺騙，也很討厭說一套做一套。說眞的，我從家庭教育中受益良多。倒不是說我父母的教育多麼確實，相反地，就是他們讓我學習到人生應該要誠實正直。

話雖如此，我現在也還是欺騙了子侑。被小透親的這件事情雖然是意外，卻讓我很介意。放在桌上的電話突然震動起來，嚇了我一跳。

「哈囉？」

「Kiki，我小透，有個好消息告訴妳。」

「妳被唱片公司看上了要出唱片？」我亂猜一通。不過我想這應該是遲早的事，這麼帥的小透，這麼棒的歌聲，是非常值得投資的。

「不是，是妳也要去上節目！」

「啊？」我驚訝得下巴都要掉下來。「這……這怎麼回事？」

「那天主持人跟我聊天，我提到常跟朋友去唱歌，她說他們最近在找唱得不錯的素人，如果身邊有值得推薦的人，可以把影片傳給他們看。我記得以前跟妳去唱歌時，我錄過妳唱歌的樣子，就把影片傳給製作單位。他們剛剛打電話來，說想請妳這星期一起去錄影。」

「我不要。」

「爲什麼？很好的機會啊。」

「我不適合在那麼多人面前唱歌。」

「怎麼會？妳常常面對小朋友，這個跟那個一樣，妳把台下的人都當成小朋友就好。」

「我還是不要。」開玩笑，我怎麼可能在那麼多人面前唱歌？

「拜託啦，就當我拜託妳一次，我已經答應人家了，不要讓我成爲食言而肥的人好不好？拜託。」

「我考慮一下。」

「不用考慮啦，這機會眞的很難得，妳就當成我約妳出去唱歌就好了。唱完這一次就好，妳不論有沒有過關都可以不用再唱，一次就好。拜託啦，就當幫幫我。」

「我還是要考慮一下。」

「哎唷，拜託啦。」小透幾乎是用哀求的語氣在說話了。

「我晚一點再跟妳說。」我切斷電話，腦袋裡面還在轟轟作響。

自己在錢櫃裡面唱開心的，跟去上節目根本是兩回事。而且我什麼時候被小透錄影過，我自己怎麼不知道？難道是傳說中的針孔偷拍？

那天，我光是坐在現場看人家唱歌，都覺得心口像被揪住那樣緊張。如果自己要站上台，那肯定是更恐怖的緊張。

我又拿起電話，竟然不自覺地撥了子侑的號碼。

電話一接通，我劈頭就說：「快！我需要你。」

「這也太直接了。我還在上課，大白天的妳想做什麼？」李子侑顯然是個白痴。

「不是這樣的，我剛剛接到小透的電話……」

「她又想幹麼？」

「她說她幫我報名了，這星期要去比賽。」我努力地組合腦海裡正在斟酌的字眼。

「比賽？」

「歌唱比賽啊！就是小透去的那個節目啊！」

「眞的嗎？該不會又要騙妳陪她去？」

「可是她說她傳了影片給製作單位，他們看完之後要找我上節目，跟小透一樣當挑戰者。」

「既然是眞的就去啊。」

「爲什麼？」眞是晴天霹靂，爲什麼你贊成？這可是你女朋友要去拋頭露面灑熱血耶！

「人生多一點體驗沒什麼不好。」子侑的聲音裡有笑意。

「你只是想看我緊張對不對？」我愁眉苦臉地說。

「不會啦，妳唱歌一定很好聽。」

「你又沒聽過。」

「好啦，我得進去上課了，下課再跟妳說。妳如果眞的要去，這星期我會陪妳去，不用太擔心。」

求助於李子侑顯然無濟於事，他這種好大喜功的招搖性格，當然會希望我去唱，問題又不是他上台，是我上台！從小到大我都超怕上台的。

還是推掉好了，下定決心之後我拿起手機。

正準備要打，手機卻在掌心裡震動起來，一看是個陌生的號碼，詐騙集團？「哈囉？」

「請問是張凱淇小姐嗎？這裡是偶像大道製作單位，我是節目製作助理Vicky，透過董硯儒的介紹，我們想請妳這星期天錄影前先過來試一下音好嗎？如果可以的話，就直接錄影。」

「那個，我還在考慮。」我支支吾吾地講著。

「我知道妳會擔心什麼，不過做我們這行的人，都會鼓勵人家機會難得。妳看我們每場選秀會都是幾千個人來參加，只要妳有一點點想挑戰的精神，都應該過來試試看，不要爲自己設限，也不需要害怕，我想妳現在或許會擔心，要在那麼多人面前唱歌，評審又講話很毒，但是如果沒有這些過程，就不會獲得珍貴的經驗，給妳參考一下囉。如果決定好了，再打電話通知我吧，今天一定要打喔，我們今天要把時間排完，謝謝。」

「嗯好。」

雖然Vicky講話很快，但是我能了解她話中的意思。

她說得對，人生不應該給自己設限，有任何機會都應該好好把握。

有些機會，錯過一次就不會再出現了。

下定決心之後，我撥了Vicky的號碼。

34

要上台唱歌，我心裡特別緊張。我回想第一次去補習班面試試教，還因爲太緊張了，結果一路用屁股對著我們教務主管跟分校主管講解課程。

那個時候也是緊張了一個晚上沒有睡好，自己半夜在想教案、想遊戲，還寫了一張流程表。上台時，英文講得有點結巴，教ＡＢＣ書寫時還在字上面一直塗一直補。結束之後，才知道原來教學跟普通會話是不一樣的。

「教小朋友必須要用簡單的英文，加上動作跟手勢，不要用太長的句子或單字。他們都是不會才來學英文的，妳講那麼難，他們上課聽不懂，回家也不知道該怎麼複習，很快就會對英文失去興趣。所以必須要用簡單的字，搭上肢體動作和趣味的課程吸引他們，這才能激發自動自發的學習。」那時候demo完，教務組長對我這麼說。這些話，我到今天都還記得，算是我學習教英文的第一課。

所以，我也應該要拿出這種精神去面對比賽，所謂「壯士一去兮，不復返……」用這句好像也不太對。

我打開電腦，搜尋著平常會聽會唱的歌，想找出一首比較拿手，可以出去唱給別人聽的。把所有資料夾打開看過一遍之後，我發現非常驚人的事實，那就是——我最會唱的，是教材裡面的兒歌！

天啊，難不成我要上去唱There's a hole in the middle of the sea.嗎？問一下小透好了，她到底是寄了什麼東西給製作單位啊？難不成是我唱〈小綿羊趕集〉的畫面嗎？

小綿羊趕集實在是首好歌，它能修身養性，唱完這首歌，會覺得世界上其他的事情都沒有那麼煩了。如果有耐心唱完，脾氣一定會變好，誠懇地推薦給大家。

ＭＳＮ視窗跳出來，小透問：「唱歌嗎？」

「現在？」

「對啊。」

「有誰？」

「我跟妳啊，練歌。」

「練什麼？我要唱小綿羊趕集。」

「哈哈，這樣好嗎？」

「好啦，我準備一下，不過不可以唱太晚，我明天還要上課。」

「知道了，十分鐘後過去載妳。」

「半小時好了，我想先看一下明天的進度。」

「收到。」

雖然唱歌不是什麼大事，但自從那天之後，李子侑規定每次要單獨跟小透出去都要先通知他。看看時間，目前他應該正在練球或剛練完球。我非常乖巧地拿起手機撥了該位仁兄的號碼。

「您所撥的號碼沒有回應，請稍後再撥。」非常甜美的女聲這麼回答。

我相當有誠意地留言，「哈囉，小透說等一下要去唱歌，我要先跟你報備，可是你應該還在練球，現在是九點五十分，我們半小時後會出發。」

很好，趁著這半小時的空檔，先準備一下明天上課的內容吧。

剛弄好，電話就大叫起來。

透。

「我跟妳去，等我五分鐘。」子侑說。

「不要開太快。」

李子侑也眞急，還沒講完已經掛電話。

把作業安排寫完，明天的課本丟進教課專用背包裡。才收拾好，就聽見手機響，這次是小透。

「到妳家門口了，下樓吧。」

「五分鐘。」

趕緊利用時間洗把臉，從衣櫥抓出厚外套套上。雖然是坐車，但嘉義的夜晚也夠冷的。

走下樓，打開鐵門時，發現子侑也到了。他停好車，往小透走過去，「今天要讓妳載，眞不好意思啊。」

「你怎麼會來？」

「剛好啊，我習慣每天練完球都打個電話給凱淇，她剛剛跟我說她要去唱歌，我認識她這麼久沒聽她唱過歌，所以就跟來了，可以嗎？」李子侑嘻皮笑臉的。

小透沒說話，看見站在門邊的我，對我招手說：「上車吧。」

李子侑先我一步坐在前座，「不好意思，我容易暈車，可以坐前面嗎？」

小透的臉色微微一變，但也沒有說什麼。

我默默地坐在後座，在小透飆得飛快的車速裡，感受到一股山雨欲來的氣息。

到了錢櫃坐下，開始唱歌之後，發現眞是氣氛很不好的練歌聚會。

小透跟子侑分坐在包廂兩端，是的，就是U字形的兩個角這樣。我呢，就成爲可憐的砲灰，因爲我坐哪裡都不太對勁，只能選擇坐在中點，也就是U字形的底部。

只不過是唱歌，爲什麼要搞得這麼不愉快呢？每次服務生一進門都會打冷顫，彷彿包廂像北極般寒冷。

而且李子侑非常幼稚，如果幼稚可以評分的話，他應該會是第一名。

他幼稚表現如下：

一、我只要唱歌，不論唱到笑場、走音、破音、甚至是根本不會唱，他老兄都會大聲喝采加拍手。但是只要麥克風到了小透的手上，他馬上會坐到我旁邊跟我聊天。

二、播到雙人對唱的情歌，他不是吵著要跟我唱，就是在小透拿著麥克風時故意裝出女聲跟小透對唱，這種時候，小透會把歌切掉。

三、其他沒有寫出來的事情，全部都是。

過程中，只見小透的臉色愈來愈冷，除了唱歌之外，沒有說過一句話。最後她點了一首〈王八蛋〉，不知道是不是故意唱給旁邊這位仁兄聽的。

今晚也算大開眼界，第一次體驗到唱歌可以唱得多不愉快，賓主皆不盡歡。也第一次愈唱歌嗓子愈鎖緊。等歌的空檔我們互相不說話，只有子侑一個人在哪裡有一搭沒一搭地自言自語。

從今天開始，我都不想唱歌了。

誰可以來救我回家？我不想待在這裡。

兩個小時的時間一到，我和小透像是後面有鬼在追一樣，沒有留戀地馬上走出包廂，只有李子侑還可以笑著問怎麼不續唱一小時。

「要不要去文化路吃個消夜？」在走往停車場的途中，子侑問我。

「小透，妳要吃消夜嗎？」我看著小透發青的臉龐。

小透停在湯姆熊前面，伴隨著周圍嘈雜的電玩聲，她轉過頭來看著我，眼神非常凌厲。

「爲什麼？」

「什麼爲什麼？」我退後一步，剛好撞到子侑，他的雙手握住我的肩膀。

「還不夠嗎？」小透幾乎是從齒縫裡擠出這句話。

「你們……」她抬起手先指著我，再指著李子侑。「要到什麼地步，你們兩個人才肯放過我？才肯給我一點空間？你們這樣逼我很開心嗎？」

我被小透的怒氣震懾住，無法回話。但我也不了解她的怒氣所由何來，我自認今天跟子侑已經表現得不像情侶了，甚至認爲子侑這樣的行爲很過分，而私心偏袒小透，所以我完全不了解她這怒氣是爲了什麼。

「我做了什麼？我逼妳什麼？」我也生氣了。「從以前到現在，妳每次失戀要喝酒、要唱歌，只要找我，我不論隔天是不是要考試上課，都沒有第二句話……」

講到這裡，覺得眼眶很熱，是啊，我是爲了什麼？明明有期中考，明明隔天要早起，都硬撐著陪唱歌、陪喝酒、陪吃消夜，爲什麼今天要被指著鼻子這樣說？

子侑默默地把我推到他背後，「董硯儒，喜歡一個人，不是爲了要讓她哭泣的。」

聽到這句話，我的眼淚更不受控制地一直往下掉。

「走吧。」李子侑牽著我的手轉身就走。

不想回頭再看小透。我不知道她在想什麼，這麼多年來，我當朋友當得還不夠好嗎，還不夠赴湯蹈火嗎？

李子侑幫我把帶著的厚外套穿上之後，牽著我往中山路的方向走。

我一路上眼淚一直掉，簡直就像壞掉的水龍頭，停也停不下來。

子侑看我一眼，「妳再哭的話，我可是要吃醋囉。」

我沒說話，只是看著眼前的地板一直走。

「妳這個人沒心眼，很容易胡思亂想，我也怕妳聽了董硯儒說的話之後，心裡會覺得虧欠她，對不起她。其實這完全是不必要的，沒有人能保證自己喜歡的人一定會喜歡自己。妳對朋友掏心掏肺我知道，但朋友有朋友之間相處的道理，妳沒必要爲了她一個人生活怎麼樣，情緒就跟著起伏波動，那對妳來說不是好的影響。」

「小透是我的好朋友……」

「妳沒發現她已經不當妳是好朋友了嗎？」

那她當我是什麼？我生氣地想。

「她根本已經把妳當成女朋友了，今天才會這麼生氣。」李子侑一針見血地說。

我們一路走到文化路口，子侑停下腳步看著我。「妳們，是不是發生過什麼？」

腦中轟然一響，震得我招架不住。

「妳去台北的那天，發生了什麼事？」

35

在人來人往的街頭，我突然恐慌了起來，怎麼辦？旁邊經過的路人都好似饒富興味地用看好戲的神情在旁觀賞。

「妳去台北的那天，發生了什麼事？」李子侑的問句還在腦袋裡迴盪。

我驚慌地抬起頭，對上子侑清澈的眼睛。

怎麼辦，我要不要說？這答案是可以說出口的嗎？

「我……」我舔著嘴唇，「那天我跟小透……」

話到嘴邊時，旁邊突然一輛汽車疾駛而至，在我跟子侑旁猛地停下，刺耳的煞車聲引起附近民眾的注目。

小透搖下車窗。「走，我載你們回去。」

子侑轉頭看著她，小透索性開門走下車，用非常誠懇自然大方的態度，對走到人行道上的子侑說：「抱歉，Kiki現在是你女朋友，是我反應過度。」

小透講完之後，有很長一段時間，子侑只是看著她，什麼都沒有說。

許久之後，子侑淡淡地說：「妳不需要說抱歉，凱淇把妳當成非常好的好朋友，我希望妳也能夠用相同的態度對待她。希望妳不要再說一些讓她困惑甚至是困擾的話。我不希望看見凱淇常常爲了妳的事情煩惱，希望妳們之間能夠走回單純的朋友關係。」

小透嘴邊露出一絲笑容。「我只說抱歉，剩下的事情，就不是你能替我拿主意的了。」

「如果妳再讓她爲了妳自己的感情哭泣，我會隔離妳。」

「彼此彼此。希望你也不要讓她哭泣。」

「那當然。」

在他們上演這段看似大和解的戲碼時，我還在發抖，剛剛的問題還在我腦海裡。我眞的可以回答這個問題嗎？今天因爲小透出現，逃過了這次難堪的景況，但逃得過下一次嗎？

「凱淇？」

「Kiki？」他們兩個同時叫我。

我抬起頭，突然所有的問題都擠在我腦袋裡。

「我喜歡妳。」小透說。

「妳跟小透眞的沒有發生什麼嗎？」子侑問。

「妳跟李子侑在交往嗎？」小透問。

「如果發生了什麼，妳會更困惑的。」子侑說。

這些句子一直不斷地重複出現在耳邊，彷彿他們正在叨唸著。我心一急，驚慌得不知道如何是好，只能在原地不斷發抖。

「怎麼了？」子侑大踏步走過來，扶住我搖搖欲墜的身軀。

「我……」我死命地抓住子侑，像溺水的人抓住能救命的浮木那般用力。

「怎麼了？」小透也走過來看著我。

我不習慣欺騙，也不喜歡欺騙。

只不過是一個謊言，就在我心裡造成這麼大的影響。

我一直告誡自己這是必要的惡，必要的謊言。

但是我不知道自己竟然會這麼恐懼，恐懼自己所說的一個謊言會成爲彼此痛苦的來源。

我吸了一口氣，看著李子侑的眼睛，非常緩慢地，一個字一個字地說著：「我，跟小透接吻了。」

說完這句話之後，附近的空氣彷彿都凝結成冰，周圍一陣死寂。

子侑的表情先是驚訝，然後開始轉變成怒意。他的雙手慢慢地用力，緊緊抓住我的肩膀，他看著我，額頭上青筋若隱若現。「爲什麼？」

「跟她沒有關係，她不是自願的。」小透非常冷靜地說。

「那妳又是爲什麼？」子侑克制住怒氣，轉頭看小透，但他並沒有放開手。

我的雙臂開始發疼。

「我想試試看。」

「試試看什麼？」

「想試試看她是不是眞的那麼喜歡你。」

「然後呢？」子侑的眼睛發出惡狠狠的光芒。

小透沒有回答，只是微微一笑，慘慘的笑容。

子侑突然放開我，雙手緊握成拳，眼睛直盯著小透。

「我不想聽，我不想聽這些。」我拉住子侑，深怕他會做出什麼不可預料的事情。

沉默，彷彿戰火一觸即發。

「你贏了。」小透幽幽地說。「你贏了。我這輩子，都只能當Kiki的朋友。」小透深呼吸，看著我這麼說。

我突然覺得好難過。

這是怎麼回事？

突然好懷念過去，那時，總和小透笑著鬧著，不用擔心誰愛誰的問題。

爲什麼人要談戀愛？

戀愛爲什麼不像童話故事，可以不用吵架、不用計較、不用嫉妒，只要從此以後過著幸福快樂的生活就好？

我想要童話故事，我想要單純的快樂。

我突然沒了力氣，靠著牆壁滑坐在地上，忍不住在車水馬龍的街頭大哭起來。

36

不記得怎麼回家的，只記得回家後，我寫了兩封很長的信，一封給子侑，另外一封給小透。

內容關於什麼，說眞的我自己也不太記得了，只記得那天我邊哭邊把兩封信打完，傳送到他們的信箱。

我不想過這種生活，我寧可自己一個人。

寄完信後我不出門、不接電話也不開電腦，一直坐在家裡看著電視，天亮又天黑，天黑又天亮。

補習班那邊，我推說家裡臨時有狀況，請代課老師幫我代一個星期，總共四堂課。

然後我只是坐著，想到的時候掉眼淚，不想的時候就只是發呆，看著電視亂轉一通，到處都是爛戲，卻沒有一部比我的更爛。

電話從一開始的響個不停，到現在已經耗盡電力自動關機了。

門上也有敲門聲響起過，但我沒開燈，沒任何動靜，過一陣子也就停了。

原來，要跟人群切斷聯繫也不是件太難的事情。只要徹底地死心就可以了。

對了，我還打電話給Vicky說很抱歉，這星期家裡臨時有事，所以不能去錄影了。大概就是這樣，所有的事情處理完之後我就放空。

這樣也好。

或許明天醒來，就會發現這一切只是場夢，我並沒有遇見李子侑，而小透也沒有喜歡我。我又可以快快樂樂地上課、整學生，偶爾聽小透抱怨一下不順的戀情。

這樣，就好。

不知道是第三個還是第四個夜晚，我坐在黑暗中，門上又響起急促的敲門聲。我望著門，想著這次門外的人要多久才會放棄。

「沒有開燈也沒聲音，你確定有人在裡面嗎？」一道陌生的男聲，聽起來有點年紀，該不會是房東先生？還是警察？

「我確定有人，她已經三天沒有跟人聯絡也沒有吃飯了，請幫我打開門。」這是李子侑。

「我眞的不能幫你開門，你又不是她的親人，而且萬一她是出門在外，我們這樣不就是私闖民宅？」

「房東先生，拜託。我非常確定她在裡面。開門之後如果沒人，你可以報警抓我。」

「這……」

「拜託，我是她男朋友，這幾天聯絡不到她，我很擔心她，萬一她發生什麼意外，我們現在開門才能救她。」

看這樣子，房東勢必會被說服吧。

我靜靜地移到門邊，趁房東先生跟子侑繼續說話時，偷偷地把暗鎖給扣上。

我暫時，還無法見你們。

「我知道怎麼進去。」小透的聲音？

「眞的？」李子侑顯然是急瘋了。「快，怎麼進去？」

「我知道她習慣把鑰匙藏在門附近，因爲她常常忘記帶鑰匙出門，或是把鑰匙丟在公司，所以她都會藏一支備用，不過要找一下就是了。」

然後是一陣打開鞋櫃，翻地墊的聲音。我心跳也開始加速，小透爲什麼會出現在這裡？

「在這裡！」子侑大叫。「謝謝妳，小透。」

「快開門吧。」

我聽見鑰匙插進鎖裡的聲音，轉動，接著開門。

「咦？打不開？」

「裡面有暗鎖。」小透靜靜地說。

「所以她一定在裡面對吧？」子侑對著門開始講話。「凱淇，開門好嗎？對不起，我那天不應該逼妳，不應該對小透發脾氣，總之是我不好，妳開門讓我們進去好嗎？」

我坐在黑暗中，這幾天好不容易停住的淚水又開始蠢蠢欲動。

「Kiki，妳開門，我跟李子侑都反省過了。」

「凱淇，拜託妳開門，我在外面等了兩天，今天第三天了，妳都沒吃東西這樣怎麼可以？妳的學生怎麼辦？他們要表演了，妳不去補習班看著他們，他們一定不會好好排練的。小透也很擔心，我現在跟她已經和好了，我們不會再給妳壓力，妳不要這樣好嗎？」

「Kiki……」

「是啊，張小姐，妳就開門啊，妳男朋友在這邊盧我好久，現在又這樣大聲講話，給樓友聽到不好啦，大家也都是要睡覺要讀書的，不要這樣吵吵鬧鬧啦，萬事以和爲貴啊，妳讓他們進去講吧。」房東先生也講話了。

聽完房東先生的話，想到鄰居這樣被干擾應該會不開心，畢竟期中考也快到了，他們這樣叫下去也不是辦法。

我走到門邊，「唰」一聲拉開暗鎖，開了門。

門外是頂著黑眼圈的李子侑跟小透，我只是淡淡地說：「有什麼好講的？」

「妳臉色白得像鬼，進去說。」小透手上提著一大包熱騰騰的食物。「生氣就生氣，學人家不吃飯是在做什麼？我帶了雞湯，給我喝下去。」

「我也有買便當，我們來吃飯好不好？」李子侑也提著一大袋。

「好了啦，開門就好，朋友要好好相處，不要再這樣嚇房東我了，我年紀大了，會心臟病發的。」

進到屋裡，開了燈，眼睛突然不能適應地眨了幾下。

趁他們還沒開口，先說吧。

「你們，可不可以離開我的生活？」我看著他們兩個人說。「我想找回以前平靜的日子，不想再跟人談戀愛了。我錯了，戀愛這件事情對我來說一點好處也沒有。」

「Kiki……」

「凱淇……」

「我很累。你們想吃東西就自己吃吧，吃完記得幫我把垃圾帶走。」說完，我裹著棉被躺在床上背對他們，眼淚一直跑出來。

小透跟子侑也沒有說話，只有食物的香味在空氣中瀰漫。

37

我靜靜地在被窩裡流著眼淚，希望他們快點走，不要再吵我了。

忽然，棉被猛地被拉開，我轉頭看，對上小透怒氣騰騰的眼睛。

「妳現在是在做什麼？」小透大吼。

我沒有說話，只是轉頭繼續看著牆壁。

「妳現在覺得自己很可憐嗎？知不知道這幾天到底是怎麼一回事？有人一聲不響，不接電話、不開燈、不出聲、不回應，妳要別人怎麼想？李子侑這幾天根本沒上課，除了上廁所之外，整都在妳家門口外面苦苦地等，有時候我來發現他像鬼一樣坐在車子裡，還要拜託他回去休息睡覺，妳以爲妳辛苦，別人呢？要不要替別人想一想？妳這樣做根本不是在解決麻煩，是在製造麻煩！」

我咬著下唇，又開始覺得難過。我只是不想再過得這麼辛苦，想要輕鬆一點而已。

「妳以爲自己很辛苦，其實身邊的人都比妳辛苦。妳眞的有付出嗎？對友情付出了什麼？對愛情，又付出了什麼？」

「怎麼沒有？」我翻過身坐起來。「什麼叫我都沒有付出？」

「妳一直在被喜歡著，被呵護著。不懂別人喜歡一個人的痛苦，我們會掙扎、會嫉妒、會沒有安全感，而妳呢？碰到問題，就選擇躲起來、選擇失蹤、選擇不面對不解決，這樣眞的很豁達嗎？以前妳說我自私，現在我把這句話還給妳。我覺得妳這樣才眞正是自私。

「妳看看李子侑！看看妳把一個好好的人搞成什麼樣。」小透指著李子侑，我順著方向看過去，頓時嚇了一跳。

他頭髮凌亂，鬍渣細細地布滿在嘴邊，臉色灰敗灰敗的。此刻坐在地上頹喪地看著我的人，眞是李子侑嗎？

「你……」

「人就交給你，我突然想通了，不要再喜歡這個愛要任性搞失蹤的女人。我要退出！你就自己一個人好好照顧這個長不大的小孩吧。」小透拍拍子侑的肩膀，扭頭就走了，沒有對我說再見。

小透關上門，我聽著她的腳步聲下樓，愈來愈遠，愈來愈小聲，終究沒了聲音。

愚頓如我，也知道小透說這種話是爲了退讓，爲了成全我跟子侑，爲了不讓我們心裡再有疙瘩。

但是爲什麼我還是覺得好難過，爲什麼理智明明清清楚楚地說我不會愛上小透，卻因爲小透這樣的離開覺得難過？

「妳餓了吧，要吃點東西嗎？」子侑的聲音聽起來也是充滿濃濃的疲倦。

剛剛小透說，這幾天子侑除了上廁所的時間之外都在我家門口，心裡一定很擔憂吧。

「對不起。」我悶悶地說。

說也奇怪，本來堅決得要命，堅決到打定主意不開手機、不開電腦、不開燈、不吃飯，還想說幾天不出門不吃飯，會不會昏死在裡面就算了。想不到，被找到了之後立刻就屈服在一句「餓了吧，要吃點東西嗎」之下。

看著他憔悴的神情，「這幾天你有吃飯嗎？」

「有時候小透會買給我吃。」他低低地說，邊說邊幫我打開了小透帶來的雞湯，還有他買的食物，每一樣的味道都香到爆炸，突然間喚醒了我的飢餓感。

「董硯儒，或許沒有想像中那麼差勁。」子侑低著頭，我看不見他的表情。「這幾天，我發了狂一樣在外頭等妳，深怕去上廁所的這幾分鐘妳回家或出門了我卻沒遇見，還去補習班找妳，但補習班說妳請假，小透去外文系系辦查了妳家電話打過去，可是妳家總是沒人接，小透說妳平常不太跟人往來，機車也還在停車場，應該是在家沒錯，可是我心裡總覺得不對勁……」

我靜靜地喝著雞湯，還熱騰騰的，不知道小透在哪邊買的。

「很抱歉那天我這樣逼妳。」子侑的頭愈來愈低。「只是，小透跟妳相處的時間比我跟妳相處的時間長，這年頭，跟誰談戀愛都有可能。我一想到妳說跟小透接吻了，我就很嫉妒，儘管我心裡清楚地知道那不是誰的錯，但就是發了狂地嫉妒。

「這幾天要是沒有董硯儒，我也不知道該怎麼辦。她眞的很了解妳，妳的生活習慣她都清清楚楚。」

看著眼前這碗雞湯，突然覺得心裡面有模模糊糊的感傷漾開來。

小透她也很辛苦地活著，想起這陣子我對待她的不耐煩跟疏遠，又更覺得對不起她了。

「快吃吧，要涼了。」我把衛生紙遞給子侑。「趕快吃飯，對不起。我下次不會再做這麼任性的事情了。」把雞湯推到子侑面前，「你也喝一點。」

「這雞湯，是小透熬的。」子侑看著那碗雞湯。「我突然對自己沒自信起來，這幾天我竟然在想，她喜歡妳的程度會不會比我還多。」

「子侑……」我跪坐到他的身邊，輕輕抱住他。「對不起，做出了這些事情讓你擔心。」

講著講著，眼淚就開始流出來。「其實我很恐慌，我也不知道自己的心情。我很喜歡你，但是我總覺得我們在一起得太快了，很多事情都還不夠清楚我們就栽進去，這不是好現象。小透是我很多很多年的朋友，我們的感情基礎很深厚，但聽多了她的愛情故事，我卻從來沒想過她會喜歡我，這陣子以來我過得很混亂……」

「我們，先當回普通朋友好不好？」最後，我哭著對李子侑提出了這樣的要求。

38

子侑在我極度堅持之下屈服了，我說給彼此最少一個月都冷靜下來，這時間內，我們就以普通朋友的方式相處，等到覺得時機成熟，可以選擇再在一起，或者是就繼續這麼當普通朋友下去。

「妳這不是爲難我嗎？」子侑說，他很不想這樣做。

「我眞的覺得這對我們來說都好。」

「對妳好，還是對我好？」

「對我們都好。」

「那只是妳單方面的想法。」子侑看著我，「但如果這是妳的希望，我會尊重妳，照妳所說的話去做，希望妳在這段期間內，眞的能夠認眞地想想什麼對我們來說最好，不要這樣單方面做決定。」

然後子侑起身，離開了我的房間。

關上門之後，我們就是朋友了。

普通朋友。

我慢慢地，聽著子侑的腳步聲跟小透一樣愈來愈遠，愈來愈小聲，然後在腳步聲消失了之後，抱著枕頭大哭。

既然當回普通朋友對我們來說都好，但是爲什麼我會這麼難過，會覺得他的腳步聲聽起來好沉重。

有幾次，我想拉開門叫他回來，但只是想，最後終究沒有跨出那一步。

望著滿桌子的食物，突然更難過了。我是怎麼對待這些愛我的人？他們即便不知道我人在何處，仍然帶著這些食物來我家試圖尋找。

爲什麼他們忘記了那天晚上的爭執、痛苦跟彼此之間的不愉快？

只是幾天前的事情，我們在大街上把對方都逼到了死角，那種幾乎要讓大家都喘不過氣的辛苦，他們，都放下了嗎？都釋懷了嗎？只有我一個人還在介意那些排山倒海的恐懼感嗎？

拿起手機，搜尋著電話簿，這才發現自己的朋友少得可憐，這種時候，竟然一個人也找不到。怎麼好意思找很久不聯絡的人，一打電話就哭給人家聽。

電話簿往下找著找著，發現了小鬥。

一看見小鬥的名字，我不知道哪裡來的衝動就直接撥了。

「喂……」一聽見小鬥慵懶的聲音，我就非常戲劇化地悲從中來。

「小鬥！小鬥！」我哭著喊。

「幹麼！妳現在是發什麼神經？被甩了喔？幹麼鬼哭神號的？」小鬥一副被嚇到的樣子。

「我……我跟李子侑……」我哭得上氣不接下氣，連句話也講不好。

「我十分鐘過去，妳趁現在快點哭，哭完等一下把事情好好說一次。」

放下電話，我非常聽話地哭了十分鐘，哭到手機響起，下樓去幫小鬥開門時，她手上拎了裝滿海尼根的塑膠袋。

一路進到房間裡，小鬥看見滿桌的菜還嚇了一跳。「今天什麼日子？」

「小透跟子侑買給我吃的。」

「他們眞以爲自己在養豬嗎？」

「幫我一起吃吧。」

「我在減肥耶，妳以爲減肥很容易嗎？」小鬥講話非常犀利，聽說是學長出事後才變成這樣的，以前她非常開朗活潑可愛善良大方溫柔（她自己說的），現在講話則是放得開。

我們坐在桌子前慢慢地吃起來，果然有人陪著就比較有吃東西的動力。

小鬥突然開了一瓶海尼根遞到我面前，「妳跟李子侑怎麼了？」

我接過來，跟自己賭氣也似地喝了一大口。入口冰涼的啤酒有麻痺的效果，突然間放鬆了這幾天來不自覺繃緊的神經。

慢慢地，把這陣子發生的事情告訴小鬥，邊講還要邊吃飯喝酒，這麼拖泥帶水地講了快兩個小時，看著旁邊的綠色空罐子數量愈來愈多，腦袋也愈來愈茫。

最後我甚至笑了起來，也終於說出了我要求子侑要「暫時先當朋友」這句話。

「妳白痴啊？」小鬥正在喝啤酒，聽到這句話差點把酒噴出來。她瞪大著眼睛看我，「妳白痴啊，氣死我了！等一下，等一下，我要抽根菸冷靜一下才不會想揍妳。」

小鬥翻著包包找出香菸，點燃之後吸了一口。「妳以爲這樣很瀟灑喔？這樣可以解決事情嗎？這樣大家如果有一天不開心，就都說我們做回普通朋友，可是我還是要你疼我，還是要你愛我，只是我還是想當普通朋友。」

「不是這樣的……」我只是想讓大家都冷靜一下。

「不是個屁！那妳現在告訴我，如果李子侑爽快地答應了，明天就跟別的女生在一起，妳會不會難過？」

「他不會這樣吧。」雖然心裡相信他，但是想到這樣的畫面還是忍不住不開心。

「媽的，妳這什麼爛心態！妳吃定他不會這樣，所以才提出這種無理無知又沒天良的要求嗎？」小鬥抽完菸，生氣地丟到垃圾桶。「妳以爲自己現在在做什麼？如果不知道要珍惜，當初就不要說喜歡他啊，沒幾天又搞這種要人家疼愛，卻又不想付出的白痴普通朋友宣言。」

「我……」

小鬥拿起包包。「不要再說了！要是知道今天妳做了這些，我才懶得來，原本以為妳是個單純善良的女生，現在才知道妳是個蠢貨！不折不扣的蠢貨。」

小鬥走出門口之前，又補了一句，「下次把啤酒錢還給我！」

然後非常用力地甩門走了。

這是我今天第三次聽朋友的腳步聲漸行漸遠。

而我只是仰著頭，把啤酒跟另外一種熱辣辣的液體往喉嚨裡倒。

39

銷假回去上班時，補習班仍然如同以往地亂中有序。上完課，和同事道別之後，推開補習班大門，沁涼的夜風迎面吹過來，讓人精神一振。走到摩托車旁，想起之前這時候，下班出來，都會看見子侑的寶藍色Swift停在門口等我。通常，他會買一杯熱呼呼的咖啡給我，他知道我喝了咖啡反而更好睡的怪異習慣，上車捧著那杯咖啡喝完，我就會無意識地睡著，醒來時就到家門口了。

子侑會給我一個很溫暖的擁抱，附帶一個非常細膩的吻。

有時候，他會在我家一起吃消夜看電視，有時候，他會趕著回去寫作業準備考試之類的。

總之那段日子像是被寵壞了一樣，自己什麼也不用做，享受別人帶來的溫暖。

現在仔細想想，我沒有問過子侑的生活、家庭、學業，什麼也沒有關心過，只是默默地接受他所給予的一切。

我眞像小透說的一樣，是個自私的人嗎？

現在回想起這一個多月來的事情，非常戲劇化地改變了我二十多年來的人生。

小時候喜歡的男生，現在長大了，還跟我讀同一間學校。我們因爲排球而再次相聚，他理所當然地成爲我的男朋友。

雖然不是第一次談戀愛，卻是第一次這麼輕鬆地跟男生相處。

我也發現自己竟然會牽掛著他。

因爲他受傷而擔心，因爲他有女友而猶豫，在一起的那天令人臉紅心跳的情景……每一幕畫面都很清晰，很難想像這一個多月裡，我們之間竟然會發生這麼多事情。

我發動摩托車，戴上安全帽，穿上防風外套，把大同寶寶擺好……唉，這麼難過了我竟然還想起那麼古老的相聲梗。

我好想哭。

突然有點後悔自己推開李子侑。

突然覺得很想見他，不知道他現在會不會想見我。

衝動地拿起手機，撥了李子侑的號碼，在等待的那幾秒突然好緊張，等一下接通了，我應該先跟他說什麼？

「您所撥的電話現在沒有回應，請稍後再撥。」頹然地放下手機，不死心，再試一次，還是相同的回應。

可能還在練球吧，我想。

騎車回民雄的路上，第一次覺得路這麼遠，風這麼冷，又黑暗又恐怖，連旁邊經過的騎士都長得一副壞人臉。

古語云：「由儉入奢易，由奢入儉難。」

這句話正是我目前的最佳寫照。

回到民雄時，停在大吃市，想去飲料店買杯飲料回家喝。

一走到店門口，發現男排隊一堆人在那裡吃飯聊天。

畢竟一起打過很多次球，所以揮手跟大家打招呼，他們也很有義氣地跟我打招呼，叫我過去聊天，我推說剛下課回來很累，想先回家睡覺。

拿到心愛的蜂蜜烏龍茶之後，我轉身想趕緊離開。

一轉身，卻發現子侑直直地朝這邊走過來。

我呆愣在原地，不知道該往後方直接撤退逃跑，還是應該正面迎擊。正在思考，人就來到面前。

李子侑停下腳步，發現我就站在面前，臉上表情也是驚訝，隨即用一貫溫柔的語氣說：

「妳剛下班？」

「嗯，我先走了，晚安。」不想再多看一眼，怕再看眼淚就要當場掉下來。我深呼吸，然後閉氣，開始往停車的地方移動，只要閉住氣，就不會有什麼不該有的東西流出來。

我眞的放不開，我果然幼稚任性而且還是個蠢貨。

明明就很在意的啊。

「凱淇……」後頭傳來子侑的叫喚聲。我沒有停下腳步，反而更加快速度往前走。

我一直走，忘記自己閉著氣，走到機車旁，哇地一聲開始喘氣，大口呼吸的同時也覺得眼眶都熱起來。

子侑不知道爲什麼沒有再追來。

我頹然地停下腳步，唉，小鬥說的都沒錯。

把茶掛到掛勾上，戴上安全帽準備發動時，車子發不動了，怎麼按都只是「噗」一聲就沒了。拚了命地踩，車子還是一點回應都沒有。

奮力地踢了車子一腳，除了腳痛，還是沒有任何回應。

爲什麼這時候連車子都要跟我作對？

雖然時間有點晚，但人潮還是不少，大家都已經在看我了。唉，算了，把車子丟在這裡走路回家，明天再請機車行來看看問題出在哪裡好了。

提著茶，慢慢地踱步回家。這時候滿慶幸不是在嘉義市，也不是在荒郊野外壞掉，至少它載著我回到民雄了，也算功成身退。

這樣看來，眞的不應該怪罪它，那要怪誰呢？怪我自己。

唉聲嘆氣地回到家，打開電燈一看……

媽啊！我家怎麼了？我家怎麼了？

衣櫃被打開，衣服整個都被拉出來丟在地上，每個抽屜也都開著，東西散落一地。

筆電想當然爾地消失了。

其實這家裡，除了筆電，沒有什麼值錢的了。偷一個窮學生有什麼可以得手的？要嘛就乾脆地拿走筆電就好，不要翻我的東西啊，現在翻成這樣，是要我怎麼辦？

就算平常很亂，但也沒出現過這種核子彈爆炸過後的景象啊，而且剛剛打開門，門鎖都好好的，怎麼會？

啊！會不會是那天小透講的話被聽見了？

我心裡一陣冷，從腳底傳上來直達腦門的冷意。

如果是這樣，那就是這附近的人做的了？他這時候會不會還在附近？會不會在我睡覺時拿鑰匙開門就走進來？

我把暗鎖先鎖上，把星球椅推到門口擋住，星球椅可以說是筆電之外第二值錢的東西了，所幸體積太大了，小偷搬不走。

我拿起手機，顫抖地不知道要撥給誰比較好，心一橫，還是打給李子侑。普通朋友來幫忙救急救難也不過分吧。

「凱淇，怎麼了？」子侑的嗓音溫柔地從手機那端傳來時，我整個恐懼感跟委屈突然全爆開來。

「子侑……」我拚命忍住嚎啕大哭的衝動。「我家遭小偷，他可能有我家鑰匙。」

「等我。」他講了兩個字之後馬上掛電話。

一分鐘不到的時間，我說眞的，一分鐘不到，我的電話又響了。這次他在樓下。

我到樓下開門帶他上來。子侑進來，一看見這副慘況，當機立斷地報警，詢問我掉了什麼東西，並且確認門鎖沒壞之後，非常懊惱的樣子，一屁股坐在地上。

「怎麼了？」雖然房間很亂，但是只丟了一台筆電也算阿彌陀佛。

「我想應該是那天我跟小透在門外講話被聽見了，當時我急瘋了也沒想太多，後來又忘記提醒妳應該要請房東換鎖，還好小偷來的時候妳不在家裡……」子侑抱住頭。

「那個，你不用太緊張啦，我沒事。雖然第一時間有一點怕，但是我沒事。」我反過頭來安慰子侑，其實心裡面還是怕得要死。

子侑沒再說話，沒多久警察來了。

警察很公式化地問著發現時間、財物損失、附近有沒有可疑的人之類的，另外一名警察則是拍照，然後請我們叫房東先生過來一下。

打了電話之後，沒多久，房東先生穿著拖鞋就出現了，一副難以置信的表情。警察也詢問這邊有沒有裝監視錄影器，房東說只有門口的地方有，會請負責監視系統的業者調錄影帶。

然後就是去警局做筆錄，鉅細靡遺地問著詳細狀況。我說我下午四點多要出門前確定門鎖上了，十一點回來就發現房間被翻過，而且筆記型電腦不見了。

做筆錄的過程中我非常焦慮。我很不習慣被一對一問話，而且不知道爲什麼，覺得自己被這樣問話很像犯人，不像受害者。

做完筆錄，領到報案三聯單，已經是凌晨兩點了。李子侑陪我一起回我家，默默地幫著整理那些凌亂的衣服、文件，還有一些文具跟備課的用品。

好在我的東西不多，大約半個多小時就整理完畢。

「謝謝你。」整理完東西，我面對著原本放筆電而今空蕩蕩的桌子，低聲地說著。

「妳要不要休息？我在這裡陪妳。」子侑也累了吧，我想。

「對不起，對你做出那麼任性的要求，卻還是要你幫忙。小鬥說我是白痴，明明就喜歡你，還硬要做什麼普通朋友。」

子侑沒有回話，他跟我一樣靜靜地看著空蕩蕩的桌面。

「其實我很怕。你看，我大你快三歲，你才大二，我明年六月就要畢業離開這裡了。有時候我會想，是不是應該趁自己還沒有太投入之前先抽身離開，才不會以後分手難過。我總是杞人憂天，那時候小透跟我的事情，應該當下就當成一個笑話先跟你說，不要放在心裡，光是擔心你有一天發現了會怎麼樣。我以為自己可以跟你當回普通朋友，我以為變回普通朋友，我們還是一樣可以吃飯聊天開車出去玩，可是小鬥說我這樣很自私，她說我這種只想被疼愛卻不想付出的態度是不對的。」

我本來以為自己會哭，可是在闡述這些事情時卻意外地冷靜：「今天下班，走出門，沒看見你拿杯咖啡在等我，騎車回來的路上又冷又暗，買杯茶要回家時摩托車又發不動……回到家就發現被闖空門……」

講完這些之後，突然放鬆了一整晚緊繃的神經，任由眼淚恣意地漫出眼眶。

子侑移動身體坐到我旁邊，伸出他厚實的大手圈住我。

然後他拉著我站起來，把我整個人環進他的懷抱裡，緊緊地擁抱我。我把臉頰貼在他的胸膛上，聽著他沉穩的心跳。

他嘆了一口氣，什麼也沒說，只是抱著我。

40

幾天後，警察通知我抓到凶手，真的是樓下住戶！但不是學生，那天晚上他剛好在家，聽到小透說我習慣放備用鑰匙，所以那天逮到空檔就心存僥倖跑來搜尋一番。而他得手的筆記型電腦，已經被拿去賣掉換現金吃喝玩樂，買的人也已經追查不到了。

我超沮喪，非常沮喪，因爲從大學到現在的資料、照片都存在那裡面，雖然有另外的隨身硬碟備份，但是裡面還有些東西是最近的。

一直以來，我都用電腦寫日記，所以這幾年的日記也都在裡面。這下子賣給別人，所有的隱私都消失殆盡。

好像過去的大學歲月都消失了，什麼也沒留下，空蕩蕩的。

事件發生後的幾天，我跟子侑恢復到之前的關係，但總有一點淡淡的距離，一種說不出來的，小心翼翼的感覺，好像我們對彼此都無法再毫無芥蒂地笑鬧了。今天接到警察打來的電話時，子侑剛好去練球，所以我自己騎著剛修好的車去警察局，一路上都在期待筆記型電腦找得回來就好。

想不到眞的消失了，陪伴我大學三年多的ＩＢＭ。

「那麼舊的電腦了，也賣不到什麼錢啊。」在警察局裡，我自言自語地抱怨，「幾千塊就把我的電腦賣掉，當初可是好幾萬買的耶。」

一個警察剛好經過我旁邊，聽到之後就對我說：「對吸毒的人來說，只要有錢可以買毒，管它是多少錢，那怕只是汽車上的幾十塊零錢，都足以吸引毒癮發作的人敲破整塊擋風玻璃拿走那些錢。幾千塊算很多了。」

「吸毒？」

「不能多說了，妳一個女孩子家隻身在外，凡事都要小心。哪有人在家門口藏鑰匙，這不就是擺明了跟大家說『歡迎光臨』嗎？」

「是的。我以後會放在別的地方。」

「放在身上最安全。還有，要小心家裡鑰匙千萬不能隨便交給不認識的人喔，摩托車鑰匙跟家裡鑰匙不可以串在一起，要注意安全。」警察先生不愧是人民保母，說出來的事情都跟我媽交代我的一樣落落長，且充滿大道理。

唉，心情已經很悶了還要聽警察的安全教育。雖說是好意，仍令我很沮喪。

走出警察局，撥了電話給爸爸，向他報告住的地方遭小偷，筆記型電腦被偷了，然後要換地方住。最近沒錢，請他匯錢給我。

老爹照樣碎唸了一番，就自顧自地掛了電話。

今天是小透第一次錄影播出的日子，所以時間一到，我就準時坐在電視前。子侑說練完球要回來一起看，算算時間應該也快到了。

還是不習慣沒有電腦的房間，突然間好像少了什麼。本來還抱著找回來的希望，堅持先不買新的，但現實是已經找不回來了。

房東在出事隔天幫我換了鎖，但是凶手就住在我的樓下，雖然房東請他搬走，可是對方好像態度很強硬，所以我還是覺得很不安心。跟房東提了，合約還有六個月才到期，不過他願意退房租給我，讓我另外去找房子。他說發生這樣的事情他也覺得很遺憾。

因為最近的事件，在找到新房子之前子侑都會過來我這邊陪我，他說他不放心讓我一個人。我打了把鑰匙給子侑，上頭有小叮噹造型的裝飾，很可愛，他說他很喜歡小叮噹。

給他鑰匙的那天，很像是日本偶像劇的場面，我們在校園裡散步，停下來休息的時候有滿天星光、微風跟搖曳的樹影。我突然拿出繫著緞帶的鑰匙交給站在一旁的子侑，他的表情非常驚訝，驚訝到很假的地步。

「這要給我？」

「嗯，你不是說你要？」明明前幾天才問我要不要打鑰匙給他。

「我只是開玩笑的，想不到妳這麼認眞考慮。」子侑依然嘻皮笑臉的，只有這種時候，我才會覺得好像過去的他又回來了。

「不然還我好了。」我伸出右手平放，示意他還給我。

「給人了就沒有拿回去的道理喔。妳放心，我一定會先敲門再開門，妳不用擔心換衣服被我偷看。」

「子侑……」其實我一直覺得心裡有疙瘩。

「嗯？」我們坐在圖書館前的階梯上，子侑用手輕輕順著我的頭髮，「以前沒想過妳頭髮留長之後這麼漂亮。」

「以前很醜嗎？」想起那段像男生的歲月，也實在是稱不上漂亮。

「怎麼會醜，醜我才不會喜歡，妳剪短頭髮的時候還是很漂亮。只是長頭髮更漂亮。」

「我可以問你一個問題嗎？」

「可以啊。」

「如果我畢業之後離開這裡，我們還是會在一起嗎？」

「當然。」

「為什麼？」

「因為我們從國中開始，就注定要在一起，不然不會到今天又遇見彼此。」

「會有這樣的事情嗎？」

「會有的，兩個人都相信在未來一定會遇見的話，就會發生奇蹟。」子侑把我的臉轉向他。「相信我。」

「我相信。」我非常認真地看著子侑。「我相信，但是也請你答應我，如果將來有一天發生什麼不應該發生的事情，請你務必要先讓我知道，不要欺騙我，我寧可因為知道真相而痛苦，也不願意過著被欺騙的快樂生活。」

「不會有這種事。」子侑把頭靠在我的額頭上，子侑閉著眼睛。「我很愛妳。」「這麼久以來，我都相信會再遇見妳。」

我看著子侑距離我只有三公分的嘴唇，呼吸著他吐出來的溫熱氣息。

第一次，我自己把唇貼近了子侑的，慢慢地吻著他，細細地品嘗著男孩子的氣味。

那些令人煩躁的距離，都在我的吻裡消失了。

41

門上響起規定的三長兩短敲門聲。

「哈哈哈。」這是規定的回應聲，表示可以開門，如果是「噗噗噗」就表示要等一下。先不要笑，這是很嚴肅的話題。

要知道社會是很險惡的，壞人們不知道躲在什麼地方，搞不好就在你家樓下。沒錯，是樓下。所以講話要用暗號，才不會容易被破解，而且李子侑還規定每個月都要換一次，保密防諜，人人有責！

子侑一進門，食物的香味就跟著飄進來。

「再這樣下去，我會變成楊貴妃的。」雖然嘴巴上這麼說，手上還是不自覺地開始翻看子侑帶回來的食物。

啊！有熱芋圓。李子侑，我真是愛你。

打開一看，不禁要稱讚他的記憶力，我記得上次隨口說芋圓跟紅豆是最好的朋友，今天這碗甜湯就眞的是紅豆芋圓，眞是……我要記得以後不能說他壞話，免得被他記恨。

「其實楊貴妃不胖，大家都誤會她了。」

「眞的嗎？」

「眞的……妳看電視劇裡面演楊貴妃的哪一個是胖子，每個都超瘦的，所以讓唐玄宗心神蕩漾，流連往返，樂不思蜀。」

「樂不思蜀跟唐玄宗哪有關係？」

「哎唷我是比喻。看電視看電視！」李子侑開始對付面前的一大堆食物。

就在他嗑完牛肉炒飯、魯味跟大杯多多綠茶之後，節目終於進行到小透的部分。小透的訪問好像都沒有被剪掉，還是因爲本來就沒有訪問很久？

小透開始唱歌，那首在現場聽不太清楚的〈離歌〉，透過電視節目的後製，去掉雜音，突然間變得非常扣人心弦。

鏡頭帶到小透臉上的表情。她略爲低沉的嗓音，把〈離歌〉唱得非常好，幾乎就要媲美原唱，讓人胸口一緊，彷彿自己就陷入悲傷的情緒中。

原來她唱得比當天我在現場聽還要棒。

「這就是那天妳跟她去台北錄影時她唱的歌嗎？」子侑聽完之後這麼問我。

「嗯，唱得眞的很好。」

「這首歌，是要送給妳的吧。」

「啊，這個問題，大家都非常的關切。本人，也非常的，關切。我們已經……」我開始背起相聲裡的台詞。

「沒關係，我現在已經不介意董硯儒跟妳的事情了，知道她喜歡妳我也無所謂，因爲我會比她更愛妳。」

「這樣喔。」我心裡甜滋滋的。「但是她唱歌比較好聽耶。」

李子侑給了我一個大白眼，我笑到差點岔氣。

說實話，李子侑唱歌的功力還可以，但是跟小透比起來就有顯著的差異。多顯著呢？大概是楊貴妃跟趙飛燕身材對比這樣的顯著吧。

「其實我覺得她喜歡妳很久了。」小透下台之後，子侑突然這麼說：「妳應該都沒有察覺到吧？」

我盤腿坐在李子侑旁邊，「現在講這個做什麼？秋後算帳嗎？」

「怎麼敢呢？」他右手繞過來扣住我的肩膀。我們聽著電視上的人唱歌，邊聽邊左右晃動。「不過因爲這件事我們差點就分手了耶，我好難過。」

「哪有要分手？只是分開一陣子。」

「其實那天聽妳這樣說我很灰心，覺得妳沒有替我想，只有想到讓自己不難過。我一直都想要妳開心，想要保護妳，妳卻選擇了最壞的方式來解決事情。」

「對不起……」我現在也知道那並不是好的方式。

「所以那天回去之後，我就把ＭＳＮ封鎖的女生學伴名單通通都打開，痛快地聊了一整晚。」

趴下。」

「喂！」我瞪著這個色鬼，「你是不是有亂來？是不是？」

「騙妳的啦，那天回去，我抓大支一起去我住的地方喝酒，買了啤酒跟威士忌兩個人喝到趴下。」

「啤酒加威士忌？哪有人這樣喝？」

「電視上韓國人教的，還滿好喝的，改天妳要不要試試看？」

就這麼打打鬧鬧，節目到最後小透又出場，子侑看著她突然一陣沉思，「小透……最近有跟妳聯絡嗎？」

「沒有。」對喔，那天晚上被小透狂罵一陣之後就沒有她的消息。

「妳要珍惜這個朋友。」子侑這麼說。

正想問爲什麼的時候，子侑的手機響起來，我拿起來一看，來電者是「外文經理」。

「是你們系排經理耶。」我對子侑說。

「妳幫我接。」

「爲什麼？」

「妳接電話她就會知道了。」

這是什麼怪異的意思？雖然不明所以，但還是聽話地接了，「妳好。」

「呃……」對方顯然是個女生……廢話。「請問是子侑哥嗎？」

子侑哥？章魚哥？傻傻分不清楚？

「他現在……那個，不方便接電話耶。」就在我接聽電話時，李子侑在我耳邊吹氣，還犯規舔脖子，讓我連話也說不好。

「那，什麼時候會方便？」

「永遠都不會方便。」李子侑在我耳邊用氣音說。

「永……」不！我怎麼可以跟著說。「總之，他會再跟妳聯絡喔，拜拜。」

掛掉電話之後，我轉頭怒瞪李子侑，他用非常無辜的眼神望著我，「這學妹對我完美的肉體有興趣，我很害怕。」

「怕個鬼！她應該只是想要問你事情吧。」

「惡鬼退散啊。」子侑倒進星球椅裡伸長雙腿，低聲地說著。

42

今天被通知要去系辦公室拿掛號信時，聽見走廊上幾個學弟妹在聊天。本來是不想多聽，但好像聽到熟悉的字眼，所以不自覺停下來假裝看公布欄邊聽人家說什麼。

「妳知道大四的董硯儒嗎？」一個看起來很台北人的學妹說道。

「不知道。」

「前幾天我看『偶像大道』，發現她有去上節目，唱歌超好聽。」那個學妹兩眼發光，眼神非常嗜血的犀利。

「眞的嗎？」另外一個學妹這時也興奮起來。「眞的嗎？眞的嗎？眞的嗎？」

眞的眞的眞的眞的！我在心裡忍不住回答了四次。

怎麼這問話的語氣跟我八歲的學生差不多？

那個台北女生把聲音拉長，分貝又拉高，想必將來非常適合做手工拉麵。

好啦，我承認是因爲這兩個人讓我很不開心，所以做了個很冷的比喻。

「妳怎麼知道？」另外那個女生超驚訝地回她。

「我一看就知道了喔。」台北女生得意洋洋地說著。「我身上有裝同性戀的雷達，一看就知道。」

「眞的？妳好厲害，那我是不是？我是不是？」

妳不是妳不是。我忍不住又回答了兩次。現在的小朋友講話一定要這樣嗎？又不是上課學英文，我說什麼妳說什麼。

「妳不是啦，那個學姊超、級、帥的。跟Super Junior裡面我最喜歡的東海和晟敏差不多等級。」

我說，Super Junior是最近學生交作業時，寫「I love Super Junior!」的那個Super Junior嗎？東海跟晟敏又是誰？

我沒有繼續聽下去，再聽下去等一下上課講話可能都要忍不住重複講五次。

「Stand up! Stand up! Stand up! Stand up!」這樣子上課，小朋友回家應該會跟爸媽抗議下次不來了。

說人人到，迎面而來的不就是長相俊俏可媲美東海跟晟敏的小透嗎？

「小透！」

小透低頭好像正想著什麼，看見我，停下腳步，露出微笑。我不禁納悶，這微笑是像東海還是晟敏？好了，這不是想Super Junior的時候。「Kiki，怎麼在這裡？」

「系辦說有我的信，倒是妳，今天沒課啊，怎麼來了？」小透很替我著想，我心裡面很清楚她對我的好，可是我只能當她的好朋友，無法以情人的身分支持她，有時候想想也覺得很愧疚。

「我要去辦休學。」小透非常坦然地說出這句話。

倒是我，聽見這句話，嚇得下巴差點掉下來，「為什麼？我們再半年就畢業了啊！為什麼是現在？」

「因為……」小透正要解釋，台北女生跟她說話會重複五次的朋友突然從荷花池那邊走過來，一看見小透，她們就大叫。

「是她是她耶！本人更帥了，原來她這麼高！」台北女生興奮地說。

「我覺得她比東海帥一點，但是小輸晟敏一點。」說話重複五次的朋友這次沒有跳針。

小透完全不理會，逕自拉起我的手往系辦方向走。

我還聽見後面有高分貝的聲音叫著：「妳看！我說了她是同性戀吧！那是她女朋友對不對？」

「真的耶！真的耶真的耶！」如果她朋友可以這樣跟她對話一整天，肯定很了不起。

到了系辦，小透非常俐落地拿出文件，簽名，問清楚要去哪裡跑流程，然後就拉著我往行政大樓前進。

往行政大樓雖然只是一小段路，但跟小透走過來，也感受到注視小透的目光好像愈來愈多，每個人經過好像都會回頭多看一眼，或竊竊私語一番。

「我最近可能會離開學校回台北。」到行政大樓門口時，小透這麼說。

「怎麼了嗎？還沒機會問妳為什麼休學耶。」

「反正念書也不是我的興趣，現在剛好有機會就先去試試看。」

「什麼機會？」

「錄完兩次節目之後，有經紀公司問我有沒有興趣簽約，談過幾次，感覺還不錯，不過還是要在節目裡參加選拔就是，目標是進入最後五強，但有些活動可以先跑，反正經紀公司跟節目簽約是一樣的。這樣講好像很亂，總之就是暫時要在台北發展。」我們在行政大樓各處室走來走去蓋章，繞得我頭都暈了。

「進演藝圈？」

「還不算是，等我出名了之後才算是。」

「放心啦，我印象中的小透非常棒，妳絕對可以成為一個很棒的歌手。」

辦完手續之後，從行政大樓走出來，突然有種離別的傷感。「什麼時候要走？」

「大概下星期吧，要回去跟我爸研究合約，他只有下星期在國內。」

「然後呢？」

「然後我就會成為台灣最棒、亞洲最棒，進軍國際！」小透意氣風發地站在階梯上。

「加油！妳一定可以的！」我站在那邊看著小透，陽光映照在她臉上，散發出光芒。想起孫燕姿的歌，裡面有句歌詞讓我念念不忘：「只有自己能讓自己發光。」小透靠著自己的力量，即將要邁向未來了。

43

小透說不喜歡別離的場面，而且她說這根本不算別離，她只是先回台北工作而已，等我畢業回台北，還是可以一起唱歌打屁逛街喝酒，所以叫我不准辦什麼送別聚餐。

一天，只是一天的時間，小透的住處就清空。三年來的東西，想帶回家的就帶回家，不能帶回家的就給我跟子侑，如果喜歡就留下，不喜歡的就賣掉。

那天搬完東西之後，看著小透的車子絕塵而去，心裡面酸澀得緊，是因爲發生了前陣子那些烏煙瘴氣的事情，所以小透要走嗎？就不能忘記那些事情繼續當朋友嗎？

還是我還在奢望人家對我的好？

眞的不習慣生活裡沒有小透。

從大一到現在，幾乎每天都會和小透一起吃飯、一起聊天、一起散步，從沒想過小透會這麼毅然決然地要進入那五光十色的演藝圈。依照小透的個性跟喜歡女生這點，將來的路想必只會更辛苦。

「董硯儒休學了喔？」子侑好像不太驚訝，依然鎮定地吃著豬排飯加蜂蜜烏龍，經過我的調教，最近他也喜歡喝這個。

「你怎麼都不驚訝，她再半年就可以畢業拿到學位了說。」

「之前她有稍微提到一些事情，我倒是覺得她滿聰明的。」

「什麼事？」

子侑偏著頭思考，「她說社會是很現實的，她知道自己今天抓到了很好的機會，如果現在不把握，再半年之後誰會記得她今天的歌聲和表現？所以她要把握現在有的機會趕緊去衝一衝，念書不是她人生的目標，更何況眞的有心，以後再念也不會太晚，大學會一直都在那裡等，但是機會不等人。」

子侑說完之後，接著下了一個評語，「所以我認爲她很聰明，懂得抓住浪潮就往上衝。說眞的，這年頭讀完大學又有什麼用？」

「這倒是。」

「像妳固定在教書，以後畢業也不愁沒有工作，連鎖補習班的好處就是全台都有分校，教材都一樣，妳到哪邊都可以輕鬆上手。」

「你才大二，幹麼想工作的事情？」

「我現在大二，如果不開始好好準備，以後畢業當完兵就等著當遊民。」

「對喔，男生還要服兵役。」

「其實也有可以不用當兵的方法，只是我不太想這樣……」

「是什麼方法可以逃兵？是什麼？」我立刻認眞起來。

「哈哈不是逃兵啦，這個喔……」子侑轉過頭看著我，「怎麼？妳又擔心起來是嗎？」

「哪有？」我囁嚅，口是心非地否認著。

「我就是喜歡妳這種心虛的表情，看起來很誘人。」子侑輕輕吻著我的鼻尖，「妳爲什麼這麼可愛？」

子侑的唇慢慢往下來到我唇上，溫軟的、帶著些許蜂蜜甜味的唇。我閉上眼睛，感受從心裡傳來的戰慄。爲什麼只是一個吻，卻能擁有如此的力量足以影響人的心靈？

感覺到子侑的手輕撫上腰間，他溫熱的呼吸移至我的鎖骨上……

此時，他的手機突然在桌上震動起來，敲擊著桌面發出聲響。

「你的電話。」我輕輕地推開子侑，惡作劇地看著他頹喪的表情。

「唉。」他拿起電話一看，眉頭糾結。「又來？」

「誰？」我探頭過去看來電顯示：「外文經理。」

子侑按下通話鍵。「什麼事？」

「子侑哥……」隱約聽見熟悉聲音……我說這電話也眞大聲。

「我現在沒空。妳可以找大支……這個我不清楚，妳問大支吧……是大支找妳進來的，我該跟妳講的事情都已經講完了，有問題找他……」

第一次聽見子侑這麼冷淡的語氣，有點驚嚇。

在我的印象中，李先生是熱情奔放、創意無限的人。偶爾會展現一點成熟穩重，但只是曇花一現，沒多久又原形畢露。老是嚷著肚子餓，吃飽了之後又說要體能訓練……這樣的一個三八阿花。

沒看過他用這種淡到沒感情的語氣說話，即便是之前他最討厭的小透，他也從沒表現過這種不耐煩的語氣。

現在怎麼回事？對方是個女生耶。

「那不是我負責的……」子侑很冷酷地說著，「隊長只負責打球，經理要做的事情請問大支或其他人。」

「我不餓，再見。」子侑把通話切斷，丟下手機，轉過身又抱著我，臉上又變回那種三八阿花的表情，「我們繼續好不好，好久沒有體能訓練了。」

「你怎麼對女生那麼凶？」眞的，我從沒看過子侑那麼冷漠。

「妳喔，有時候要學會辨別什麼樣的人是有企圖的。」

「怎麼辨別？」

「用心。」子侑把我的手拉到他的心口，「有沒有感覺到？」

「沒有。」

子侑沒有繼續說話，他換了個位置，坐到我身後抱著我，隨著電視上的旋律輕輕地哼著歌。

人，到底會有幾種不同的樣子？

在這樣簡單的幸福背後，有時候我會害怕。

那樣冷淡的對話，會不會有一天用在我的身上？我總是這麼胡亂想著，即便是在最幸福的時刻，我仍然想著關於分開的一點一滴。

因爲我們還太年輕，所以終究會分開的吧？

關於幸福，愛得愈深就會愈痛苦，愈想要綁住，就愈會從手中溜走。我們的愛是年輕歲月中的恣意任性嗎？還是與別人不同？

子侑說我們的愛情珍貴得很稀少，只發生在兩個人都相信彼此，才會再遇見的奇蹟裡。

44

今天某個好大喜功的人帶著我來球場，說要給學弟一點顏色瞧瞧。

「拜託，我幾年沒練了，現在已經退化到小學程度了。」退化得最多的就是體能，還好最近偶爾會被某人拉去健身房，他重訓我跑步，體能稍微回升一些。

到了球場一看，怎麼小鬥也在？於是跑到小鬥身邊打了招呼。

「不是要當朋友？」小鬥斜眼看我，似笑非笑的。

「哎唷，不要生氣了啦。」自從跟子侑在一起之後，學會最厲害的功夫就是厚臉皮，臉皮一厚，天下無難事。「妳怎麼還是這麼漂亮？」

聽到這句，小鬥給了我一個白眼，「妳在白痴什麼？」

我常常被李子侑灌輸不正確且沒有羞恥心的認錯法，所以今天拿來應用在小鬥身上，「眞的啦！我發誓。」

「本來想說要趁虛而入，把李子侑搶回來用，想不到妳這麼快就想通了。」跟小鬥熟了之後，才知道小鬥的伶牙俐齒背後隱藏的其實都是關心，這也是過了一陣子才適應的，不然以前也都會想，為什麼小鬥老是講話帶刺，是不是很討厭我。事實證明完全不是這麼一回事，如果小鬥不喜歡一個人，她根本連理都懶得理。

「謝謝妳，那天妳跟我說的話，讓我思考了很多，也讓我體認到自己的自私。我會改進的，會成為一個體貼的朋友。」這番話，我一直想找機會跟小鬥講，但碰到她的時候總是在趕時間，沒辦法好好跟她說。

「誰不自私呢？」小鬥撇撇嘴，眼神望向另外一個方向，「那邊還有一個更自私的。」

我轉頭看去，啊！這是那天在七里香時也看到過的那個女生，根據李先生的說法，她就是外文經理，

「經理？」我不自覺地唸出來。

「妳知道？」小鬥看著我。

「子侑跟我說過有一個外文系的學妹被大支拉來當經理。」

「只有這樣？」

「她打過幾次電話給子侑。」我開始回想那幾通電話，「但是子侑態度不太好。」

「是不用太好沒錯。」小鬥拿起包包。「好，既然妳來了，我要先下班了，站在球場邊看這些男人打球不是我的興趣，這種苦差事還是妳去吧。」

「為什麼突然要走？」

「拜啦。」小門沒有回答我的問題，逕自往大門口走去。

我滿臉問號地走到子侑放包包的地方，跟大家打了招呼之後，拿球衣就往女廁走。

換好衣服從廁所走出來，一開門就看見那個經理學妹站在門口。我嚇一大跳，但還是問她：「妳要用嗎？」

而學妹只是抬高下巴，對著我勾起嘴角微笑就走開了。

好難理解的笑容。

不過來到球場就是要打球，此刻要把腦袋放空，要享受打球的快樂。

從廁所走回球場時，子侑剛好要從裡面衝出來，看見我之後他停下來，「沒事吧？」

「沒事啊，換個衣服而已。」

「不要擅自離開我的視線。」子侑看起來很緊張。

子侑牽著我的手往裡面走，大家已經都開始熱身了。我開心地加入熱身的隊伍裡，活動好久沒動的筋骨。

從我這個方向，剛好可以看見大支突然拉著子侑到旁邊去，兩個人交頭接耳不知道在說什麼。沒多久，子侑的臉色開始不太對勁，好像有點發脾氣在罵大支的感覺。

原來男生的球隊也會吵架。

以前高中時，就是因爲球隊裡發生了一些複雜的事情，讓我心灰意冷，所以想暫時離開那個環境。想不到，最後還是站上球場比任何事都讓我覺得開心。

熱身完，他們要練接發球，我自告奮勇地要幫忙發球，學弟還嗆我說不要讓他們在對面等不到球。

「嘿嘿嘿……」等到他們站好，我冷笑三聲，沒多久，就讓嗆我的學弟羞愧得到旁邊捶牆壁大叫：「我要去死、我要去死！」

「我是叫妳來幫忙練球，不是讓妳來逼他們自殺的！」子侑在旁邊哈哈大笑。

比賽將近，練完接發球跟攻擊之後就開始跑隊形。

在跑隊形之前，大家有五分鐘的喝水時間。

我走到我跟子侑放包包的地方，發現那位經理學妹刻意拉開我的背包，自己坐在子侑的包包旁邊。

子侑走過來看到這狀況，隨即拿起我們兩個人的背包，牽起我的手往旁邊走，頭也不回地對學妹說：「請妳不要亂動別人的背包。我說過我已經有女朋友了，就是妳眼前這位學姊，請妳不要再來打擾我了好嗎？」子侑態度很凶，凶到我都覺得對那女生不好意思。

學妹欲言又止，用一種瓊瑤式的淚汪汪眼神看著我們，低低地說她真的只是想待在子侑哥身邊，沒有其他非分之想。

「妳已經造成我困擾了。」

學妹流著眼淚，默默地收拾東西，看著她的樣子，我突然不忍。

子侑拉著我，拿起我們的東西，走到和學妹有點距離的另一端。

「這樣好嗎？」我拉拉子侑的衣服。

「我說過，複雜的事情就讓我來吧。」子侑嘆了一口氣，把額頭抵在我的頭頂上。

這動作才持續一秒，旁邊就有人發現，開始陸續大叫，像是加油的波浪舞般，一波未平一波又起（對不起，我知道這句成語不是這樣用的）。

「喔！我瞎了！」

「來人啊！把我的可魯帶來！」

「球場上禁止放閃光啦！」

「幹！我也要女朋友！」

「我……我先去換衣服。」我的臉「唰」一下熱起來，趕緊拿起背包往廁所走過去。

羞死人了啊！

45

最近生活慢慢穩定下來，經理學妹好像也沒再打電話給章魚哥了，不，是子侑哥。想想，人跟人之間眞的有很多奇妙的發展，有好的也有壞的，像學妹這樣乾脆地走掉已經算很好相處了。

我曾經有過很慘痛的例子。大概是大二的時候吧，有一天心情不好，去操場跑步解悶，有一個男生跑過來問我是不是外文系的。後來兩個人聊起來，之後我才知道原來他是系上學長。學長人很風趣，也健談，重點是他講話很好笑，是很容易相處的人。

後來留了ＭＳＮ給學長，也常跟學長一起約去跑步。有時候會出去吃飯，不過我也都沒有多想，純粹抱著多個朋友是好事的心態。

後來有一天，我們出去看電影時，走在馬路邊，有台車很快地開過來，學長拉著我的手往裡面閃，之後就沒有放開，一直牽著。

那天我也沒有多想，想說應該是在路上車子多，怕危險吧。

學長的態度有了微妙的變化，常常一天兩三通電話，有時候幾天不見，突然打一通電話來問我爲什麼沒有打電話給他。

我被問得莫名其妙，不知道這是爲什麼。

直到有一次，學長突然問我有沒有想他，我才察覺到：啊！他是不是誤會了什麼？趕緊跟學長說對不起，我沒有喜歡他的意思。

然後學長就爆了，到處跟人家說我很隨便，有人一約就去吃飯看電影，怎麼約怎麼走，手也可以隨便牽。

「搞不好人家心情好還可以相約幹一炮呢。」這是當時他在網誌上用來描述我的話。

當時我眞的很驚訝，這就是那個會陪我跑步，幽默風趣的學長嗎？眞的是同一個人嗎？

爲什麼明明是同一個人，卻可以講出這樣兩極的話？

因爲是系上學長，後來我也不想澄清什麼，開始都不太跟人說話，系上對我的風評也漸漸下滑，我終究被邊緣化，還好後來我跟小透熟起來，不然可能會自閉到畢業吧。

這件事給我的影響很不好，我變得不知道別人說的話裡什麼是眞的什麼是假的，是小透帶我慢慢走出這個陰影的。

就這個層面來說，小透的確把我從陰暗的泥淖中拉出來，使我能夠重新面對人跟人之間的相處跟信任。

這件事我沒跟任何人說過，這是很黑暗的記憶，即便是學長後來向我道歉，我也不相信那是眞的了。

我對人，其實是很害怕的。因爲不知道這個人下一秒會不會轉變成我不認識的樣子，像是子侑對學妹那般冰冷的態度。

但我決定還是不再多想。

前幾天子侑回家，把他保存的信件也帶過來民雄，我們買了一個很精緻的鐵盒，把我的信跟他的信都放在一起。

「從今天開始，它們跟我們一樣，都不再孤單了。」子侑抱著我，「以後我們也要互相寫信給彼此，開心的事情也好，傷心難過的事情也好，生氣不想用說的也好，都可以寫信，然後寫上日期放到裡面去，這樣以後我們就有很多很多回憶，不只是過去，還有未來。」

那個鐵盒現在躺在我房間的角落，儲存我們的過去，還有即將到達的未來。

今天，也是另外一個旅程的結束，因爲晚上要迎接小朋友的表演。這是我最後一次陪他們，接下來他們就要換老師了。

打最後一次電話測驗時，常常跟家長忘情地講到十一點，也會被小朋友的童言童語感動到哭，不斷地道謝，也不斷地道歉。

終究是要分開的，這一刻來臨時，就要勇敢面對。

一路忍著眼淚看他們表演，頒發獎狀，發表感言……在一陣兵荒馬亂中結束，送走了小朋友跟家長，回到自己的辦公桌前，桌面上放著一張由分校全體老師共同撰寫的超級大卡片，我不敢打開就趕緊收起來。

哭哭啼啼地整理完東西，跟大家擁抱道別之後，抱著一大箱東西走到門口，子侑已經在等我了。

看著我明顯紅腫的眼睛，子侑也只是輕輕地順著我的背，「有告別，才有開始。」

「先不要開走。」坐上車之後，我仔細地看著這個工作了兩年的地方，門上的榮譽榜、已經開始的聖誕節布置活動、各種表演的照片……明天過後，我跟孩子們的表演照片也會被貼在這面牆上。

想著想著，又覺得好捨不得……但現在說不走也不行。

子侑抽了張面紙遞過來，溫柔地拍著我的背。

我深呼吸，提醒自己要更勇敢，「走吧。每個人，都是別人生命中的過客，沒有辦法永遠都在一起的。」我喃喃說著，「只有自己可以陪著自己到最後。」

「還有我。」子侑說：「我會陪妳到最後。」

雖然知道很難，但還是願意去相信年輕的他給的承諾。

雖然明白我們的真心，但我現在對永遠已經不敢去期待，只期望著現在我們的愛情可以平安又幸福。

子侑說，他是爲了我才開始打排球的，爲的就是希望有一天可以遇見我。他參加比賽時都會一直翻秩序冊，看哪一隊的名單上面有我的名字。但可惜的是我高二之後就退出球隊了。

原來不是只有我一個人記得當時的事情。

有個人可以分享那些珍貴的過去，感覺眞的很好。

那些過去，在我的心裡佔有非常重要的位置，一直以爲那些信件跟回憶都只能隨風而逝，沒想到子侑跟我一樣都記得。他爲了我，默默地在努力，用自己的方法，找尋將過去化成現實的方法。

而我，有時候覺得抱持著信念的自己眞的太傻，也想過放棄，但就是忍不住把信拿出來反覆閱讀。

現在，我多了一些自己寫的信件可以去回顧。

回顧我們年輕時對彼此純眞的感情。

與其說鐵盒將我們年輕的回憶鎖起來，不如說它集合了我們的過去。兩個人手上的拼圖，終於可以合成一個完整的未來了。

46

手機響起，我看著來電顯示微笑，「哈囉。」

「時間到了，該準備一下球衣囉。」

「好。」

曾經以爲跟愛情沒有緣分，也曾經懼怕相信別人，在故事的最後我遇見了那個曾經傾心的對象。

這段得來不易的感情，我會用心好好去保護。

「爲什麼你會喜歡我？」往體育館的路上，忍不住這麼問子侑。

「我也不知道耶。」子侑想了想，好像沒有答案。

「我又不是正妹，也沒有很大的胸部，好像脾氣也滿差的。眞的要說優點，應該就是排球打得好，然後很好相處，又很親切，還會煮飯……」我扳著手指開始算自己的優點，好像滿多的啊。

「胸部不大倒是眞的。」子侑喃喃自語，很不幸地被我聽見了。

「喂！我聽見了！」胸部不大又怎樣，胸部……胸部大也沒什麼好的，只是比較漂亮、比較顯眼、比較……容易吸引人而已，其實也沒有比較好，內衣又會比較貴。

「妳自己說的，又不是我先說的。」

「男生很在意胸部大小嗎？」我低頭看著自己。廣告說二十五歲之前都來得及，那我現在來得及嗎？

「放心交給我吧，傳說只要多多按摩就會長大。」他充滿自信地說著。

「變態。」

「妳明明就很喜歡。」

「大變態。」

「再說的話，我以後不幫妳按摩了喔。」

「變態。」

子侑轉過頭邪佞地笑著，「我各方面的技術都很好喔。」

「亂說。」我吐舌頭。

「妳不滿意嗎？」

「我不要聽我不要聽。」這種十八禁的話題不要在大白天拿出來討論啦！

子侑仍是寵溺地笑著，什麼時候他已經變成生活裡不可或缺的存在了？什麼時候看著他的笑容，我竟然會覺得好滿足？

到了球場，子侑收起戲謔的一面，開始認眞地交代學弟練球的各項事宜，畢竟再過兩天就要比賽，賽前的加強特別重要，尤其是心理建設的部分。所以我今天特別來幫忙學弟加強心理訓練的部分。

如果相信自己很強，那就會很強。

我這麼對學弟說著，無論如何，都不要有認輸了的想法，一定要想著我會更好，會更強，會更厲害。

一堆人坐在地上圍成圓圈，不斷地唸著：「我很強，我會接好球、打好球，我會表現得很棒。」

一直很愛《冰上悍將》這部日劇，選手們在比賽前會集合在休息室裡，由隊長木村拓哉進行心靈喊話，最後他們會一直不斷地說「Win! Win! Win! Win!」，實在是非常熱血青春。所以今天要拿學弟們來實驗，看會不會跟木村一樣帥。

結果有點讓人失望……不過沒關係，把球技發揮出來比較重要，帥不帥不是重點。

心理建設完之後，當然是實戰。

「你們準備好了嗎？」我站在場地這一端，朝著對面的學弟們微笑。

「好了！」他們每個人都像是蓄勢待發的獅子，面對著獵物，充滿著信心。

「好。」

沒多久之後，又有學弟去旁邊搥牆壁說：「我要去死我要去死。」

「生命很珍貴的，加油，好嗎？」我拍拍學弟的肩膀，學小胖老師的梗。

突然，我想起今天晚上會播出小透第二次比賽的錄影。

小透是現在變成了我跟子侑共同的好朋友，我們會用看她比賽這樣的方法來支持她。

「等一下練完球我先回去看電視喔。」我悄悄地走到隊長的身邊，小小聲地說。

「小透比賽嗎？好啊，妳先回去看沒關係。」

「你最好了。」我抱住子侑。

「喔！我瞎了！」

「來人啊！我的可魯呢！」

「球場上禁止放閃光啦！」

「幹！我也要女朋友！」

這些人能不能換一些台詞啊？

九點多，幫忙練完球，我開子侑的車先回家，他說會請學弟載他。

現在已經算是同居了吧，他租的地方我們有時候會過去，不過都只是拿個衣服什麼的，平常時候他都住在我這裡。因爲最近身邊發生太多事情，他不放心讓我一個人住。

回家之後東西一丟，趕緊打開電視，不是小透。

正想上網查資料時，廣告前的預告出現了小透的臉，大大的董硯儒三個字打在螢幕上，我突然覺得好感動。

小透憑藉著自己的努力，終於讓大家看見她獨特且強大的魅力。

洗把臉回來時，正好開始訪問小透。主持人問著小透上星期一戰成名回去之後的心情怎麼樣。

小透很謙虛地回答希望可以更好之類的假話。

哈哈哈，之前聽小透說訓練課程還包括練芭蕾，想不到小透練了芭蕾舞之後人整個謙虛起來，看來芭蕾眞的對小透的人生做出啓發與貢獻。

但她現在已經不只是我的好朋友小透了，還即將成爲新一代的巨星董硯儒，我怕哪天走在街上無法接近她一百公尺以內。

她這麼棒，應當是要大紅大紫，但眞的變成巨星之後，我們之間的友誼會不會愈來愈淡？

「今天要帶來什麼歌曲？」主持人今天整個人散發出專業美女的氣息。

「是一首日文歌，宇多田光的〈Prisoner of Love〉。」小透拿著麥克風眞的很有明星架勢。

「日文歌？這比較少見喔，爲什麼會挑選這首歌？」

「我很喜歡這首歌。」

「喔？記得妳第一次來的時候唱的歌是要獻給某個人，現在這首歌該不會是因爲告白被拒絕吧？」主持人調侃著小透。

「怎麼會？」小透不愧是受過專業訓練的。「這首歌是要送給我自己的。」

音樂響起，小透的聲音透過麥克風從電視上傳出來，從第一句開始就深深地抓住我。

經過日文課的訓練，儘管我不能全部一聽就懂，但也了解七八成。邊聽邊覺得傷感，每個在愛裡打滾的人都會有這些心情吧。

聽小透一字一句地唱著，我突然想起那些黑暗的日子。到今天爲止，都非常感謝小透，因爲有她，才能度過那些蜚短流長。

小透側過身唱著副歌的部分，表情充滿悲傷。

爲什麼小透每次都要唱這麼催淚的歌，難道沒有開心一點的歌嗎？

看著歌詞，我想起跟子侑相處的每分每秒。是啊，即便孤獨，即便辛苦，我都不在乎。

我無法確切地說明愛上子侑的原因，也無法確定我們有沒有將來，但即便我們只有現在，也希望這個現在會讓我們都享受愛情。

我非常感謝小透，也很喜歡她，但是這樣的喜歡終究無法化成愛情。

對不起我無法愛妳，不能回報妳的愛情。

音樂聲結束，主持人又出來跟小透聊天，感覺還是在套話，但都被小透巧妙地轉移話題。

小透也算很厲害，日文課一直蹺課還可以硬把歌詞記起來，更重要的是能唱得如此絲絲入扣，不吃這行飯眞是可惜了。

跟小透ＰＫ的人其實也唱得不錯，但跟小透比起來，明顯地有點差距。因爲小透的穿透性太強了，我個人覺得小透唱歌有種力量可以直接打進人心裡，不論怎麼樣，她都可以讓人感受到心臟的鼓動，不論是開心或難過，她都可以用歌聲傳遞出來。

她擁有這樣的力量，我是親眼見識過的。

門上響起三長兩短的敲門聲，子侑回來了。

一進門，子侑迫不及待地說：「輪到董硯儒了嗎？」

「唱完了。」

「來不及喔，要不是因爲多跑了幾趟樓梯，應該趕得上的。」

起身抱住子侑，雖然剛練完球，但他的身上有淡淡的洗衣精味道，因爲他練完球都會換衣服，是個非常有規矩的男生。「要去比賽了，緊張嗎？」

「不緊張，明天下午我們就要出發了。」

「這麼快？我以爲你明天還要練球。」

「明天出發先去熟悉一下場地。」子侑稍稍把我推開一些，看著我說：「妳要跟我一起去嗎？」

還在思考時，又聽見子侑低低地說：「有妳在，我會更強。」

47

因爲李先生的誠摯告白，最後我眞的跟著男排一起出發去比賽了。

今年男排經過我嚴苛的訓練變得超強，所以比賽起來也很順利，三天的比賽打完，以分組第一之姿晉級複賽。

爲了慶祝，最後一天晚上大家在當地找了一間吃到飽的燒肉店舉杯慶祝。

這家燒肉店離住的旅館很近，還可以加九十九元啤酒喝到飽，反正大家爲了慶功已經做好不醉不歸的打算，就跟著去吧。

「我看你們是假借慶功之名，行喝酒之實吧？」看著大家因爲多付了九十九元而狂點啤酒，我忍不住大笑著對這些人說。

「學姊，妳不知道，練球這麼累，一定要獎勵自己啊！」

「學姊，付錢就要喝到夠本。」

「燒肉也付錢啦，怎麼不多吃一點？」我看著有點空的烤爐。

「對喔！」

「爲什麼沒有肉？」

「我的生蠔呢？」這些吃肉的牛，此時才發現發現自己爲了啤酒，竟然忘記多吃點肉跟海鮮，紛紛大叫起來。

我看著子侑，他也正看著我。因爲喝酒而臉龐微微發紅的他，舉起酒杯對我說：「讓我們謝謝我親愛的女朋友凱淇，因爲有她的幫忙，今天我們才可以表現得這麼好。」

「謝謝凱淇學姊！」大家舉起杯子看著我。

「不用啦，我也沒做什麼，是大家夠努力。」

大家邊大口吃肉，邊瘋狂互相敬酒，兩個小時之後，已經都昏得講話顚三倒四，連子侑都不住地傻笑著。

歡樂的氣氛眞的會傳染，很久沒跟這麼多人一起瘋狂，連我自己都覺得輕飄飄，常常跟大家隨便講兩句話就大笑起來。

「我要特別謝謝親愛的凱淇，因爲有她，我才有力量。」子侑突然抱住我。

我本來以爲旁邊的牛群們要開始鬼叫說他們瞎了之類的，但令人意外地，他們竟然感性起來了。

「對啊，要不是學姊，子侑跟鬼一樣凶狠。」

「嗚嗚，謝謝學姊。」

「但是我也好想要有女朋友。」

「有女朋友也沒用，要像學姊這樣的才可以。」

「爲什麼我沒有女朋友？」

「嗚嗚，學姊妳有沒有姊妹？」

這些人一邊鬼叫著，又點了一堆啤酒。

想起很久以前的夏天，球隊打完永信杯，得到國女組冠軍那天，我們全隊只是在夜市吃冰慶祝。那時候雖然打贏了，但是還沒有放鬆的心情，因爲接著而來的就是更嚴苛的訓練。

還記得那時反而因爲贏球更沮喪，所以寫在信裡告訴子侑。

我記得他回我一句話，「愈是艱苦的挑戰，得到的結果會愈甜美。」

非常老梗的一句話，但那時候我眞的突然充滿了力量。

現在，我只能說自己國中時候眞的非常單純。

「謝謝妳。」子侑的頭突然靠著我的，對我說：「這麼多年以來，我等待的就是能夠站在妳面前，用一個男人的姿態，獲得妳的肯定。」

我眼眶一熱，但嘴巴還是不肯認輸。「這才初賽，以爲打贏初賽就是冠軍了嗎？」

「這跟冠軍沒有關係，我想要的，只是讓妳看見我的成長，和我爲了迎接這一天所做的努力。」

「嘴砲。」嘴巴上這麼說，但還是很開心。

有時候，這樣的幸福會讓我心慌。過去聽過的戀情都有高低起伏，不論再怎麼樣互相喜歡的兩個人，都會有意見不和、爭吵的時候。

但是我跟李子侑沒有。

正因爲如此幸福，所以才更害怕。

「在想什麼？」

看著子侑因爲酒意而迷濛的眼，想起那些過去，就覺得命運眞是很奇怪的東西，眞的只要相信就會實現願望嗎？

「嗯？」李子侑果然是喝醉了，眼神開始沒有焦距。

「在想……」我故意拉長音，「在想……最後加點的時間要到了，你們再繼續顧著喝酒的話，就吃不飽了。」我對大家這麼說。

大家果不其然地發狂起來，叫服務生來點菜。服務生還特別叮嚀我們沒吃完要加錢喔，這些人大叫著一定會吃完，又點了一堆。

後來大家拚命吃，輕鬆地把桌上的食物一掃而空。

結帳之後，已經是晚上十一點多，走在中壢的街頭上，一群人倒也算浩浩蕩蕩。

大家都有點醉意，走路也搖搖晃晃，不過因爲離旅館不算太遠，所以不打算坐車，反正散步也不過十幾分鐘路程。

我今天喝得不多，所以負責注意有沒有人因爲酒醉而走失、倒在路邊、掉進水溝、搭訕路人……之類的。

子侑牽著我的手，跟大家一起胡亂地唱著歌。快樂，眞的是可以被感染的。

明明只有十幾分鐘的路程，大家卻走了很久還沒走到。騎樓到處都被東西佔滿了，有停車的，堆放貨物的，所以我們每走幾步路就要繞到馬路上。

「今天我們打得這麼棒，都要感謝Kiki姊啊！」大支突然從後面竄出來擋在我面前敬禮。

「沒錯！謝謝Kiki姊。」那些吃飽的牛群們聽到前面登高一呼，全部衝出來站到我面前搶著敬禮。

「好，我知道了，謝謝大家。」

「不，謝謝Kiki姊！」大家又是一陣阿兵哥式的敬禮，是說這些人這麼嚮往當兵嗎？

敬完禮之後，大家繼續唱著歌，東倒西歪地往前走。下次我得注意別再讓他們喝酒，酒量這麼差還敢跟人家出來喝。

這時，大支不知道絆倒什麼，突然腳步不穩往旁邊摔倒。經過的機車騎士閃過他，卻往我這裡衝過來。我閃避不及，背在身上包包的袋子被機車勾到，整個人被拖出去，重重摔在地上。

摔到地上之後我抬起頭，發現強烈的光伴隨著刺耳的煞車聲朝著我衝過來。

「凱淇！」慌亂中聽見子侑的聲音，接著我被一陣力量推開滾到路邊，撞上人行道。

周圍一陣混亂，人聲鼎沸，場面非常混亂，但我腦中一片空白。等回過神來，發現子侑像電影中播放的慢動作一樣倒在地上，血在地上竄開來。

不過是幾秒鐘，我們的人生卻因此而轉變。

「不——！」我尖叫。

看著子侑頭上的血迅速蔓延，染紅了整張臉，我心跳幾乎就要停住。

他拚命地想把臉擦乾淨，卻還是擦不掉不斷流出來的血，他掙扎著問我，「妳沒事吧？」

我的眼淚不自覺地瘋狂流出來，想要觸摸子侑的臉龐，卻止不住顫抖，「我……沒事。」

「妳……在流血……」他抬起手想要摸我，卻有點使不上力。

「不要動，不要動……」我看不清楚子侑的臉，連話都快要說不清楚。

像是等了一世紀那麼久，在子侑閉上眼睛時，救護車終於來到這裡。

48

救護車上的急救人員迅速地幫子侑先止血、包紮，但子侑仍然緊閉著眼睛。乾掉的血跡殘留在他臉上，我緊握著子侑的手不敢放開。

到了醫院，子侑被推進手術室，我在外面焦急地等待著。

「妳的傷也要來處理一下。」旁邊的護士突然講話。我還不知道她是在對我說，直到我發現自己身上也流著血。

我一直以爲那是子侑的血。

後來才發現我身上被割開了一條口子，傷口深到可以看見骨頭，那是我第一次看見自己的骨頭，白白的。

「都不痛嗎？」醫生替我打了麻醉，當場縫起傷口，手法非常俐落。

「現在想起來才覺得痛。」

「現在有打麻醉，哪裡會痛？」醫生笑嘻嘻地說：「放心，我會縫得很漂亮。」

我沒回答，心裡想著的盡是子侑。

縫好傷口，包紮好之後走出去，才發現其他隊友們也趕到了，大家酒都醒了。

「學姊……」大支走過來。「對不起，妳還好嗎？」

「我還好，你們看見子侑了嗎？」

「他還在手術。」

「有傷口的去處理一下傷口，其他人沒事先回旅館休息吧，子侑這邊我來處理就好，有任何消息我會通知大支。」

本來大家堅持要一起等，但我覺得這樣會讓急診室更混亂，於是請大家傷口處理完之後就通通回去。

過了一個多小時，子侑的手術還在進行。

我坐在醫院的長廊上，聽著來來往往人群焦急的聲音，機器的聲音，醫生護士的聲音，突然有點昏沉起來。

「妳是李子侑的朋友嗎？」突然聽到很溫柔的女性聲音，我抬起頭來，被光線刺得有些睜不開眼。

「對，您是……」站起身的瞬間，突然間失去力氣，此時一雙大手扶住我的肩膀，「謝謝。」

站定之後，發現眼前的男人有著跟子侑極爲相似的眼睛，而旁邊聲音溫柔的女性，則和子侑一樣散發出溫柔的氣質。

「妳好，我是子侑的爸爸。」伯父就是剛剛伸手扶住我的人。

「妳是小侑的女朋友嗎？」伯母笑起來非常溫柔，跟子侑眞是一個模子印出來的那種感覺。

人家說「龍生龍，鳳生鳳，老鼠的兒子會打洞」，這句話果然是真的。即便是這樣的場合，兩個人看見我一身的血，擔心全寫在臉上，卻還是沒有慌亂。

「嗯，我是。很抱歉，第一次跟您見面竟然是在這樣的場合……」我沒辦法講完這句話，想到子侑不知道怎麼樣了，就覺得很驚慌。

要不是因爲救我，他今天不會血流滿面地躺在裡面。

「妳不要慌，先別哭。」伯父拍拍我，然後轉向自己的太太，「我先去了解一下手術狀況。」

伯父走開之後，伯母拉著我坐下，「我們都不是不講理的人，妳把事情經過說一下吧。」

我邊哭邊把事情的經過講給伯母聽，講到子侑爲了保護我而衝過來的時候，伯母握著我的手突然一緊。

「對不起……眞的很對不起。」聽完事情經過，伯母的臉色刷白，她來之前應該沒想到事情這麼嚴重。

這時候伯父剛好走回來。「手術剛完成，我們先去看他吧。」

跟著伯父的腳步往前走，卻發現停在「ＩＣＵ加護病房」前面。我抬起頭看著這幾個字，不敢相信自己的眼睛。

發著抖換好隔離衣，護士看著我們，說一次不能這麼多人進去。

於是先讓伯父伯母進去，我在外面等。

站在加護病房外面的我，突然預感自己即將要失去什麼。

走到護理站，詢問了子侑的狀況，得到的答案不太樂觀。「他目前的昏迷指數在五到六之間，情況不是很好，如果家人朋友多跟他說話，應該會有醒過來的可能。」

什麼是昏迷指數？爲什麼子侑昏迷了？

「他腦部受到撞擊，有出血的狀況，醫生已經動手術替他取出血塊，但目前他還在昏迷中，妳要加油，千萬不要放棄。」護士非常語重心長地對我說：「只要相信，奇蹟就會發生。」

聽完護士小姐的解釋，我心裡一陣惡寒，拖著沉重的腳步走回ＩＣＵ門口，坐在長椅上，用額頭靠著自己的膝蓋，手臂上的麻藥開始退了，一陣一陣地痛著。

伯父跟伯母走出來，伯母的眼眶帶淚，鼻頭泛紅。

我慢慢走進去，還聽見伯母哭著說：「爸爸，我只有這一個兒子……怎麼辦？」

我知道，在這樣的情況下不被怨恨是不可能的。

慢慢地往裡面走，終於看見了子侑。

他的頭整個被白色繃帶包住，眼睛緊緊地閉著。

臉上的血跡已經擦乾淨了，但是他的臉色比繃帶還蒼白，嘴唇也一點血色都沒有。

我握著子侑的手，靠在他身上，眼淚不斷滴下來。

「對不起……對不起……」腦海浮現的只有這句話，如果可以，我希望時間倒轉，寧可受傷的是自己，也不要看喜歡的人躺在這裡。

想起過去的事情，想回到那些單純的日子。

那些快樂真的可以回得來嗎？

我靠著子侑的手，一直等到護士小姐來趕人，走出ＩＣＵ門外，發現伯父伯母還在。

「伯父伯母，要不要先休息？」

「小侑會醒過來吧？」伯母突然失去了冷靜，站起身來抓住我的手。

「一定會的。」我含著眼淚，對伯母這麼說：「只要願意去相信，願望就一定會實現，這是子侑告訴我的。」

49

子侑的昏迷指數一直在七左右盤旋。

今天開始轉到一般病房，狀況漸趨穩定，但是他一直都沒有醒過來。

醫生說斷層掃瞄的結果是正常的，所以要做更精密的檢查才能知道問題是什麼。

伯父動用關係，準備讓子侑轉回台北的醫院進行檢查。

我則是讓等待消息的大支他們先回學校，畢竟他們也是有功課跟生活需要照顧的人。

我陪著伯父伯母一直在這裡，常聽到伯父對著電話在跟朋友討論子侑的狀況。

我不願意相信子侑昏迷的事實，逮到時間都去坐在他床邊，看著他一如以往帥氣的臉龐，唱歌給他聽，和他講話。護士說聽覺是最後一個消失的感覺，所以要我一直講話給他聽，希望子侑聽到之後可以醒過來。

其實，這幾天明顯感覺到子侑對聲音跟接觸都更有反應了，我想，他一定很努力地想要醒過來。

「子侑，今天是第十天了，你要睡到什麼時候呢？」我輕輕地按摩著子侑的手，從手指、手掌到手臂，慢慢地，輕輕地按摩著。「快點醒過來吧，等你醒過來，我們趕快回嘉義，再去吃麻辣鍋吃到飽，吃你最喜歡的豬排飯，我也會快點學烹飪，以後可以煮很多好吃的東西給你吃，你睜開眼睛好不好……不要再玩了……伯父伯母很擔心耶。」

講到後來，忍不住開始掉眼淚，「國中……你寫給我的情書現在看起來都好幼稚，而且你那時候的字比較醜，你趕快醒過來……再寫情書給我，每天從房間門口底下的縫遞進來，我也會回信給你，會在練完球的時候放在你放包包底下，這樣好不好……

「我們還沒有一起去過阿里山耶，也沒有一起去過墾丁，之前你說想要去墾丁看比基尼，等你醒來之後我們就去……不過現在是冬天沒有比基尼，夏天再去好嗎？我只是希望你能醒過來，醒過來！」

放下子侑的手，我望著他的臉，和他緊閉著的眼睛。「子侑……只要能讓你醒過來，我願意犧牲一切。」

不知不覺，眼淚滴到子侑臉上，我伸手想擦掉時，卻發現他的睫毛在顫動。

「子侑？」我停下動作。

慢慢地，我看見他試圖要睜開眼睛。

我趕緊衝出門外，對正在跟醫生說話的伯父伯母說：「子侑醒來了！」

他們跟著我衝進來時，正好看見子侑睜開眼睛，掙扎著想要坐起來。

「小侑！」「子侑！」我跟伯母同時叫著。

我不敢相信這是真的，子侑醒過來了！

伯母緩緩地走到子侑床邊坐下，她摸著兒子的臉，眼眶裡有淚，卻露出了很美麗的笑容：

「小侑……睡得好嗎？會不會肚子餓？想吃什麼？我叫爸爸去買好不好？」

子侑看了看伯母、再看看伯父，最後眼光落在我的身上。

他張開口，說：「凱淇……」

聽見這聲呼喚，我終於確認了子侑醒過來。

終於可以放下心裡這塊大石頭。

終於……

我閉上眼睛，腿一軟，倒在地上。

醒過來時，我躺在病床上。

子侑的爸爸坐在我身邊，看我醒了，對我說：「孩子，妳太累了。醫生幫你打了營養針，讓妳好好休息。這陣子妳都沒有好好吃飯睡覺吧。」

我想坐起來，卻發現身體還是沒力氣，「我……沒事。不好意思讓您擔心了。」

「孩子，我想拜託妳一件事情。」

「請說，如果我能做到，一定會盡力幫忙。」

「妳一定能做到，只是願不願意的問題。」伯父看著我。

「請說。」看著伯父，不知道為什麼心裡有不祥的預感。

「我要請妳……跟子侑分手。」

我瞪大眼睛看著他，不知道伯父為什麼這樣說。「我……不能答應。」

「妳先別急著拒絕，我會這麼說是有原因的。」伯父靠在椅子上，看著天花板慢慢地說：「因為孩子的媽身體不太好，所以多年前我們就開始計畫移民到美國。一方面是有親戚在那邊當醫生，醫療上好照應，另一方面是那邊的環境比較清幽，適合休養。本來都講好了，今年暑假過完，子侑就要辦休學過去那邊的大學繼續讀書，學校都註冊好，房子也準備好了……本來九月要過去，卻因為媽媽身體的關係多耽擱了一個多月……這多出來的一個多月……讓子侑遇見了妳。」伯父停下來看著我，「所以，這孩子不走了。我們只有這個孩子，從小到大都疼他，他也很懂事，不會任性，對我們的要求從來不會說聲不，但這次不一樣。他完完全全就是不肯配合，連那邊申請好的獎學金也要放棄。他有大好的前程，卻為了妳，執意要留在台灣。」

「我可以不要分手，請他乖乖地去美國嗎？」我從來都不知道子侑為了我做了這些，一直以為他的生活很輕鬆愉快。

「妳覺得你們可以這樣維持感情嗎？」子侑爸爸單刀直入地問：「子侑不想離開的原因在於他不想離開妳身邊，他親口跟我說，他覺得妳需要他照顧，他捨不得妳一個人。」

想到子侑說這些話的表情，我忍不住鼻酸。

「因為妳，我們見識到這孩子倔強的一面，所以我才來拜託妳。這幾天來，我都默默地看著，妳是個懂事的孩子，請替子侑著想，也替我們兩個老人家想想，我知道做這樣的要求很自私，但我們也只是希望唯一的孩子能夠陪在身邊。」

「我會勸他去，我會勸他去的，但是我們可以繼續在一起嗎？」我眞的可以放手讓他去美國，但是可不可以讓我們繼續談戀愛？不要逼我們分手？

「以前伯父有個女朋友，她去美國前也對我說，只要我們相信對方，一切都可以面對，愛情可以克服一切。」伯父看向遠方。「那時候我還年輕，什麼都沒有，但只要是她說的話，我就會相信。我一直相信她，寫信給她，本來她還會回信給我，漸漸地，信愈來愈少，然後就再也沒有消息，直到有天另外一位朋友去美國，我請他替我探訪女友的消息，才發現她早就忘記我們的愛情，跟別人在一起。妳說遠距離能不能有愛情，應該是會有，但不多。」

「我相信我跟子侑可以克服一切，我一定會勸他去美國，一定會。請給我一點時間。」我信誓旦旦地說。

「唉，孩子，妳還不清楚嗎？只要妳不離開他，他永遠都不會跟我們去的。」伯父嘆氣。「我們也沒想過這孩子倔起來是這樣的。他後來不願意跟我們溝通，最後一句跟我們說的話就是只要妳在他身邊一天，他就要待在台灣，沒得商量。」

「就當成全我們這兩個老人家，妳離開他好嗎？」伯父講著講著，流下了眼淚，「我們能有孩子陪著的時間可能不多了，妳還年輕，還可以遇見其他的好男孩，有很多美好的時光，但我們只有子侑了。」

我不相信有誰面對這樣的眼淚，還可以無動於衷。
不得不接受這樣的請求，我想掙扎，但無從掙扎起。
伯父的眼淚是那麼樣清楚明白地提醒著我爲人子女的道理。
所以，我不得不點頭。

50

子侑出院的這天下午狀況還不錯，所以我帶著他在醫院外面的草坪上看夕陽。渾然不知殘酷時刻即將來到的子侑，開開心心地牽著我的手，說回去之後要去新港拜拜，順便吃美味的小吃。
我的心情非常複雜，但是不得不下定決心。
親手推開自己所愛的人感覺非常痛，然而我沒有其他的選擇，或者是說伯父伯母讓我沒有除了傷害子侑以外的選項。
「子侑。」我停下來。
他疑惑地看著我，「怎麼了，凱淇？」
「子侑，我有一件事情要跟你說。」還沒說出口，就覺得眼淚快要不聽話地流出來。
爲了子侑的父母，我必須犧牲自己來成全他們的心願。
「我想過了，我們還是分手吧。」我轉過身面對夕陽，無法直視子侑的臉。

「妳說什麼？」子侑把我轉過來面對他。「不要開這種玩笑，現在不適合。」

「我不是開玩笑，我認眞的。」

子侑看見我眼裡的堅決，臉色一變。「怎麼了？」

「我還是覺得我們不適合，沒有未來。」

「是不是……我爸媽跟你說了什麼？」

我心一驚，「他們應該要跟我說什麼？他們沒有怪我害你受傷，我已經很慶幸了。」

「那爲什麼要分手？」子侑雙手交叉，一臉嚴肅。

「我覺得我們沒有將來，我已經要畢業了，你才大二。」

「這是藉口吧。」子侑淡淡地說。「我們好不容易才又遇到，如果沒有其他因素，我不相信妳會想要離開我。」

「我……」我閉上眼，「人生不只有愛情，過去的我確實非常喜歡你，當我們再度相遇的時候，的確是非常幸福，但是……」

我不知道這戲該怎麼往下演。

「但是什麼？」沉默了一陣子之後，子侑問。

「但是現實跟想像中的愛情是有差距的，我不能想做什麼就做什麼，什麼事情都要跟你在一起，沒有自己的時間，我不自由，我想要自由。」盡力裝得冷靜，一口氣把這些話都說出來，把眼淚逼回去。

「這……是妳的眞心話嗎？」子侑抓住我的肩膀，看著我的眼睛。

他很難過，我看得出來。

我差一點就要投降，差一點就要說出伯父對我說的話。張開口想說，卻又想到伯父的眼淚。

那是我背負不起的親情包袱，那是我擔不起的責任。

「是。」我一咬牙，狠下心。「我很厭倦什麼事情都要跟你在一起，我很厭倦什麼事情你都要干涉，我討厭你因爲保護我而受傷，讓我背負很大的壓力，我不懂爲什麼你要這麼認眞，大家談談戀愛不是很好？你這樣讓我壓力好大，我不想再繼續下去了。」

子侑看著我，非常認眞地看著我的眼睛，「那過去的事情都算什麼呢？」

「那都國中時候的事情了，誰會認眞？拜託，你該不會是認眞的吧。」

「凱淇……」

「別再說了，大家談戀愛開心就好，我喜歡你，你也喜歡我，這就好了，何必非得搞得好像我們眞的很相愛，沒有對方就不行呢？我就是討厭這些壓力，就是覺得這樣好麻煩，你可不可以放手讓我走？」你快走啊，再繼續下去，我都不知道自己會說出什麼了！你快走，不要讓我繼續傷害你。

我看向子侑，他平靜而絕望的眼神讓我好心痛，但是這場戲還要繼續下去。

我慢慢地拉開了子侑的手。「別這樣，好好地說再見吧。」

「那我想聽妳說一句話。妳說完，我就放棄，再也不打擾妳。」子侑慘然地笑著。

「說什麼？」

「說妳已經不愛我了。」他像是下定決心似地把話說出來。

我一震，眼淚突然不受控制地流下來。

「我……」我閉上眼睛，心一橫，「我已經不愛你了。」

「好，我知道了。」子侑轉身，對著我，瀟灑地說：「再見了，我親愛的凱淇。」

他大踏步往醫院裡走去，離開我的視線，也離開我的世界。

他離開的畫面，像是電影的慢動作，在我眼裡播放。

明明知道自己愛著他，卻要讓他走，我不知道這樣的決定對他來說好不好，但至少可以確定，在遙遠的彼岸，有燦爛的未來在等著他。

爲了他好，我應該要放手讓他走，爲了他好，我不可以將他侷限在我自己的小世界裡。

但是下這樣的決心好痛。

眼看著他走，卻說不出任何一句話，只是一直掉眼淚。

我親手趕走了生命裡最在乎的一個男人。

這美好的一切，都過去了，已經結束了。

我蹲在地上一直哭一直哭，腦海裡不斷重播著子侑離去的畫面。

分手，那麼簡單，卻那麼痛。

儘管以爲自己可以面對這樣的結果，卻還是痛。

如果不斬斷這一切，子侑跟他的父母沒有辦法開始新的生活。所以不管如何，我都要撐過去。

再見了，我最愛的子侑。

51

提著行李，我靜悄悄地回到民雄的家。

還無法接受子侑從我的生活消失的這個事實。

儘管痛，但還是想像著，想像自己仍然有最後一次掙扎的機會，讓我可以看見他帶著一如往常慵懶的笑容，對我說：「歡迎回家。」

可是事實很殘酷，因爲子侑即將離開了，即將往遙遠的海洋彼岸飛去，而且分手是我自己親口說出來的，爲了他的未來，爲了他好，必須讓他自由去飛。

不知道是不是沒有眼淚了，這種時候反而哭不出來，只覺得好平靜，好像人生就該是這樣。人不會永遠幸福，這幾個月的回憶，對我來說已經夠了。

只是好像被掏空了，心裡面空空洞洞的，整個人輕飄飄的沒有重量。

伯父說的話一直印在我心裡，他說，如果我跟子侑有緣分，將來也會再相遇。

只是，這樣的奇蹟可以出現幾次呢？

第一次，我等到子侑從過去走來現在。

這一次呢？我能讓他繼續到未來跟我相遇嗎？

我不想要這樣的生活，我想要子侑陪著。

沒有子侑，我不會幸福啊。

小透很擔心，所以帶我回來學校，放下行李之後，她說：「妳自己一個人可以嗎？」

我硬擠出笑容，不想讓朋友擔心。

小透有很多活動等著她，不得不回台北去，她本來想多留幾天，但我還是要她回去。才開始的演藝生涯是很需要跑活動上節目到處宣傳的，不要因爲我而影響自己前途。

「信跟鑰匙我放在這裡。」小透，一臉擔心地望著我，「妳確定妳自己一個人眞的沒問題嗎？」

「沒問題。」我笑著對小透說：「我也不會逞強，有事一定會通知妳好嗎？」

知道小透擔心的是什麼，所以先講明。心思細密如小透，絕對可以體會我的感受。

「子侑雖然離開了……」小透先是這麼說，同時又一臉困窘，這樣的詞好像是形容已經不在的人。「總之，我知道妳心裡難免會難過，沒關係，只要不開心，不管幾點都可以給我電話，我不會關機。」

「不用擔心。」我上前用力地抱住小透，「謝謝妳。謝謝妳願意爲我做這麼多，如果有下輩子，我再嫁給妳。」

小透拍拍我的背，「臭美，下輩子我搞不好不要妳。」

我緊緊地抱住小透，不知不覺開始哽咽起來，「眞的謝謝妳。」

「別這樣說，妳永遠是我最好的朋友。」小透聲音也有一點緊，「那妳自己要多小心，如果有什麼需要幫忙的，別客氣，盡管跟我說。」

「會的。」我看著小透擔心的神情，心裡面還是覺得很苦澀。

小透為我做的，什麼時候可以還給她呢？

再度抱住小透，「去吧，一定要變成巨星喔。我畢業的時候，希望妳可以變成學校出產的超級巨星，回來演講祝福我們大家。」

「我會的。」小透摸著我的臉頰，然後關上門離開。

走到陽台，看著小透上車、關門，發動離開。夜晚，依然是一樣的夜晚，天氣有點涼，夜空有些許的星星在閃爍。

想起子侑最後跟我道別時空洞的表情，眞的很想任性地叫他留下來。但是不行。我不能讓他因為我捨棄家人。

轉頭，我看見角落的鐵盒，拿出盒裡的每一封信件，細細地讀了起來。

每看一封信，心就多痛一次。

我沒有哭，只是握緊手中的信。

又回到一個人的日子。

不論再怎麼樣痛苦或開心，都只剩下我一個人了。

之前跟子侑兩個人散步時，怎麼看都覺得學校好漂亮。那時候，看見一對新人來學校拍婚紗照，他們手牽著手走在圖書館下方這片大草皮上，笑容燦爛得可以把冰淇淋都融化。我們還討論，打算將來結婚時也要回來學校拍照，而且要在球場上拍。

我們對著彼此說，婚紗照可以讓我們這一生都記得學校的美，和我們因為學校而相遇相知的歷程。

現在呢？只剩下我一個人。

我不斷地想起那些過去，還有那天看見別人拍婚紗照時，子侑問我幾歲想結婚，結婚之後想要有幾個小孩這樣的事情。

只是一些小事，總是讓人忍不住想哭。

人就是這樣，分開之後反而老是想起當初不以爲意的小事。這些事情我都記得，但也只剩下我記得了。

爲什麼命運這麼愛捉弄人？

這幾天來悶著的眼淚，終於還是忍不住奪眶而出。

會哭是好事，至少還能哭。

我慢慢地走著，把過去和那些難過，隨著前進的腳步，試著一點一點丟棄。

還有半年，沒有子侑的嘉義，我一個人該怎麼度過呢？家裡的每個角落都有我們的影子，去大吃市吃飯時，老闆們問起那個總是加很多飯的男生，我該怎麼回答呢？

過去的那些甜蜜回憶，愈是去回想，就愈是變得沉重。

突然多出好多空閒的時間。

沒課的下午，大約四點過後我就在學校裡散步。有時候，室外球場有人打球，我就跑去坐在旁邊的長凳上看別人打球。如果遇到大支找我，就去室內球場陪學弟們練球。

消息總是紙包不住火，大家顯然都知道我跟子侑的事情，所以很體貼地沒有問我任何事，也都會在打完球之後約我吃飯。只是，那樣的情景讓我很尷尬，打球可以不跟大家說話，但吃飯的時候可不行，所以我總是笑笑地跟學弟說我不餓，然後去別的地方買一個便當回家慢慢吃。

我變得常常寫信，總是寫給子侑，記錄著我一個人的生活。不知道他現在過得怎麼樣？還恨我嗎？美國生活還習慣嗎？

想起子侑而不哭泣的次數變多了，時間果然是療傷的最佳方式。

某天晚上。我一個人吃飯，HBO正在演《班傑明的奇幻旅程》，我默默地看著班傑明「長大」的過程跟故事，最後哭得不能自已地關掉電視。

像電影裡說的一樣，如果沒有那一連串的巧合，女主角或許不會被撞斷腿。但世界就是這樣，不會因爲任何一個人停下，時間依然會殘酷地前進。而如果女主角沒有斷了腿，也就不會跟班傑明發生這麼多的故事。

裡面有句話讓我念念不忘，「我們注定要失去我們深愛的人，不然我們怎麼會知道他們對我們來說有多重要。」

聽到這句話時，不知道爲什麼我就開始哭。一邊掉眼淚，一邊隨著班傑明成長的歷程看著世界。

或許，深愛的人在人生的旅途中不能時時刻刻陪在身邊，他爲了心愛的女人選擇離開，或許表面看起來殘酷，但事後會知道那才是對的。

現在的我也是這樣嗎？

我讓子侑離開，這樣傷害他，他會恨我嗎？

看完那部電影，我覺得自己放開了一些執念，知道子侑在世界上的某個地方過得很好，我也要讓自己過得很好才行。

開始要慢慢放手，慢慢學會自己一個人繼續生活。

現在沒有小透，沒有子侑，也沒有可愛的學生們，我，眞的是一個人了。

這幾天有寒流，室外場有好多天都沒什麼人打球，天氣冷到吐氣都會變成霧。好不容易今天陽光露了臉，球場上突然熱鬧起來。

坐在場邊的長凳上，看著學校聯盟賽的賽程在場中準備要進行。

學校現在有各式各樣的比賽，除了學校主辦的系際杯之外，還會有由各系推派代表主辦的聯盟賽，各系可以自由組隊，不以「系」爲單位參加，所以比賽會更多樣化、多元化，子侑以前也有跟男排一起組隊，打起來還滿熱鬧的。

場上正在熱身的男排隊伍中，有幾個球隊學弟。看見我，他們跟我揮手，我也跟他們揮手。

沒多久，有個認識的學弟跑過來，「凱淇學姊，那個，可以請妳幫個忙嗎？」

「什麼事？」

「負責吹裁判的人沒有來，我們其他人都要比賽，不比賽的又沒經驗，可以請妳幫我們當裁判嗎？」學弟面有難色，顯然是硬著頭皮來請我幫忙的。

「可以啊。」我拍拍屁股站起來。

「啊！」學弟喜形於色，遞上哨子。「謝謝學姊。」

「這哨子……」我有點遲疑。

「是全新的，請放心，因爲我接下來要吹裁判，所以剛剛才買的。」

「謝謝。」接過哨子，不知道爲什麼突然開心了一點。

「雙方隊長。」我掛上哨子，叫雙方隊長過來猜拳。

站上裁判台之後，在那麼高的地方，視野很遼闊，心情也突然開闊起來。

看著底下的學弟們捉隊廝殺，加油聲此起彼落。

其中有個男生，因爲打球很厲害，所以有些女生特別來球場幫這個男生加油，這就是青春，眞好。

突然想起自己不久之前站在場下幫子侑加油的樣子，我喜歡那樣的自己，單純、一心一意的自己。

比賽結束，兩方握手致意之後，我把哨子還給學弟，婉拒了學弟的感謝晚餐。

一個人慢慢地往回家的路上走著。最近，我喜歡步行上下課，一方面是因爲時間多，一方面則是因爲走路時可以思考很多事情。

經過操場，一時興起，想說跑個步好了，就繞進去打算跑個五圈減減肥。

「凱淇學姊。」後頭有人叫我的名字，回頭一看，是大支。

「什麼事？」

「要打球嗎？我們今天有約。」大支穿著拖鞋。

「好啊。」

我想，除了喜歡打球之外，某個部分的自己，應該很期待子侑突然回到球場，出現在我面前吧。

他說他是因爲我而開始打球的。

我也希望他可以因爲我而繼續打球，不論在哪裡都一樣。這樣，或許將來的某天，就算他不記得我，我們還會因爲打球再度相遇。

我希望自己能一直這麼相信著。

52

每次到球場，總是刻意在超過約定時間二十分鐘後才到達。這時間，大家差不多換好衣服準備要上場了，我就可以避免跟大家聊天的機會。自從子侑走了之後，我變得比較不愛說話，大概除了每天必要的上課、買便當飲料之外，我很少開口。

小透說我這樣會生病，於是每天收工之後會打電話來，強迫我跟她聊二十分鐘，避免將來畢業之後我變得不會跟人相處。

另外找家教兼差的事情不太順利，我想是因爲我再過半年就要畢業了，家長可能不太喜歡孩子好不容易適應了老師，卻又要找新的吧。不過多少也是因爲我自己態度不夠積極。

最近總是懶懶散散的，好像做什麼都不太能提起勁來，除了打球。

所以喜歡來球場，好像在球場上才能找回快樂的自己。

今天來了很多生面孔，我都不認識，可能不是校隊吧。

站上球場沒多久，接了同一個人的幾顆扣球之後，看了一下對方打球的動作，突然想起來，對面這個人，是那天我去當裁判時球技很好的學弟，場邊有啦啦隊幫他加油的那個。

奇怪，這學弟只要扣球，就都往我這裡來。

雖然場上只有我一個女生，但我看起來也沒那麼弱吧，幹麼一直打女生？

哼哼，想要打敗我是不可能的，我最擅長的就是防守，以前李子侑都打不死我，就憑你？我挑著眉看著對面的學弟，學弟也發現我的表情，回了一個高深莫測的笑。

這畫面，突然讓我想起第一次跟子侑打球的場景。

這場球整整打了四個多小時，中間下場休息了大概半小時，剩下時間都在場上廝殺。到了體育館閉館音樂響起，大家散場準備回家時，我的手腳已經有點不太聽使喚地發軟。

跟大家道別後，到女生廁所換了件乾淨的衣服，下樓梯第一步腳竟然有點軟，我自己也嚇一跳。

「學姊小心。」後面突然有人拉住我的手，回頭一看是那個學弟。

「謝謝。」

「沒事吧，要多運動喔。」學弟講完之後身手矯健地下樓去，「才打四個小時就沒力是不行的啊。」

「要你管。」我在心裡嘟囔著，這學弟講話眞不討喜。

從體育館走回家的路上，室外球場還有三三兩兩的人在打籃球。操場的燈已經關了，也還是有人影在跑道上散步。以前還看過有人在看台上慶生，黑暗中的燭火特別顯眼地閃爍著。研究生宿舍還是一樣的安靜。其實到了晚上，校園裡就會變得很安靜，現在學校也沒什麼活動，又接近期末，大家都在讀書，只有我這種沒有活動沒什麼考試的人還可以悠悠哉哉地打球。

因爲悠閒，也因爲有點累，走路的速度很慢。反正順便欣賞學校，因爲往後就沒什麼時間可以跟這個校園相處了。

「學姊。」突然有輛腳踏車停在旁邊。

我嚇一跳轉頭看，是剛剛那個嘴巴很壞的學弟。「嚇到了？不好意思。」

「沒什麼。有事嗎？」竟然會道歉？

「要不要載妳上去？」現在近看，才注意到學弟眉毛超粗，粗得很有喜感。

「我自己走就好。」

「那我陪妳走，女孩子這麼晚了，一個人走不太好。」

「謝謝。」

一路走著，一句話也沒有聊。

場面很冷，因爲連名字也不知道，所以就算想打破沉默也不知道該說什麼，就這麼走到了大吃市。

告別在即，要感謝人家陪我走了一段路，只好開口，「學弟，那個……我要去買飯吃，謝謝你陪我走。」

「不用客氣，女生打球再強，還是女生啊。再見。下次再一起打。」學弟這句話怎麼聽起來好像有性別歧視的感覺？

還來不及問學弟這句話什麼意思，他已經跨上腳踏車，往學校方向揚長而去。

買了炒飯跟心愛的蜂蜜烏龍茶回到家，洗了個爽快的熱水澡後坐在電視前開始邊看邊吃飯。

轉到新聞台，剛好看見小透比賽花絮的新聞。畫面帶到小透唱歌的表情，旁白說著踢館成功的小透已經預計要參加下一季選拔，目前也已經擁有高人氣，甚至吸引了比現有的參賽選手更高的網路點閱率。

很開心看見朋友朝著自己的夢想努力前進。

我的呢？

我現在的夢想是什麼？

拿出信紙，我開始寫了起來。

我的夢想，是希望深愛的人能夠跟我一直相信未來。

他曾經對我說過：「只要相信，就會有奇蹟。」

我親手送走了我自己深愛的人，我把他給我的愛殘忍地丟回給他。

希望他恨過我之後，可以想起我的眼淚，我的掙扎，可以再一次回到我們一起要走的路上。

電影裡的台詞說：「我們注定要失去我們深愛的人，不然我們怎麼會知道他們對我們來說有多麼重要。」

但如果在還沒有失去深愛的他之前，已經知道他對我來說很重要，爲什麼一定用失去他來作爲我生命中的考驗？

我好想你，子侑。

寫完之後，我默默地把信收到另外一個盒子裡。因爲原本的盒子裝不下我後來寫的信，於是我買了更大的盒子來裝這些信件，希望有一天能夠寄給遠方的子侑。

他現在連可以回憶過去的信件都沒有了，都在我這裡。

電話響起，我無力地接起來，「喂？」

「Kiki，又在哭？」小透的聲音。

「嗯……」我又開始哭。「小透，爲什麼？爲什麼想跟深愛的人在一起會這麼難？」

「這問題……」小透的聲音裡有著濃濃的疲憊，「我無法回答妳，我自己也困在這裡很久了。」

「對不起。」我這樣問，對小透來說太殘忍了。「對不起，爲什麼我總是說錯話？」

「唉。妳好好振作起來，不要想太多，該是妳的總會是妳的，即便現在不在一起，如果眞的有緣分，未來也會再相遇的。」

「會嗎？」

「但是妳得好好過生活，好好往前走。遇見新的人，就談場戀愛吧，別再想過去了。」

「嗯……謝謝妳，小透。」

「我好累，先睡了。」

該是你的，總會是你的。

翻開鐵盒，忍不住再拿出過去的信件來，攤開在地上，一封一封的過去，可以引領著我們到達未來嗎？

眞的只要相信，就會有奇蹟嗎？

53

大學生涯中最後一個寒假來到了，校園裡開始有回鄉人潮。愈靠近一月底，就有愈多人在公車站排隊。幾天之後，又發現人潮變少，整個學校裡開始飄著蕭瑟的氣氛。

沒有什麼感傷，也沒有什麼情緒，只是有一點煩惱，再來就是過年，學校這邊會冷清好一陣子，宿舍也會關閉幾天。

我不怕沒有人陪伴，反正，沒事情做至少可以待在家裡看電視，但是沒東西可吃就有點麻煩了，總不能整個過年都待在這邊吃麵條拌醬油。

根據往年的經驗，過年那幾天，學校這附近的店會幾乎全部休假，只要挨過那幾天，初五應該就會有店家開始營業。畢竟有些研究生巷很苦命，為了實驗根本不能回家。

唉，人生，靠自己最實在。

我開始默默google著「簡單電鍋料理」。我所有的家當裡，能煮飯的應該只有電鍋吧，不然還有什麼？啊以前舊電腦過熱時可能可以拿來煎蛋，現在新電腦就沒有這個功能。

過年這幾天，我要用電鍋做出最好吃的飯菜！

這算是新年新希望吧，其實電鍋是當初剛來民雄時我媽給我的，然後就一直放在箱子裡呈現全新未開封的狀態，一直到三年多後的現在，或許幾天後它就要面臨人生中的第一次，不知道電鍋緊不緊張，我可是很緊張。從小到大，我從來沒有下廚過，一向都是飯來張口的我，竟然也有今天。

手機響起，是小透。「晚安。」

「今天又自閉了一整天嗎？」

「對啊，學校都快沒人了，不自閉要幹麼？」

「對喔！要放寒假了耶，話說我現在都不知道今天是星期幾，還好助理會幫我打點好，哈哈。」

「妳已經進步到有助理了喔，很不錯喔！」

「對了，寒假妳要回家嗎？」

我遲疑了一下，「還沒想到。」

「那妳要幹麼？」

「不知道，我想待在這裡。」

「還是妳要來我家？」小透興致勃勃地說。

我沒說話，小透接著說下去，「反正我家空著也是空著啊，我爸過年會回來幾天，不過剩下時間妳可以住在我家，在台北，沒事的時候也比較不會悶著像自閉兒一樣，到處走走看看啊，也可以跟我一起去錄音室之類的，妳看好不好？」

「不用了啦，我想留在這裡就好。」

「眞的嗎？」

「嗯，妳要努力喔。」

結束通話，我把手機放在小桌上，心裡面有股濃濃的悲傷蔓延開來。

小透說得對，我要好好地過自己的生活，好好照顧自己。

生活裡只有一個人，眞的很寂寞。

過去都感受不到這些寂寞。

突然想起那天送我回來的學弟，於是上網連上了BBS，進到男排板。

觀察了一下文章，參閱通訊錄，我發現學弟帳號應該是「Haru」。可能取自於《冰上悍將》裡木村拓哉飾演的那個帥到不行的冰上曲棍球員？

總之不管了，亂丟訊息給他，「你好，我是Kiki，那天你送我回來，謝謝你。」

「不用客氣。」

「有沒有空一起吃個飯？」我這麼問他。

人，在寂寞的時候，什麼事情都有可能發生。

我想放棄了。

學弟叫小新，因爲眉毛濃得像蠟筆小新。

很好笑吧。初聽見時，我笑了足足有五分鐘。

或許是對他送我回家的舉動留下好印象，或許是因爲他講話讓人覺得很親切，那天打過球之後總會一直想起他。

大概是因爲子侑，讓我開始害怕孤獨，害怕一個人獨處。

經過這些日子，我愈來愈害怕一個人。一個人時，那些回憶會不斷地湧上來，但沒有人可以訴說。

在愛情裡或許也是這樣，我自己現在的心情是怎麼樣，說眞的，自己都不太清楚。當然我還喜歡子侑，但是又突然覺得，有學弟的陪伴好像比較開心。既然都是一樣的生活，我想讓自己開心起來。

希望有人陪，而學弟很奇妙地讓人完全感受不到男女之間相處那種彆扭感。

那天找小新出去，他二話不說就答應。後來也沒去什麼地方，就在學校附近騎機車繞繞，然後去民雄夜市吃蚵仔煎。就算是無聊的行程，小新還是會一直聊排球，聊發球助跑攻擊舉球。

他一點威脅性也沒有，這樣很好。

「你覺得我人怎麼樣？」騎車回學校的路上，我這麼問小新。

「妳很會打球。」小新這麼回答。

「然後呢？」

「妳接球動作很漂亮。」小新很喜歡打球，我想他眼裡只有球。

「那以後還可以一起出來吃飯嗎？」

「可以啊。」

從兩個人的生活變回一個人，有時候只是呆呆地坐著看地面，感覺時間過得好慢，而思念那麼長，沒有盡頭似地綿延。

所以需要一個人，也需要一個藉口。

想結束這無止境的漫長等待和思念，爲自己的軟弱找答案。

那天之後，我只要想到就會找小新去吃飯，小新也都剛好沒事，就陪我去吃飯。

有時候，吃完飯沒事做，我會去球場邊看人打球，看到後來，也會自己下去打球。小新其實球打得很好，可是他總認爲自己根本還不行。

「我打得很爛耶。」要是有人約小新打球，他一定會這樣回話。

可是明明上了場就是跳很高打很猛的人，下場之後卻老是傻傻地笑著說自己打得不好，眞不知道該說是單純還是心機重。

「你什麼時候要回家過年啊？」打完球去吃飯的路上，邊走邊問小新，現在小新都會跟我一起散步，反正不趕時間。

「我喔，大概下星期吧。」

「下星期幾？」突然有一點捨不得。

「不知道耶，看心情。」小新打完球不像子侑一樣會換衣服，他總是說自己不會臭，就穿著臭衣服四處晃蕩。

「我都騎車回家。」

「你要坐火車嗎？」

「你家在哪？」

「台中。」

嘉義到台中大概要騎一兩個小時吧？我搞不清楚，我騎到嘉義市就覺得屁股好痛，到底哪裡來的毅力騎回台中啊。

「那如果我不回家，你要留下來陪我嗎？。」

「妳幹麼不回家？」

「回去也沒做什麼。」

「喔。」

小新向來都話不多，每次講話，都是他聽我講，偶爾穿插個一兩句。

跟子侑相處時，通常是兩個人一直不斷地搶話說，特別是碰到兩個人一起看企業聯賽時，根本就講個沒完。子侑覺得很棒的球員，我覺得很普通，我覺得配球超棒的舉球員，他竟然說還好而已。

想到這裡，才發現自己竟然拿小新跟子侑比較起來，我拿小新填補自己的寂寞，小新知道嗎？

以前聽到劈腿，總會覺得世界上怎麼有人會劈腿？感情的事情不就是一個對一個，哪裡會同時喜歡這麼多人啊。

現在我懂了，有時候你需要一個人並不是因爲愛，而是因爲寂寞。

無關乎感情，無關乎愛情，無關乎忠誠不忠誠。

有時候需要的，就只是一個長到足以令人嘆息的擁抱。

什麼時候我也變成了自己看不起的那種人？

「小新小新。」回到家之後忍不住又丟了訊息給小新。

「什麼？」

「你在做什麼？」

「我剛剛大完便。」

哈哈哈，我覺得最近生活裡有了小新，笑容變多了，人也很容易就覺得開心。

這陣子，小新常跟我說人要多笑才會長壽。

小新雖然是學弟，可是講出來的話常常都很老派，像是有時候我跟小新說心情不好，他會建議我去唸心經。

「人煩悶的時候，心裡就會不舒坦，多唸心經，心就會平靜，自然就不煩悶，要不要我唸給妳聽？」

有一次我還眞的叫小新唸給我聽。他從背包中拿出一張護貝過的紙，就拉著我在路邊坐下，慢慢地唸。

不知道是因爲心經還是因爲小新，總之聽完眞的很平靜。

後來小新把那張護貝的紙送給我，每次想起子侑，心情不好，就拿出來唸。

感覺跟子侑之間的愛情，隨著實際上的距離，一點一點地消失在巨大的海洋中。

我把小新送給我的心經放在鐵盒裡，看完信就唸心經。

人跟人之間，就算緊緊相擁仍然有距離，更別說是相距如此遙遠的兩個人。

我覺得自己已經無法抱著信念再期望什麼了。

這些日子以來寫的信，到底什麼時候可以寄出去呢？

54

這幾天，每天都跟小新一起吃飯、打球、散步，不知不覺中生活裡都是小新。其實有時候還是會刻意避開不跟他一起行動，畢竟男排幾乎都認識小新跟我，重點是他們也認識子侑。

平常男生不太愛私底下說別人閒話，但好奇是人的天性，這是免不了的。小新跟我常常一起出現，連平常不太八卦的大支都曾經私底下問我，「妳跟小新……」

「我們是好朋友。」我拿出所有大明星都愛用的句子，看來這點我跟小透學得不錯。

「是喔。」大支摸摸頭，看起來很苦惱。「那妳有問題還是一樣可以問我，我有義氣的。」

「會啦，我遇到問題一定會找你。」我拍拍大文。

「眞的喔！哈哈哈！我果然是個有義氣的人。」

和子侑之間，那份對我來說非常珍貴的愛情，已經在一連串的事件之後漸漸被消磨殆盡，現在存在著的，連記憶都已經不完整了，我卻還是害怕，害怕我放棄了對子侑跟自己的堅持，因爲軟弱而投向了其他人的懷抱。

我不知道小新有什麼想法，我也不知道自己對小新有什麼想法。

現在快樂，就是快樂吧。

抱著過一天算一天的想法，盡量想活得開心一點。只是夜深人靜，我仍然會看著鐵盒裡的信件和心經發呆。

今天我收到了一封信，從美國寄來的。

看見之後我開始發抖是子侑嗎？發了狂一樣把信拆開，裡面是一張照片，子侑恢復笑容，跟很多人勾肩搭背一起拍照。

「凱淇，

我是子侑的爸爸，最近好嗎？

不知道妳收到這封信的時候，是不是已經忘記那些過去重新出發了？

謝謝妳的體諒，願意這麼做。我們都很感激妳。

子侑剛開始很不能接受，每天都把自己關在房間裡不肯出來。
但最近他開始釋懷了，也去上課，跟同學們相處得還不錯。
寫這封信，只是想告訴妳，他的新生活開始了。
希望妳也開始自己的新生活，別再想著過去了。」

看完信之後，我死死地盯著那張相片，相片中的子侑，那麼熟悉，卻又那麼陌生。
看著他開朗的笑容，心卻一下一下地抽痛著
他要開始他的新生活了，怎麼辦？
儘管以為自己可以面對這樣的結果，卻還是痛。
如果不斷斷這一切，似乎沒辦法開始新的生活。我不想一直在過去裡痛苦地打轉，不管有多痛，都要撐過去。
前陣子，我懷抱著對子侑父母的怒意，藉由責怪他們讓自己好過一些。
但一天一天過去，我知道這樣是不對的，心裡的希望也愈來愈薄弱。
我眞的可以跟子侑再相愛嗎？
每個女人的心裡都有一個理想，用這個理想去描繪愛情的樣子，或許期待轟轟烈烈，或許期待平安恬淡。
但愛情總不可能照著自己想要的模式發展。
於是產生摩擦、產生痛苦。愛情裡，除了甜蜜之外，多出了很多不必要的味道。

在和子侑相處的時光裡，他總是保護著我，陪我度過每天的喜怒哀樂，正因爲如此，所以子侑離開後，我害怕那些突然出現的巨大寂寞。

想到那封信，想起過去子侑說只要我不放棄，他就不會放棄。

我永遠會記得他曾經說過這樣的一句話。

而這一切，都過去了，我想放棄了。

55

我把頭靠在桌子上，心經離我好近，心經可以治心痛嗎？

手機響了，我拿起手機，「你好，這是Kiki的電話答錄機……」

「學姊？」是小新。

「小新？」我抬起頭。

「我口渴，要去買茶，妳要喝嗎？」

「我好想死……」講完之後我開始哭。

「呸呸呸，快唸心經啊。」

「我不要唸，我好難過。」

「唉，學姊，人生不要這麼多煩惱。要不要喝茶？」

幾分鐘後，我跟小新兩個人拿著茶在校園裡散步。天氣有點冷，我紅著眼眶穿著羽毛外套加上毛帽，喝著熱呼呼的烏龍茶。

「小新，你可以這樣一直陪我嗎？」突然有個自私的念頭，話就這麼從嘴裡冒出來，想收也收不回來。

我看著小新，心裡突然有點緊張。

「這……恐怕不行，學姊。」小新的表情很苦惱。

「喔……」心裡有點失落，原本以爲小新對我應該也是特別的。

「我後天就要回家過年，沒有辦法這樣一直陪妳。」小新接著說下去。

「噗！」我忍不住把剛喝的烏龍茶噴出來，笑了出來，他眞的因爲他要回家過年不能陪我，而認眞地在苦惱著耶！

和小新相處，有時候讓我很放鬆，不需要多擔心什麼。他就是這麼直線式思考，沒有太過複雜的心思，他全部的精力，都放在打球上。

小新眞的很特別。

我覺得自己的心有一點點偏了。

小新回家的那天下午，依然地豔陽高照，氣溫完全不像是過年前該要有的溫度。

但我心情很低落，不知道是不是因爲即將要有很長一段時間見不到小新。

不知道自己爲什麼會變成這樣，突然之間就覺得小新在生活裡的地位變得好重要。不知道小新知不知道，他在我的心裡已經不只是學弟，而是一種寄託。

雖然知道小新只是朋友，但就是忍不住認爲自己在小新的心裡應該是特別的。女生總有一點任性，而小新對於這些突如其來的任性，總是笑著說好啊好啊。

雖然擁有喜感濃眉，但小新打球身手非凡，擁有廣大的粉絲群。本來看小新打球會以爲他以前是甲組，因爲動作很精準，打出來的球也具有力量。

相處之後才發現不是這樣，他只是有天分。好令人嫉妒，男生跟女生天生在肌力跟爆發力上是有差異的，所以在大部分的運動項目上男生都會比女生吃香。

幾次跟小新出去，都會有女生認出他來，在背後竊竊私語的。

跟他一起去打球那幾次，都有女生特地跑來看他練球，還會找小新聊聊天，簡直就是明星了啊。

小新要騎車回家，在那之前我們在學校裡散步。

他沒有說話，慢慢地陪我走。

「妳什麼時候回家？」小新突然這麼問我。

「還不知道，我可能過年會待在學校吧。」

「爲什麼不回家？」

「我爸媽……要出國。」隨便找個藉口搪塞一下，反正小新也無從查證。

小新沒說話，表情若有所思，我突然興起想捉弄他的念頭，跑到他面前站定了看著他。

「難不成……你會想我喔？」

他轉開臉，「今天好熱。」

「對啊。」小新這種表情眞的很好笑。

「妳會不會餓？」小新嘟噥著，「要不要吃飯？」

「好啊！」

能多點相處的時間當然好。我和小新在學校對面常去的店吃飯，小新看我的飯又剩下一半開始唸我，「把飯吃完啦。」

「給你吃。」我非常俐落地把飯挖到小新的盤子上，繼續死皮賴臉地問：「你還沒回答我的問題，你會不會想我？」

「會有一點啦。」他開始顧左右而言他。「種田的人都很辛苦，所以吃飯時一定要好好珍惜每一粒米。女生常常不吃飯，這樣很不尊重種田的人，他們都是付出很多才種出這些米的。」

小新家裡務農，所以特別了解農家的辛苦。每次看見我飯菜沒吃完，就交代我一定要吃完，因爲種的人花費非常多精力才種出這些農作物。

「要惜福。」小新常常這麼說。

時間過得飛快，小新吃完飯要回台中了。

「妳自己一個人在這邊，也要記得吃飯。」小新跨坐在機車上跟我說話。

「你不要一直提醒我吃飯的事情啦。」沒有別的可以講嗎？

「那，妳要多唸心經。」

「喔！王小新！」

「好啦，我會想妳啦。」

「嗯，拜拜。」終於聽到想聽的答案，不知道爲什麼，感覺被牽掛著。

小新發動車子離開了。

原本不會交會的兩個人，卻突然在這樣一個點上相遇了。

看著小新的身影漸漸消失在地平線那端，突然有種身邊重要的人都一個個離開我的失落感，這個也要走，那個也要走。

爲什麼世界這麼複雜，爲什麼努力並不是到達成功的最好方法？

爲什麼喜歡一個人的情緒有千千萬萬種？

子侑對我來說，是夢想的實現，有願望成眞的感覺。我很愛子侑，可是不了解爲什麼我們要被迫分開。

他離開我之後，我覺得自己好像有些轉變，這些轉變我不知道是好是壞，但是子侑對我的那些溫柔相待，讓我害怕一個人的孤單。

他讓我感受到寂寞，感受到那些無所不在的孤單。

我很孤單，也很自私，所以找了小新。

藉由小新，來塡補那些可怕的孤單時光。

無法抗拒寂寞，我尋求溫柔的對待，尋求一時的安慰。

小新離開後，過了幾天，我過了一個最沒有氣氛的年。

年菜是跑遍了民雄才買到的排骨飯，一邊吃，一邊看著電視上每年都差不多的過年特別節目，自己一個人慶祝。

今年沒有回家，被爸媽唸了很久，他們怪我不回去也不通知一下，但其實通知了之後也沒有什麼會改變。

我對自己好像沒有什麼特別的期待，生活好像就是這樣。

打開電腦，登入ＢＢＳ發現有新信件，按進郵件選單，是小新寫來的。

「愛吃又愛哭的學姊，
新年快樂！不知道今年過年妳還可不可以領紅包？
最後妳有回家過年嗎？
過年不要吃太多，會變胖。妳本來就已經沒有很瘦了說。
開玩笑的啦，不要生氣。
天氣很好，榮哥打電話叫我快點回學校，他們要約妹妹去看螢火蟲，眞是好色。
妳什麼時候回學校呢？」

我立刻回了一封信給小新。

「新年快樂！
我一直都在學校。
很孤單，什麼也沒得吃。

你要回來陪我嗎？」

回完信，我突然覺得自己好卑劣。

看著鏡子裡的自己，想著過去自己一個人單純的快樂，教英文、上課、跟小透到處玩……為什麼到了今天會變成這樣？明明還是愛著子侑，卻接近小新。

不自覺地拿出盒子，看著自己寫過的信。

「我的夢想是希望深愛的人……」

突然翻到了這封信。

看著看著，又哭了起來。

56

隔天一早，七點鐘電話就響了。

這時間打電話的，只有我爸媽。

「喂！」

「學姊？」

什麼？聽到這聲音我立刻從床上跳起來。「小新？」

「學姊，妳還在睡覺嗎？」

「對啊，什麼事情？」

「我回來了，帶了年菜給妳吃。」

聽到這句話，我呆住了。「你在哪裡？」

「我在我住的地方，年菜是我媽今天早上剛煮好的，還是熱的，所以想現在先拿給妳吃。妳想吃嗎？我現在拿過去？」

「好。」

小新送來一大堆年菜之後就回台中去了，他說過年要多陪陪家人，既然我的家人出國了，他就代替家人照顧我。

我一直都表現得很堅強，把裝著年菜的盒子打開來之後，聞著那熟悉的味道，不知道爲什麼突然就哭起來。

小新的這種溫暖，跟誰很像呢？

我想起以前，雖然不是很久以前，對我來說卻過了好久好久。這些日子以來的掙扎都變成委屈。我到底是爲什麼讓自己變成這樣子？前進也不是，又不能一直活在回憶裡。

到底該怎麼辦才好？我到底應該怎麼辦才好？

本來以爲沒有什麼人必須依靠別人而生活著，一個人就不能活下去這件事情是假的，是因爲寂寞、不安而產生的念頭。

當初一個人的生活，我過得很自在，每天上課、下課、電測、改作業，這不就是生活的全部嗎？爲什麼現在會害怕孤單跟寂寞呢？爲什麼會覺得在黑夜裡只有自己一個人很不安呢？

由奢入儉難。

習慣了有人呵護、有人陪伴的生活之後，我變成溫室裡的花朵了嗎？

我已經要對小新的溫柔投降了嗎？

從送年菜那天之後，我每天都會接到小新的電話。都是問我吃了沒，要好好照顧自己之類的。每次講完，都覺得這溫柔似曾相識，我是不是已經把某個人跟小新重疊在一起了呢？覺得自己不應該這樣，所以講話總是淡淡的，小新也沒介意，總是跟我保持著聯絡。

他回來的那天約我出去吃飯，還硬塞一個紅包給我，說沒有人過年沒收到紅包的，所以他爸爸包了一個紅包給我。

我拿著那個紅包，沉甸甸的，裡面裝的，已經不只是金錢了。

「謝謝你。」我對小新說。不只是因爲紅包，而是因爲這一切。

但是我想起自己寫的信，我的夢想……所以仍然想要繼續堅持，即便我的心已經有一點點偏了，我還是希望可以堅持自己的夢想。

儘管我不知道爲什麼在這種狀況之下還要堅持。

過完年，我找到學校內打工的機會。是幫機械系的老師整理資料跟打字，每個小時一百元，而且老師人很好，不需要打卡，也不會刁難人。

那天接到老師的電話說要去面試，我在校園裡還差一點迷路找不到工學院在哪裡。工學院已經在學校另一端，光是從文學院到工學院，就走了快半小時。

那天面試完，過了一兩個小時，老師就打電話跟我說錄取了，希望我隔天就開始上班，工作的主要內容，是分門別類整理老師的各種資料，幫老師打字，還有協調一下研究室meeting的排程。

其實是非常簡單的工作。

現在每個星期有很多時間可以用來工作，如果在老師的研究室做完了事情，還可以在那邊上網或讀書。

而且工學院這邊的學弟人很好，他們要出去買便當時，都會順便問我要不要，我連買便當的時間也省下來，有時候還跑去他們研究室一起吃。

想要開始慢慢習慣一個人的生活。

不過還是固定每個星期跟小新打球，小新仍然一樣很天眞很有趣。

像是今天，跟小新在打球時，聊到將來的事情。小新讀法律系，可是對當律師好像沒有什麼自信也沒什麼興趣，晚上念書時，常常打電話跟我說他什麼都不會。

小新也是一個很沒有自信的人，有時候我會覺得看見了很久以前的自己。

我小學的時候非常胖，胖到拿出小學時的照片沒人會相信那是我。小時候常常被嘲笑、被欺負。

那時候，我不知道自己活在世界上的意義是什麼，只是每天機械式地去上學再回家，大家對我的冷嘲熱諷，我都當成沒聽見。

那陣子活得很痛苦，但是天一亮還是得去上學，沒有別的選擇。既不能要求轉學，也不能要求人家不要再討厭我。

我從來沒有做什麼壞事，只是因爲胖，所以就要被歧視、被欺負、被打入十八層地獄嗎？到了小五小六開始練球，瘦下來很多，突然有人稱讚我漂亮，也有人說喜歡我。原來這一切都跟個性沒有關係，是因爲我瘦了。

所以長大之後，我對胖的孩子特別好，我知道他們在學校可能都有辛苦的生活，看見他們就好像看見過去的自己。

「發什麼呆啊？」小新喊著，把球打過來。

正在想事情，頭上猝不及防地被小新打個正著，頓時之間好暈。

小新趕緊衝過來問我還好嗎，我按著頭，說自己還好。

但小新力道不是普通的強，還是有點暈，所以到旁邊休息去了。

大支走過來，把外套遞給我。「先套著吧，免得等一下感冒。」

小新一有空檔就會往我這邊看，但坐在球場邊看著場上的人打球，球飛過來飛過去，頭暈的狀況好像沒改善，反而更嚴重。

沒幾分鐘之後，我往洗手間的方向走，才剛進洗手間，就對著馬桶吐個不停。

小新衝過來，在女廁門口大叫。「學姊！妳沒事吧？」

大吐特吐之後走出去，想必我的臉色一定很難看，因爲小新看見我像看見鬼一樣。

「小新……」我扶著小新。「我不舒服。」

包。

「我帶妳去看醫生！走！」不等我回話，小新一把抱起我往樓下走，還不忘記帶走我的背包。

「怎麼了？」場上的大家紛紛走過來關心。

「她在吐。」小新回答，「我先帶她去醫院，大家繼續打吧。」

我實在沒有力氣跟小新爭辯，只好讓小新沿路抱著我從體育館四樓往下走到一樓，走到景觀花園那邊的停車場。

到體育館一樓時，我告訴小新說我自己應該可以走了，可是他堅持不放手。

前往嘉基的路上，小新雖然車速稍快，可是大致上還算平穩。到了醫院，他跟醫生說我被打到頭，而且嘔吐，醫生安排我做了一連串的檢查。

「目前看來應該是沒有什麼大礙，妳現在還想吐嗎？」醫生拿著檢查結果走過來問我。

「不會。」

「那就觀察到明天早上，如果沒吐的話，就可以回家休息了。」

小新從頭到尾都沒說話，他一直面無表情。

「你怎麼了？」我問他。

「我想問妳，還想折磨自己到什麼時候？」小新突然這麼回答，讓我很困惑。

「你在說什麼？」

「看妳這樣折磨自己，我很難過。」小新說完之後就離開急診室。

看著小新的背影離開視線，本來還想多思考一下他說的話，但沒有時間多思索，因爲頭很重，就這麼沉沉睡去。

我不知道的是，後來小新又回來急診室，照顧了我一整夜。

這是後來大支跟我說的。

小新的溫暖，讓我很想對這些無邊無際的寂寞投降。

57

「其實，只要是打球的人，哪有不被球打的道理呢？想想看妳每天練球都在扁它，每天扁它幾千幾萬下，它總有一天會不爽，硬是要飛過來報仇。無間道說得很有道理，出來跑，總是要還的。所以不是不報，時候未到而已。」

我第八百次試圖用這種說法說服小新無須自責，因爲球也是有自由意志的，它想打誰就打誰，我們不要把這些過錯攬到自己身上。

已經過了兩個星期，小新還在那裡對不起。他說得不煩，我聽得都要煩死了，本來沒有腦震盪也都快要腦震盪了。

「學姊，妳是被打到頭，所以智商有點降低嗎？」小新一臉疑惑地看著我。「我眞的覺得很對不起妳，那天打到妳。」

「啊啦啦啦啦！」我摀住耳朵不想聽。「不好意思，你繼續講這個的話，我不如回家看電視好了。」

「好啦好啦，我不說了。」小新繼續吃著面前的大碗公麵。

其實，經過過年那陣子的事情之後，自己對小新的感覺有點變質了，所以我想盡量還是保持距離比較好，只偶爾約出來吃飯。跟小新吃飯感覺很好，因爲他吃很多很多，而且不會嫌女生吃得多，跟子侑一樣。

之前有一次吃飯時，隔壁坐了一對情侶，男的一直嫌女生怎麼吃那麼多飯，澱粉類會囤積在屁股跟小腹，以後會變得不好看之類的，女生倒也默默地把飯擱在一旁不吃，看得我都好心痛。如果不想吃那麼多飯，要記得先跟老闆說啊，人家買米也是要錢的好嗎？

重點是我覺得男生這樣管女生吃飯感覺很差。小新總是覺得我吃得太少，拚命鼓勵我吃，這種態度才是正確的。

「學姊，要不要去看螢火蟲？」新聞正在說螢火蟲季節即將到來，小新就跟著問我。

「哪裡看？」

「瑞里。」

「你怎麼知道？」

「之前跟樺哥他們去過。」

「喔？」我提高了聲音，斜眼看著小新。「把妹喔？」

「哎唷，樺哥喜歡犯防系女排的妹，所以就拖大家一起去聯誼，這是男人間的義氣。」

「男人的義氣？」

「對啊，女生不懂的。」

「喔。」

「那妳要去嗎？」

「什麼時候？」

「現在。」

耶？我忘記自己正在吃麵，就這麼抬起頭來，兩條麵還掛在下巴上。

「哈哈哈……」小新不客氣地大笑。

三十分鐘後，我已經著裝完畢，坐在小新的後座上準備前往瑞里。

因爲不趕時間，小新沒有騎得太快，我們沿路也亂聊天，結果竟然迷路了，所以在路邊的檳榔攤停下來問路。

「請問瑞里怎麼去？」

「喔！」老闆人很好，跑出來跟我們說。「要從前面這條路直直走，然後會看見有一條路會有三個岔口……」

我聽得很模糊，但看小新點頭如搗蒜的樣子，他應該是很了解才對。

問完之後，小新信心倍增，繼續往瑞里前進。老闆說因爲最近下雨，路不知道會不會難走，叫我們要小心點騎慢一點，還說季節才剛要開始，這麼早上來有可能會看不見螢火蟲。

「萬一沒有螢火蟲怎麼辦？」我問。

「那就五月再來一次。」

「是喔。」

「學姊，騎車好無聊，妳唱歌給我聽好不好？」

「為什麼我要唱歌給你聽？為什麼不是你唱給我聽？」

「因為我聽過妳唱歌，很好聽。」

聽過我唱歌？怎麼會？我驚訝地問：「什麼時候聽到的？」

「去年你們系上KTV大賽在活動中心辦，妳跟一個很帥的男生一起唱。」

「那是女生。」去年被小透抓上台硬是唱了一首《陪妳等天亮》，想不到被認出來。

「是喔？可是她好帥。我也希望像她那麼帥。」

「你也很不錯啦，你的帥是那種農家子弟的帥。」

「妳快唱歌啦。」

我想了想，在夜風裡輕輕地唱了起來。

是梁靜茹的「知多少」，有陣子我很喜歡這首歌。

看似畫筆的樹梢　把天塗成藍色調
莫非用眼淚做顏料　畫一道彩虹會更好
看那朵雲　像不像白色羽毛　堆砌在空中　捨不得飄
我好想他　於是我原地旋繞　讓他有空時　瞧一瞧
等的人　等待中花落知多少　經得起　歲月動搖

想的人　感傷的日落知多少　或許這世界上　有些夢　美在永遠握不到

唱到「我好想他」的時候，突然有些哽咽，但我巧妙地利用風聲掩飾，應該不會被發現吧。

「學姊，妳唱歌很好聽。」

「謝謝。」

接著小新沒有說話，因爲路愈來愈狹窄，視線也逐漸不好，天空甚至開始飄起毛毛小雨。小新非常專注地騎車，彎路一個接一個，摩托車即使開了遠燈，能照到的部分仍然有限。

不知道過了多久，小新停下車來，我這才抬頭，發現已經來到旅社門口，雨也停了。停好車，正在看路邊的路線圖時，剛好有導遊帶領著遊客要前往觀賞螢火蟲，於是就邀我們一起。

「路不熟，沒有人帶，自己去很危險的。」負責解說的嚮導這麼說。

於是我們跟著遊客一步一步往山區前進，沿路黑漆漆的，一盞燈也沒有，嚮導走得很慢，吩咐大家要跟好。

一邊走，嚮導邊解說螢火蟲的生態習性，還有復育螢火蟲的困難跟挑戰。我雖然很想認眞聽，但實在無法專心。

因爲……我怕黑。我超怕黑啊！

原來我這病一離開學校範圍就會復發嗎？

我小心翼翼地走著，小新在我身邊也慢慢地走。

終於走到可以觀螢的地點，嚮導小聲跟我們說希望大家都安靜，因爲自然是用來觀察不是用來打擾的。

我站在那裡，慢慢地看著黑暗中浮出了一點一點的亮光，一明一滅。

雖然數量不是很驚人，但是親眼看見螢火蟲，還是滿感動的。

林子裡非常地不安靜，有蛙鳴聲、蟲叫聲（我想應該是蟲），還有風吹過樹葉發出沙沙的聲響。

我站在那裡，不自覺地出了神。

一直到大家開始往回走，才聽見嚮導對大家說要回去了。

回程的路上，小新突然伸出手，輕輕地握著我的。男生的手掌很粗，卻傳來很暖的溫度，我沒有拒絕。

我知道自己沒有拒絕的原因，可能是因爲注意到小新一直跟著我的腳步在走，當我停下時，他會輕聲詢問我，「還好嗎？」

我想他猜出了我的恐懼。

我們就這麼一直牽著手，到了有路燈的地方都沒有放開。

58

坐在旅社前的鞦韆上，我和小新各自聊著天。

小新說起了他以前女友的事情。

他說他覺得自己不夠好，不能給她幸福，所以決定跟她分手，希望她將來找到一個可以眞正給她幸福的人。

「爲什麼你不盡力去創造你們的幸福呢？爲什麼你放棄了？」我覺得很奇怪。

「不論怎麼樣，我都沒辦法給她幸福。」

這句話讓我想到了非常壞的方向去，於是我異常緩慢，試圖想要用不在意的態度以及含蓄的說詞問小新，「你……身體不好嗎？是不是……有某些地方……舉不起來？」

小新聽完問題之後滿臉黑線地白了我一眼。「學姊，妳是不是眞的被球打到之後智商降低？」

「可是，那是你說的話有問題，我怎麼知道你的不能給她幸福，指的是哪部分出了問題……」我問著問著忍不住把眼神往下移。

「學姊，妳在看哪裡啊！當學姊的人尺度都這麼開喔？」小新作勢遮住自己的重要部位。

「沒關係啦，有病就要醫。」我拍拍他。

搞笑完之後，小新突然表情嚴肅地說：「我第一次看見妳，覺得妳很像她。」

「像誰？」

「前女友。」

「哪個女生聽到這種說法會開心啊？」

「相處之後，就愈發現妳們的不同。妳總是把很多事情都收在心裡，然後裝得很開朗……」

這說法聽起來也沒有比較好啊！

「她呢？」

「她是有錢人家的孩子，雖然不是獨生女，但是生活方式跟我截然不同。她沒有什麼煩惱，因爲在她從來沒有什麼想要卻得不到的東西。這讓我壓力很大，也是我覺得自己沒辦法給她幸福的最大原因，不管怎麼努力，我或許都沒有辦法給她那樣的環境，讓她繼續無憂無慮下去。」

「所以就分開了？」

「分開之後她很難過，她說她可以爲了我不要那些生活，只要跟我在一起。可是我知道眞的這樣做的話，將來她一定會怨我，一定會覺得過去的日子比較好，所以還是堅持分手。後來她就沒有再跟我聯絡了。」

「其實，女生眞的可以爲了喜歡的人改變自己的，我們眞的認爲只要兩個人在一起，就有可能改變世界。」我們在鞦韆上搖啊搖，風漸漸地變冷了。「有時候，男生就是不懂女生的決心。你怎麼能就這麼否定了她的決心然後離開她呢？跟她分手不只是分開，而是不夠相信她的決心。」

「現實很殘酷，我們家只是普通的農家，小孩子長大都會賺錢回家，爸爸媽媽到現在還是種菜種田，她從小到大連一個碗也沒自己洗過，怎麼能體會下田是什麼感覺？」

「所以才要相信對方啊。」我講著講著就激動起來，「自己做了以爲對彼此都好的決定，然後不給一點空間也不給一點機會，就這麼自作主張地把一切都決定好，認爲這樣對對方最好。問題是，這樣眞的最好嗎？眞的沒有兩個人一起奮鬥的方法嗎？」

「妳跟李子侑是怎麼分手的？」小新突然這麼問。

「問這做什麼？」

「我知道他很喜歡妳。」

「那些都過去了。」

「眞的都……」

「我不想談這個。」不等小新說完，趕緊打斷他。「我累了。」

「已經三點多了，要回去，還是要在這裡住一晚？」小新問我。

「住一晚好了。」

走進旅社，老闆娘說不是假日，可以住滿十二個小時再退房。

「一間雙人房嗎？」老闆娘抬起頭問。

「有兩張床的雙人房嗎？」小新問。

走進房間之後，我問小新，「怎麼不是兩間房？」

「很貴啊，替學弟省點錢。」

「我可以自己付啊。」

「沒有帶女生出來還要讓女生付錢的道理啊。」

「大男人！沙文主義！」

小新躺在床上，一副可憐的樣子。「學姊，妳晚上不會侵犯我吧。」

「放心啦，我不喜歡身體不好的。」

走進浴室，拿起旅館附贈的牙刷開始刷牙。因爲沒有帶盥洗衣物，只好洗完澡後重新穿上髒衣服。

洗完出來，發現小新已經睡著了。

爲什麼有這麼多人自以爲是地在幫別人決定未來、決定人生呢？爲什麼認爲自己做的決定會是最好的？

小新這樣，我自己也是這樣。

「學姊，其實，我還滿喜歡妳的。」在睡夢中，小新突然這麼說。

「謝謝你。」我躺上床，用棉被包住自己。「眞的謝謝你，其實我也滿喜歡你的，但我目前還沒有辦法跟誰在一起，抱歉。」

「沒關係。」

「你睡吧，晚安。」

「晚安，學姊。」

窗外有鳥鳴跟微微的魚肚白，我看著天亮，才慢慢地睡去。

59

從瑞里回來之後，我跟小新仍然保持著球友和飯友的關係，也就是吃飯跟打球時會一起，其他時候就是聊天打屁亂哈啦。

小新沒再提過他喜歡我的事情，可是他會牽我的手。

牽手不是什麼大奸大惡的，而且我喜歡小新的手，所以我們常常牽著手去吃飯，牽著手去逛街。

但是我不敢跟小新牽著手去打球。

總覺得在大家都認識子侑的場合，不應該跟其他人牽手一起出現。

小新也沒說什麼，大家一起打球時，他也不會對我有特殊的看待。

我們的關係，維持在一個非常平衡的「友達以上，離戀人很遠」的點。

因爲工作的關係，漸漸跟老師研究室的人熟起來，大家也都互相開玩笑。有時，看見小新來接我下班，都以爲他是我男朋友。

連老師都開始說，妳男朋友很憨厚喔，哪裡人之類的，因爲老師超年輕，才三十多歲，所以熟了之後，跟他講話都沒大沒小。

「他不是我男朋友。」

「不是？可是我那天看見你們手牽手耶。」老師很驚訝地問。

「我們只是會牽手的朋友。」

「嘖嘖嘖，我真是落伍了，原來現在還有會牽手的朋友這一種關係。」

「知道了吧？」我得意地說。

「年輕人，難懂，難懂。」老師說著說著往外走。「我等一下要上課，就整理一下桌子底下那些廢紙好了，用一面的還可以再用，兩面都印過的就可以回收了。」

「喂，你自己丟的時候都不看一下。」

「我都做好了妳要做什麼？我這是在替妳創造工作機會好嗎？」老師說完之後就跑了。

我邊嘀咕，蹲在老師的桌子旁邊整理廢紙。

看看錶，本來小新說等他六點下課之後要過來工學院接我去吃飯，今天換我給他個驚喜好了。

趕緊收拾完老師的廢紙堆，把今天該整理的資料都整理好之後，趁老師上課時就偷跑下班了。還好小新下課的路線我都很清楚。他要走來工學院只有一條路，於是我站在他會走出來的法學院門口旁邊守株待兔。

大概五點四十幾分時，我走到定位，等在法學院的門口旁邊躲起來，準備等一下偷偷地嚇他。小新雖然平常嚷嚷著不喜歡念書，其實倒還是挺認真的，很少蹺課，加上他又跟我約好了吃飯，應該是不會等不到人吧。

偷偷埋伏在草叢邊，好不容易等到下課的跡象，人群變多，聲音也開始吵雜，但是一直都沒有等到小新走過去的背影。

「難道蹺課了？」正想打電話問小新時，突然聽到有人聊天。

「新哥，可不可以教我怎麼把妹？」

「我哪能教妳怎麼把妹。」這是小新的聲音，沒錯。

「可是你手上好多妹，我好羨慕。」

「什麼好多妹，亂說。」

「眞的啊，中文系的正妹一直跟你傳ＭＳＮ，又說喜歡你，然後犯防系女排的又點名要約你，加上外文系的學姊，你眞是左右逢源。」

「不要亂說好不好？」

「說眞的，你這樣是犯罪，人家可以告你的。」

「我又沒有怎麼樣……那都是她們主動的。」

「說眞的，這幾個裡面你比較喜歡哪一個？是胸部很大的中文妹，還是熱情的犯防妹，或者是高射砲學姊呢？」

我蹲在草叢裡聽著這些對話，趕緊摀住自己的嘴怕叫出聲。

那位學弟接著說：「你上次跟學姊去浪漫螢火蟲之旅，兩個人過夜有沒有發生天雷勾動地火的事情？」

「你管太多了吧。」

「沒啦，我只是眞的好想知道，同時有三個女朋友的感覺是什麼？」

聽到這句話，我腦中轟然一響，突然間跌坐在草地上。

這些事情……我以爲很珍貴的回憶，原來是這樣嗎？

「你不要一直亂說。」小新的聲音，這時候聽起來是這麼陌生。

「昨天我們練完系排之後，你不是跟中文妹單獨去看電影吃消夜嗎？」

夠了！我已經不想再聽了。

上星期，大支看見我跟小新手牽手逛校園，然後在MSN上傳訊息問我跟小新是怎麼回事，我回他說我們是比普通朋友好一點的朋友。

「他在追妳嗎？」大支問。

「沒有啊。我們只是朋友。」

「妳……要小心一點。」

「爲什麼這麼說？」

「我也不知道怎麼說，總之，如果只是朋友就還好。」

「快說啦！你不是說會幫我？」我很討厭人家要說不說的樣子。

「那個，反正你們當朋友就好。」

然後大支就給我離線了。

那天我還很氣，說以後都不要跟大支說話了。

現在想起來，或許他是想提醒我些什麼。

小新揮別了那個朋友，自己一個人往工學院的方向走。

我看著他的背影愈走愈遠，卻一直聽見「同時有三個女朋友的感覺是什麼？」這句話。

我突然覺得自己不認識小新了。

過了一陣子，手機響起來，是小新。我接起來，聽見他輕快的聲音說：「下班囉，我在工院門口。」

爲什麼他還能這麼說話？

「我從五點五十開始，就在法學院後面等你了。」我慢慢地說。

小新沉默了五秒，想必他也知道發生了什麼事。「妳在那裡多等我五分鐘好嗎？」

「……」有一瞬間我想說好，想聽聽他怎麼說，但是終究抵不過那些被欺騙的怒氣，「對不起，我不想成爲你愛情裡的候選人。」

「學姊……」

「再見，小新。」結束通話，我依然坐在草地上，只是不知不覺中，天已經全黑了。

60

慢慢地站起身來，拍掉身上的草，腦袋還是混亂一片。

但我知道自己其實沒資格責怪他，我又不是他女朋友，只是一個比較好的普通朋友，怎麼能要求他不對別的女生動心？

我用什麼資格要求他誠實？

但想起那天晚上他假裝睡著，告訴我他喜歡我，說眞的，心裡有一點開心，但又知道自己暫時沒有辦法接受新的感情。

他一直用這樣的態度在對待三個女生嗎？

想著想著，一陣急促的腳步聲由遠而近，最後停在我面前。

抬起頭，看見了氣喘吁吁的小新。

他站在我面前，雙手按著膝蓋在喘氣。

「學姊……」終於他抬起頭站在我面前。

「什麼事？」我擠出一個笑容，就連自己也不知道爲什麼。

「妳……聽到什麼？」

「該聽到的都聽到了。」

「那不是眞的。」

「那什麼是眞的？」

「我眞的喜歡妳。」

「妳也眞的喜歡大胸部的中文妹跟熱情的犯防妹啊。」

小新閉上眼睛，「……對。」

「那你有什麼好解釋的呢？有必要大老遠跑來跟我解釋嗎？」

「我不是欺騙妳。」

「那這是什麼？」我突然大吼起來。「這不叫欺騙叫什麼？你一方面跟我牽手吃飯聊天，一方面又跟中文妹吃消夜看電影，還有什麼行程？會不會排太滿？」

「我本來想，如果妳要跟我在一起，就……就拒絕她們。」

「哈！所以這是我的錯？因爲我拒絕你，所以你必須繼續跟她們這樣子嗎？」這是什麼道理？

「我眞的很喜歡妳。」

「拜託你不要再說這句話了，現在聽到我會覺得好恐怖。妳把女生當成了什麼？這個說不好，還有下一個可以選。我現在想起來都覺得好噁心！那天去看螢火蟲也是爲了要釣我嗎？」

「不是……不是這樣的。」小新臉上表情很複雜，雖然看得出來有些後悔，但更多的表情我無法判讀，「我……眞的想帶妳去看。」

「牽手也是假裝的嗎？妳帶每個妹去的時候都牽手對嗎？還只是只有我的進度最慢？你跟其他人進度到哪裡？」

「學姊……妳讓我慢慢跟妳講好嗎？」

「是怎麼樣我都無所謂了，再見。」講完之後我轉頭就走。

「學姊……」小新拉住我。「對不起。」

「你不需要說對不起，我們彼此都沒有承諾過什麼，我也知道自己不該對你發脾氣，但朋友之間也會有吵架生氣的時候，你就當我生氣，所以跟你絕交了。」

「不要這樣……」

「你還年輕，可以喜歡很多人。可是你知道，每個人的喜歡都是有額度的，當你提前用完了，就無法再去喜歡別人。」我輕輕地拉開小新的手。「我的額度，都因爲自己的揮霍無度所以用光了，現在我已經不能再喜歡人，這感覺很失落，我覺得自己是空的。失去了喜歡一個人的心情，失去了愛。」

我摸摸小新的臉頰，「希望你，不會變得像我一樣孤單。拜拜。」

轉身，往回家的路上走去，心裡愈來愈空，愈來愈空。

怒氣過了之後，只剩下無止盡的悲哀。

最後，我終於成了一個人。

在經歷這麼多事情之後，只剩下我自己。

挺起胸膛，在大吃市買了常吃的便當跟飲料回家，打開電視，邊看新聞邊吃飯，眼淚卻一直止不住地掉下來。

曾經，我有很美的回憶，後來那段回憶在生活中變成了現實。回憶裡喜歡的人走到我生活裡，變成非常重要的戀人。

我跟他一起創造了許多美好的時光，一起笑一起鬧一起蹺課一起打球……然後遇到了一個非常戲劇化的要求，讓我親手切斷了自己的愛情。

我們被迫分開兩地，幾萬公里的距離。

我把自己的痛苦、寂寞跟外來的壓力加在一起，都轉換成了逃避。

所以找尋慰藉，找尋依靠。

我找到小新，以爲可以偷取這樣一點點的溫柔，來塡補自己心裡的脆弱。

其實小新沒有錯，錯的人一直以來就是我。
利用小新對我的好，沉溺在只想需索不想付出的世界裡，是我。
這是我的報應。
手機一直響，我卻不想接起來。
是我把自己推到這樣一個絕境，這樣眾叛親離的境界。

61

連上網路，我開始慢慢書寫自己的心情，慢慢把自己的情緒寫出來，或許可以變得比較好。我關了呼叫器，不讓別人傳訊息給我。
BBS的視窗上一直顯示著我有新信件，但我不想看。
每個人都有選擇自己要怎麼生活的自由，我不能干涉別人的，但是我可以不在他的生活中掙扎。
小新眞的對我很好，這是無庸置疑的。
他同時也對其他人很好，這是他的自由。
但是我不能接受，這是我的自由。
我們不要互相干涉、不要有交集，或許最後大家都不會受傷害。
寫著寫著，突然就想出去發洩。拿了鑰匙衝出門，跨上機車，發揮這台車的極限，在路上狂飆。

騎到往大鎮方向新開的馬路，風狠狠地刮著臉頰，眼淚一直往後飛。我坐在車上，感受著身邊景物快速地閃過。

「啊——」我用全身的力氣大叫著。

爲什麼最後我會讓自己這樣孤立無援？

就算我現在承認了那些任性跟逃避都是錯的，過去可以被改變嗎？那些美好的回憶能夠重新再出現嗎？

不行。

我騎著車，一路上不斷地吼叫，不斷地哭泣。

但是一切都於事無補。

還是有些涼意的夜晚，一個人穿著短袖在夜晚的公路上，風吹到後來打在身上都刺痛，可是我沒有停下來，只是更催緊了油門往前衝。

我無法停住自己的眼淚，今天就放縱一次吧。

到了不知道哪裡的紅燈，我停下車，臉上冰冰涼涼的。

下雨了。

我突然笑了，想起前陣子跟小新吃飯時在看鄉土劇，發現戲裡只要有悲情的場面，諸如被男人拋棄、被迫離開家人、跟家人決裂、很相愛卻得分手之類的場景，都一定會下雨，一定都是一個人在雨中一邊哭泣一邊淋得全身濕答答。當時我還跟小新說怎麼可能會這樣，哪有這麼巧的，只要很難過的時候就會下雨，如果要搞悲情，沒有下雨應該也可以很悲情啊。

我們非常不以爲然地嘲笑著鄉土劇的狗血淋雨場景，想不到，今天我也遇到了。

「哈哈哈哈……」我忍不住看著天空笑出來。「原來是這樣。」

淋雨眞的是很爽快的事情，雨愈下愈大，我在大雨中全身濕透，到後來邊發抖邊騎回家，雨大到模糊了我的視線，我根本看不見前方，只能努力瞇著眼睛試圖把路看清楚。

好不容易回到住的地方，我渾身滴著水。停車時，有個男生剛好開車回來，他看見了我，從他的車廂拿出毛巾遞過來。

「給妳用。」

「不用了，謝謝。」我沒有伸手接，轉身就往樓上走。

走過的地方一步一灘水漬。

正因爲如此，沒有人能察覺我的眼淚。

原來這就是下雨的用意。

爲了不讓人看見自己的眼淚，不讓人看見自己的難過。

回到房間，用顫抖的手打開房門，走到浴室把身上的衣服都脫掉，我靠在牆壁上，熱水從頭上不斷地淋下來。

我不知道眼淚什麼時候才會停，如果不會停，就讓熱水也一直開著吧。

62

大病了一場。

在自己住的地方，只有自己一個人。

咳嗽、流鼻涕、喉嚨痛、發燒，樣樣都來。我裹著棉被在發汗，卻也發抖。

淋了一場大雨之後，神智比較清醒，卻換來了重感冒。

躺在床上，自己一個人發燒喃喃自語。因爲沒有力氣騎車去醫院，所以一直在家裡發燒，做著各式各樣不同的惡夢。

夢裡，我回到了子侑身邊，但是他喜歡上別的女生，所以跟我說對不起，不能繼續跟我在一起。

他牽著新女友的手來到我面前，對我說：「因爲妳不夠相信我，所以我們不能繼續下去，再見。」

我一身冷汗地嚇醒，才發現自己坐在電腦桌前睡著了。

沒有力氣走出去，渾身都不舒服，不知道可以找誰幫我。

手機響了，是學校的電話。

「哈囉？」

「凱淇，妳聲音怎麼回事？怎麼沒來上班？」是老師。糟糕，我忘記今天要上班。

「老師，我生重病，今天可能不能過去了，對不起，忘記先跟你報告。」

「有沒有去看醫生？」

「等一下會去，有朋友來載我。」

「好，那妳看狀況怎麼樣再通知我。」

「好，咳……老師對不起。」

「沒關係啦，生病了要好好照顧自己。」

跟老師講完電話之後，我拿著手機，又開始哭。

我不知道自己爲什麼淚腺這麼發達，爲什麼從昨天到今天都哭個不停，眼睛都腫得像麵包一樣了還是停不下來。

已經把喜歡的額度用光的我，可以把哭泣的額度也用光嗎？我不想要再哭了。

躺在床上，軟綿綿地看著天空，電話又響了。

「老師，咳……我眞的會咳……去看醫生啦。」

「學姊，妳終於接電話了。」

是小新。

「什麼事嗎？」

「學姊，我有事想跟妳講，可以去妳那邊嗎？」

「不可以……咳……有什麼事？」

「我眞的不想欺騙妳。」

「沒關係啊，我不介意。還有什麼事情嗎？」可不可以不要再解釋了，我們沒什麼關係，不必對我交代得這麼清楚啊。」

「我不知道要怎麼跟妳說對不起。」

「咳……不需要啊。」

「我眞的很喜歡妳。」

「謝謝你。」我微笑了。「咳咳……但是你要知道，女生是非常複雜的，她們雖然嘴巴上說一套，但心裡會有另一種說法。希望你……咳……找到想眞心對待的人之後，就好好地對待她，不要像我一樣，把喜歡的額度都預支光，然後再也不能喜歡上別人了。」

「妳喜歡過我嗎？」

「嗯，有一陣子。但是那種喜歡……咳……帶有逃避的成分，對你、對我都不夠公平。」

「學姊……」

「不用……咳咳咳……多說什麼，我知道你有你喜歡別人的自由，不用在意我。我們之間，只是普通朋友。」

「妳不要這樣……」

「小新，如果不狠下心來，你到最後會傷害很多人。每個女生都是珍貴的，需要被人呵護，你要好好問自己，然後下決定好嗎？」

「我想跟妳在一起。」

「可是現在的我，不能跟你在一起。請……咳……原諒我的任性，我現在眞的沒有辦法跟任何人在一起。」

「包括李子侑嗎？」小新終於問了，男人的心裡也會有比較嗎？

「咳……不包括。」想了一陣子之後，我給了小新這樣的答案。「該怎麼說呢？我已經把所有的額度都用在他身上了，所以大概只能繼續喜歡他。」

「其實有時候，我會邊抽菸邊想著學姊的事情，想著那天晚上去看螢火蟲的時候，我牽著妳的手，那種感動。我說喜歡妳那時，其實是醒著的。」

「我知道，所以……咳……我說了實話。」

小新沒回話，我聽見他的呼吸聲起伏著。

「我……咳咳……自始至終，都喜歡李子侑。」最後我還是這麼說了，「我只是需要你陪著我。」

這是昨夜之後我下的決定，不論如何，堅持自己的方向，堅持自己喜歡的人。即便最後沒有結果，也對得起自己。

「所以我們？」

「很抱歉，我利用了你。我其實沒有那麼喜歡你。」

不知不覺中，我也變成了那樣的人，做了自以爲對對方最好的決定，但我相信，小新以後肯定會遇見很愛他的女生，我只是把小新當作填補寂寞的陪伴，這樣對小新、對我都不是件好事。

我不想繼續活在逃避中。

掛掉電話，我連上網路，信箱裡滿滿是小新寄來的信。

一封一封仔細地讀完之後，再一封封砍掉，向小新道別，也希望自己下定決心。

從現在開始，我要堅強獨立地生活，人是可以獨自活下去的，我想。

即使沒有朋友，也可以堅強地活下去，必須這樣相信，才能變得更堅強。

「我帶妳去看醫生好不好？」小新最後這麼問。

「不用了……咳……我自己的傷，我自己能照顧。」這是我跟小新最後一次對話。

那天晚上，我咳到鄰居來敲門，問我要不要去看醫生。最後麻煩鄰居帶我去嘉基，結果差一點就要變成肺炎。

吊點滴時，我想起第一次跟子侑來醫院的樣子，忍不住笑出來。

跟子侑在學校跑越野賽時，他一直在後面守護我，因爲擔心我，在我家樓下站了一整夜。他因爲小透跟我的事情而難過，卻還是體諒我，包容我的任性，容忍我無理的要求。不論多麼疲倦，他都堅持接送我上下班，爲了保護我而受傷，在加護病房躺了好久……

他這麼爲我，最後，我卻用盡方法傷害他，讓他離開我。

即便是分手那天我說了那些傷害他的話，他對我也沒有一絲怨言。

那天的情景一直在我心裡，不曾遺忘過。

人生能遇見這樣的人，夫復何求？

只是我親手斬斷了這一切。

儘管如此，我還是希望自己可以繼續相信下去，寄望在未來我們仍然可以遇見彼此，如果他到時候有了另外一半，過得很幸福，我也會祝福他。

如果他愛的人不再是我也不要緊，只要他能幸福，或許就是我最大的幸福。

過去，雖然已經不會再回來了，依然會在心裡留下痕跡，不論是快樂的、悲傷的，都能讓人感動地微笑。

子侑，謝謝你，曾經給過我這一切。

63

時光荏苒，又到了畢業季節，路上一堆堆的畢業生開心地穿著學士服或碩士服跟朋友照相。

每次看見這樣的畫面，心裡都感觸良多。想起當初在人生最黑暗的時刻畢業，身邊一個朋友也沒有，家人也沒有來。參加完典禮，看著到處拍照的人，我默默地把學士服換掉，拿去保管組歸還就回家了。

比較開心的，只有學校的工讀工作還算穩定，至少可以賺生活費，又可以跟老師聊聊天。想到當初拿到畢業證書時還衝去老師的研究室想要炫耀一番。

「老師！我畢業了！」我拿著畢業證書衝到老師面前。

「大學畢業而已……要不要念我們碩士班？」

「我考不上啊，你們是機械系耶！跟外文系有什麼關係？」

「反正都一樣要念英文。」

「是這樣的嗎？」

當時差一點被老師欺騙，自以爲可以念機械所。後來老師借我幾本書，什麼流體力學、熱力學、機械工程概論……

我翻開機械工程概論的第一章就讀到頭髮打結，後來就通通還給老師，認眞地當小工讀生賺錢比較實在。

「對了，認眞聊一下，妳畢業之後要幹麼？」還書那天老師突然問我。

「當米蟲，哈哈哈。」

「要不要留在這裡當正式助理啊？」

我驚訝了一下。「誰的助理？」

「我的啊！」

「你有預算囉？」

「今年有個工研院的計畫通過了，再加上國科會的那幾個計畫，應該可以養一個助理吧。」

「助理要幹麼？」

「大概跟妳平常的工作差不多，只是報帳的部分會更多，計畫書也會更多，也就是工作量會大增的意思，開不開心？」

「老師是覺得我平常都很偷懶，工作很閒嗎？」我斜眼看著老師。

「沒啦，哈哈哈。只是要找別人很麻煩。」

「我考慮一下。」雖然嘴巴上這樣說，但其實當助理也沒什麼不好，又不用打卡，每天九點多來上班，沒事的話五點就準時下班，有時候午餐跟晚餐還可以拗老師請客，多好啊。

在嘉義待了這麼多年，說眞的也習慣了，留下來沒什麼不好。

前陣子因爲很空，所以開始回去補習班兼課，大家看見我又回來，都紛紛問我怎麼回來了。我只淡淡地用「決定留在這裡」來帶過去。

我帶的孩子已經又升了兩個級數，現在他們跟新的老師相處得很好。人跟人之間都是這樣，雖然當初分離時大家都很難過，但時間會治癒一切，他們會漸漸忘記我，然後跟新老師成爲關係密切的夥伴。

戀人之間又何嘗不是如此呢？

我跟子侑，從那天開始就再也沒有聯絡過，但我沒有放棄。

好像回到當初的情景，我一個人工作著，抱著自己對過去的期待生活著。

那些相信著的過去曾經來到我面前，我抱著這樣的期待繼續相信著，希望有一天奇蹟可以再一次出現，我深愛的人可以再一次出現在面前。

等待的時間說漫長倒也還好，一轉眼，就是兩年的時光。

想不到時間過了這麼久，畢業後當老師的助理也已經當得很習慣。

最近老師瘋狂地愛上一個小女生，那個小女生流著口水笑嘻嘻的照片，包括助理跟每個研究生都收到了。

這個小女生是老師的女兒，老師自從女兒出生之後，就對研究沒那麼熱中了，男人也是很善變的。

像現在，我在跟老師討論即將要結案的國科會研究，聽完我的報告之後，他才抬起頭看我一眼，又開始看他女兒的影片。「對了對了！我女兒最近開始會扶著東西站起來，妳看她多可愛，妳看！她現在會把布偶拿起來，然後丟到外面去耶！」

「老師你夠了沒有，這段影片今天你已經逼大家看了十次了！連meeting的簡報裡面都要放女兒的影片實在是太誇張了，話說老師最近每天都回家，晚上大家做實驗出問題都找不到老師……」

「妳看她現在拿東西的動作多優美，她都會看準，妳看，快來看……」老師盯著電腦螢幕的臉眞是有夠痴迷。

人家說女兒是爸爸前世的情人，果然沒錯。

自從老師的女兒出生之後，老師每天都從學校開車回台南陪小孩，剛出生的時候大家根本找不到老師，只有上課的時候老師才會出現。

現在狀況比較好了，老師平常一到五都會「盡量」待在學校，避免研究生無所適從。星期五中午十二點一過，不好意思，老師陪家人的時間到了，要回家囉。

然後一溜煙地就消失了，他的研究生們剛開始也很不習慣，最後也養成了週一到週五要好好做事，假日放鬆的好習慣。

就工學院而言，眞是很難得的好習慣啊。

「老師，國科會計畫報告繳交日就是下星期六，我已經把最後的報告修正好寄到你信箱，你……看了沒有？」

「我覺得她快要會爬了，妳覺得她會爬之後，我要不要在家裡幫她弄一間遊戲房，專門讓她爬來爬去？」

我忍不住開始翻白眼，「老師，報告看了沒？看了沒？」

「好啦晚一點看。」

「快點看，我還要修改耶！」

「是的是的，以後要告誡學生，助理不可以請這麼凶的。」

「喔！」

講完之後，老師又忍不住開始看女兒的相片跟影片，我說當爸爸的人要不要這麼瘋狂？

還好今天真的沒什麼大事，等一下，一到中午老師就要開車飛奔回家，我們就可以放假了。

我逼著老師看完報告，提出幾個需要修正的地方，讓我週末可以修正，然後下週才可以定案趕快送印。

老師用非常快的速度看完之後，就開始收拾行李，「那我先走囉，下午沒事的話，幫我催一下廠商，機器壞了那麼久都沒來修理，如果真的沒什麼事，妳也早一點下班去玩吧，年紀這麼大了都沒男朋友，這樣好嗎？」

「妹妹在等你喔。」這是讓老師趕緊回家的最好方法。

「對了，沒錯，我走了，拜拜。」老師拿起公事包，飛也似地走了。

我留在辦公室裡整理著老師的資料，順便清潔環境。

這樣的生活也是會習慣的。

前幾天，我還遇見小新帶著他的女朋友，非常可愛害羞的小女生。

我和小新互相打了招呼之後擦身而過，小新看著我，那麼溫暖的笑著。

小新是那段生活中很重要的人，但我辜負了他。

還好他找到了自己的幸福。

他緊緊地牽著女朋友的手，低聲地問她想吃什麼。

時間過去，每個人都會獲得新的體驗跟遺忘不好的傷痕。

回到補習班之後，又過著白天上班，晚上上課的生活，非常忙，但也沒有什麼不好，民雄這裡房租低，賺的錢都可以存下來，我希望自己將來有機會還是要去美國，如果等不到他回來，那麼就讓我出現在他面前吧。

自己的夢想，也是需要自己努力的。

前兩天，我收到小透的第一張專輯，小透出了兩張單曲之後反應熱烈，所以公司乘勝追擊，替她出了第一張專輯。

「這是第一張從工廠製作出來的ＣＤ，我立刻就將它包裝好寄給妳。希望妳會喜歡，也希望未來妳能過得幸福。我們，都一起加油吧。」這是小透寫給我的話。

小透的歌聲還是非常棒，現在她也開始嶄露頭角，她說可能年底就要辦演唱會。

每個人都努力地朝著自己的目標邁進。走在學校裡，看著豔紅的紫荊花盛開，學校裡一群群的畢業生在做最後的校園巡禮。他們或哭或笑，都是對這片土地最後的告別。

每個人都在這裡獲得，也在這裡失去。只是不論得或失，這些時光都會變成刻痕，刻在心裡，再隨著時光慢慢淡化。想起兩年前，我也是這群畢業生中的一個，不知不覺，時光就這麼悄悄過去了，我的年紀，也開始成爲不能說的祕密。

等待的日子很漫長，我不知道子侑會不會有原諒我的一天。我不知道我們會不會有再見的一天。

64

又到了校慶的季節。

每年十月，學校總會熱鬧起來，練跑步的，練拔河的，最熱鬧的是那些練啦啦隊的。啦啦隊跳起來很好看，是工院男生最喜歡的天堂。

緊身衣加上短裙，燦爛的笑容，曼妙的舞姿，無怪乎最近過了晚餐時間，大家都不在研究室，跑去體育場看外系的練啦啦隊。

十點左右，回來研究室時，就會邊走邊罵爲什麼人家系上的男生可以跟女生練啦啦隊，又是拖又是舉起的，不但摸了腿，還可以摸摸腰……這些無病呻吟的垃圾話。

最近因爲國科會計畫的關係，有時候得要加班。不過說是加班，也是大家在研究室聊天打混。

我現在跟以前一樣星期一、四要去嘉義市上課，剩下的時間都待在學校裡。

今年本來系辦公室的同仁們還問我要不要參加教職員的比賽，我笑著說不必了，已經很久沒有運動，現在頂多就是去操場走兩圈，或者是經過排球場時看一下別人打球。

經過了那些事情，我現在已經不打球了。大支他們也都畢業了，即便去球場也沒有認識的人，我已經開始安於一個人的生活。

或者說，我害怕平靜的生活再度被打亂，所以盡量都跟別人維持著簡單而有禮的關係。

今天把結案報告交出去之後，我們就輕鬆了。下午四點多，老師就放牛吃草，讓我提早下班去放鬆。

從工學院沿著修德路一直走，沿路都是下坡，走起來格外輕鬆。

哼著歌，想著之後要來拗老師吃大餐，還有最近小孩又要升級了，得寫二十幾張成績單，想著想著就不自覺地笑起來。這些生活好像都似曾相識，被成績單追著跑，被家長指著鼻子罵……這些事情雖然經歷過很多次，但再次回首看，我的態度已經變得從容自然，我已經不會因爲家長的無理而生氣，也不會因爲逼近的表演而恐慌，更不會因爲明天就要交國科會報告，沒有人交結果給我而跳腳，總之這就是生活。

生活沒有了這些，還叫什麼生活呢？

走到排球場附近，忍不住還是停下來看了一下。應該是聯盟賽吧，球場上好多人在練球。看著看著，忍不住就往階梯走，下到了球場。

在球場四周走了幾圈之後，又慢慢沿著球場邊的小徑走到網球場，然後回到健康路。研究室的一群色狼說今天有啦啦隊預演，他們要來看。

所以我又走到操場去，果不其然，有很多穿著啦啦隊服的辣妹四處走來走去。我看見那群色狼，在看台上看得眼睛都快要掉下來。

男人喔。

我選了個人比較少的地方，坐下來開始看啦啦隊表演，非常棒。

啦啦隊眞是一個適合女生的運動，能充分展現出女生的力量。不論是開朗的笑容、健康有活力的舞蹈，在在都是能鼓舞人心的利器。

難怪職業球賽常有啦啦隊，連賽車也有賽車女郎，就算看個電腦展也要有show girl。

聽著震耳欲聾的音樂，卻不覺得討厭。

我好羨慕這些人的笑容。

這種發自內心的笑容，我很久都沒有體驗過了。

突然，一顆排球滾到我腳邊。

「排球？」這裡是操場耶？怎麼會有人在這裡打排球？

我拿起排球，東張西望，可是好像沒有人在找尋這顆球。

怎麼會這樣呢？難道這球自己長了腳要來找我？

「妳。」有個聲音突然出現在我背後，「要來校隊試試看嗎？」

聽到這聲音，我整個身體一震，這聲音？

我心裡很激動，眼淚在眼眶裡打轉，卻還是努力想保持聲音的平靜，慢慢地回答，「我不行耶，不好意思喔。」

「那好，明天晚上七點半，體育館等妳喔。」這聲音愈靠愈近，幾乎貼著我的背了。

我轉頭，看見了子侑，眼淚不爭氣地掉下來。「我要上課。」

「那只好下次囉。」他微笑地看著我，眼中亮晶晶的。

他張開雙手抱住我，一樣寬闊而溫暖的胸膛，一樣的氣息，「我回來了，凱淇。」

我說不出話來，只是緊緊地抱著他，眼淚不斷地滴下來。

「經過這麼多年，我爸終於把當年的事情原原本本地告訴我……」子侑的聲音哽咽，「妳當時爲什麼那麼傻？爲什麼要答應這樣的要求？」

「我……我覺得那樣對你跟你家人都好。」

「那妳自己呢？妳都沒考慮到自己嗎？」

「不要緊，我有很棒的回憶啊。」我抬起頭來看著子侑。「這些年，來你恨我嗎？」

「那些都不重要了，重要的是我回來了，而妳還在這裡。」子侑比著自己的心，「妳一直都在這裡。」

「你終於回來了。」我緊緊地抱住子侑。「我好想你。」

子侑微笑著看我，緩緩地牽起我的手，溫暖而堅定。

這一次，我們都不會再放開手。
只要相信，註定會相遇的人，終究會再回到同一條路上。

終

復此從鳳蝶，雙雙花上飛。
寄語相知者，同心終莫違。

——南朝梁·簡文帝〈涼蛺蝶〉

【全文完】

夏日最後的祕密

〈搶先試讀〉

晴菜 著

漫長的人生當中，我們總會遇到某些人，然後又不得不和某些人道別，生命就是這樣來來去去。
然而，不論季節如何更迭，歲月如何變換，藏在時光中一個特別的點，心，凝在那裡，在我們共同歡笑悲傷的那裡。

2010年10月　即將出版

【序章】

我喜歡那傢伙很久了，兩年其實也不是眞的那麼久，不過，因爲是單戀，日子總是度日如年。

度日如年的日子好像是從國三的運動會開始，我被抓去當醫護人員，沒有參加任何競賽，雖然掛著紅十字臂章，頂多也是做著倒倒開水、攙扶受傷同學的簡單工作。那時正是五月初，天氣已經十分炎熱，許多同學手拿一根冰棒或一罐飲料在聊天。走來走去，不少人跟我一樣，並不是那麼專注在激烈的競賽上。

就算沒有下場運動，光是站在樹下，額頭也微微汗濕，神遊的腦袋掛念著後天的地理小考，映在眼簾裡的兩千公尺接力賽只是一片被陽光曬得金亮亮的光景，被熱氣蒸得搖晃不清，那是個很「夏天」的日子。

不知不覺，周遭的加油聲變大了，氛圍躁動起來，我回神，大家的焦點就在前方的紅土跑道，原本位居第三名的那個男生正在全力衝刺，飛快又輕鬆地超越第二名，逐漸朝第一名的選手逼近。大概是他那張自信滿滿的面容，還有想要奪冠的強烈欲望感染了觀眾，大家開始幫他加油。我看著他熠熠發亮的眉宇，著了迷。

「加油……」

那是我第一次情不自禁出聲爲不認識的人加油，聲音都還在咽喉回蕩之際，那個奔跑的身影突然跌倒了！

他按著胸口，在地上滾了一圈便蜷曲倒在跑道上，後頭的選手一個接著一個超越他，而他依然沒有站起來，就在距離終點不到十公尺的地方。

我嚇著的心懸在半空中，直到附近的老師趕到他身邊，搖搖他，他才從短暫的昏迷中清醒，卻沒有多少力氣。架著他退場的老師見到我左手上的臂章，下令：

「妳過來幫忙。」

接下來一團亂，他班上的同學紛紛闖進保健室，你一言我一語地關心他狀況，他卻轉過去背向他們。

「我沒怎樣啦！」

他看起來不太想理人，老師也下了「大概是中暑」的結論，於是吵鬧的同學們便識趣地離開，其中那一位從頭到尾最安靜的男生在離開前朝我看了一眼，他有一雙聰明而冷漠的眼睛，跟他朋友方才在跑道上那熱情如火的眼神恰恰相反。他走了之後，整間保健室剩下我笨拙的手遍尋不著優碘的碰撞聲。

我有些緊張，不是因爲今天特別注意他的關係，而是這位同學才剛剛痛失奪冠的機會，一定很難受吧！我最不會面對需要安慰的人了，「如果沒有跌倒，你們班一定拿第一」，這種無濟於事的話我絕不可能對他說，我知道，再多體恤的言語都像是大家約好的台詞，一遍又一遍地說著，聽多，就麻木了。

幸好他依舊面向骯髒的牆壁，我們之間就算維持一片死寂也不算太奇怪。

他體格偏瘦，手腳修長，穿著無袖運動服的關係，肩胛骨的形狀看得一清二楚，不知怎麼，從背部看上去挺性感的。

優碘將他擦破皮的皮膚染成噁心的黃紫色，左一處，右一處，都不是太嚴重的傷口，儘管如此，當我用棉花棒觸碰他的時候，他還是不自禁瑟縮一下。

很痛吧！我也常常希望自己是溫柔靈巧的女生。熱鬧的田徑場上各項比賽一個接著一個進行下去，隔了一扇窗的這間保健室和那裡好像是兩個不同的世界，或許是因爲這個念頭，我覺得現在躺在床上的他有點可憐孤單，想陪伴他一會兒。

原本，環繞在他身邊的氣息是激動憤怒的，漸漸，他平靜下來，像是急流來到平緩溪谷，潺潺流著。

只是他還不願意轉過身來。

「黃老師有煮麥茶，冰冰的很好喝喔！要喝嗎？」

我提起勇氣，聽著不像自己生澀的聲音，盯著他始終面對我的背影，五秒鐘過去，沒有得到答案。

我低下頭，踢踢白襪配著白色運動鞋的雙腳，我沒有說錯呀！黃老師煮的麥茶眞的很香，夏天喝冰的，好喝極了。我起身走到小冰箱前，拿出一壺黃老師煮好的麥茶，爲自己倒了半杯，然後坐在角落的椅子上一面喝，一面欣賞窗外的夏日，喜歡光的粒子在空氣間、在窗櫺間、在外面老榕樹的綠蔭間飛舞的姿態，「時間」在這時候流動得特別慢，慢得能夠捕捉到什麼蹤跡一般，常常讓我看到發呆。

我還是幫他倒好一杯麥茶，把玻璃杯擱在床邊櫃子，發覺那個男生整個人更沉靜，全身放得很鬆很鬆。

「還活著嗎？」我躡手躡腳靠近床鋪，他性感的背部隨著呼吸安穩又規律地起伏，好似熟睡去了。「什麼嘛！」

剛剛還那麼生氣懊惱，居然躺著躺著就睡著了，太隨性了吧！

我第一次那麼近看睡著的男孩子，他輕握的手擱在微張的嘴邊，睫毛的光影覆在毫無防備的臉龐上，輕輕顫動，好幸福的樣子，是作了什麼夢吧？希望他夢到自己拔足狂奔，一路奔向終點。

我盡可能不製造出一丁點噪音，準備出去向老師報告傷口已經處理完畢。

才踏出門口，有個不認識的女生衝進來，她透著髮雕香氣的捲髮拍過我臉龐，直奔床鋪方向。

「顏立堯！我聽說你被送來保健室……」

那男生被嚇得跳起來，而我連女生的長相也沒看清楚便走出去。後來湘榆找我聊天，抱怨起上次那個討厭的自戀男死纏著她要家裡電話，她又如何巧妙地打發他，這一講就講了一個鐘頭。

等我再次回到保健室，那個男生早就不見人影，可是，玻璃杯裡的麥茶也不在了，只留下冰涼的杯壁上一小顆一小顆的水珠，和一張立在旁邊的紙條。

上面寫著「謝謝」。

我佇立在門口，靜靜觀望那只空的玻璃杯，上面凝結出來的水滴好似發光的鑽石，在夏季的日光下一亮一亮，好美麗！

杯子空了，我的胸口卻是滿的。

那是我和他相遇的情景，什麼特別的事都沒有發生，甚至連交談也稱不上，他未曾親眼見過我，坦白說，那一天我對他沒有太強烈的感受。

之後在學校偶爾會遇見他，發現他眞的不記得我，或者說他從頭到尾都不知道在保健室照顧過他的人是誰。即使一度和他那雙愛笑的眼睛四目交接，最後他也無動於衷地別開，繼續和身旁的朋友講話，我們仍舊是陌生人的關係。

然而，直到我發現每天愈來愈期待下一次和他不期而遇的日子，直到自己已經習慣在校園搜尋他的身影，直到就算不用明察暗訪也能默唸出他的名字，我才明白，在那個炎炎夏日，「喜歡他」已經成爲我的祕密。

【第一章　秘密】

好久好久都不曾想起那段往事了，沒想到竟歷歷如昨，那個充滿綠意的窗口好鮮明，甚至閉上眼，都感覺到自己被染成蒼蒼綠色。

還拿著茶杯的手騰在半空中，我有些不能適應回憶造成的錯置感覺。

之前有點緊張，所以我為自己倒杯茶水，一喝才知道裡面裝的是麥茶，大概是因為麥茶的關係讓我想起過去的事，彷彿自己還是那個佇立在保健室門口的女孩。周圍一同等待面試的男女有的閉目養神、有的不停翻書、有的在玩手機，應該沒有人像我這麼恍神的吧！

我坐回原來的座位，雙手捧著微微變軟的紙杯，繼續回想當年在保健室喝過的那杯麥茶的味道，那之後沒再喝過那麼好喝的麥茶了，也許是記憶把它美化也說不定，也許，是因為初戀的感覺一生就那麼一次而已。

到底幾年了啊……我認眞屈指數算，六年了嗎？時間過得好快，不過，再飛快的時光似乎不能把思念的情感沖刷遠走，那個人還在，在我每一次回眸的視線盡頭，溫柔、透明地看著我。

多年以後夏季的豔陽依然毒辣，走出辦公大樓，熱浪直撲而來。沿著擱在額頭遮陽的手心往前望去，一個既熟悉又陌生的身影意外地映入眼簾。我放開手朝他奔去，途中因為高跟鞋而踉蹌一下，剛好被他的手穩穩接住。他放開我的手肘，不以為然地蹙起眉心。

刺：

「等我一下。」

我脫掉礙腳的高跟鞋，從大包包拿出用塑膠袋裝好的帆布鞋，換穿上去，覺得暢快許多。

他快速環顧四周，爲我當街的換鞋動作感到些許尷尬，隨後見到我輕鬆的笑容，才沒輒諷刺：

「妳的淑女只能保持到面試結束嗎？」

「那已經是極限了。」我瞥了他深藍色的西裝一眼，暗暗藏起訝異：「第一次看你穿這麼正式，好像陌生人。」

是我吝於讚美，才沒有告訴他，如果撇開那不愛理人的態度不談，他應該會受到不少異性青睞吧！

程硯朝另一棟大樓揚個下巴，「跟我同事出來找客戶，想到妳面試的地點好像在附近，就過來看看。怎麼樣？」

「什麼怎麼樣？」

「面試。」

有那麼一秒鐘我很想跟他說，在面試前一刻我忽然想起從前的片段，想起從前那個人……不過，還是把話收了回去。

「不知道。」

「多少有個底吧？」

「我跟你不一樣，你是資優生，想進哪家公司都能心想事成。」我住嘴，意識到自己酸溜溜的語氣，於是趕緊轉移話題，「對了！你不會那麼無聊只是想看我面試怎麼樣而已吧？」

程硯停頓半晌，他鮮少會有猶豫的時候。他拿出一張裝在信封裡的卡片，遞給我，用他聽不出什麼特別情緒的聲音說：「高中同學會的邀請函，秦湘榆知道我們住得近，要我交給妳。」

「是湘榆主辦的嗎？對喔！上次在電話裡好像聽她提過。」

起初，「同學會」這件事讓我很高興，腦海自動浮現高中時代那群同學們的臉孔，然後，他的笑容也一閃而過，我的嘴角卻無法再上揚。

程硯注意到我的表情，輕輕落下一句話，「邀請函沒有給那傢伙喔！」

我怔一怔，他的眼神跟當年在保健室的時候一樣，聰明而冷漠地，看穿了我。

「沒有人知道他的通訊資料。」程硯又補上一句。

「我知道。」我頑強地迎視他，想讓他明瞭我早已擺脫相思之苦，那畢竟是少不經事的戀情，我現在很好，而且很期待沒有那個人的同學會喔，「你會參加嗎？這是畢業後第一次的同學會耶！」

「我載妳去吧！晚一點再約。」

程現看見他同事走出便利商店，簡單向我告別。在人來人往的街頭目送程硯的背影，他那成熟穩重的社會人士的背影，彷彿不可抗力地帶走了什麼。時光荏苒，二十四歲的程硯，就連身為好友的他，也不再提起十八歲的顏立堯了。

國中畢業後，我一如所料地升上一如所料的高中，沒什麼太大變化，唯一的變化是我剪去原來的一頭長髮。湘榆一見到我的新樣貌哇哇叫個不停，她氣我不能繼續跟她組成「長髮美女二人組」。

「太麻煩了嘛！我討厭每天都要綁頭髮。」

湘榆不會懂的，手指滑過又軟又俐落的髮絲那份觸感，我莫名喜歡。

「那就不要綁呀！長髮飄逸，多好！」

湘榆故意在我面前搔首弄姿，經過一個暑假，她的身材似乎轉變得更美好，前凸後翹，個性又外放，這樣的女生再來個烏溜溜的秀髮簡直無懈可擊，才剛來到新班級馬上就有不少男生私下討論她。

不過，如同班上有個搶眼的女生，一定也會有超人氣的男生，只是大家窸窸窣窣，聽不清楚是哪個名字，或是兩個名字……

我乖乖任由湘榆把玩我的短髮，試著適應高中生涯的第一天。暑假雖已過去，這天仍是個很「夏天」的日子，教室天花板的風扇不停轉動，看不見的氣旋讓我的髮絲輕輕飄浮起來，如同開學第一天的心情，怎麼也沉靜不下。我抬高眼簾，微風把一個夢境般的身影送進我的視野，吵吵鬧鬧的班級驀然間抽離，遠去了，只有此刻走進教室的人影愈加放大，就像走進我心裡那樣，害我的心臟用力怦動！

顏立堯……是顏立堯！他也在這一班……哇！我們同班呢！我快速別過頭，不敢相信這個好運，原來幻想的次數多了，有一天也會美夢成真嗎？

認識他的女生偷偷騷動，看來他就是大家掛在嘴邊的人氣王。他身旁那個酷酷的男生也不遑多讓，是顏立堯打從國中時代的死黨，名叫程硯，經常能在校園裡見到他們形影不離的蹤影。聽說，他們的個性南轅北轍，卻意外地要好。

「那男生滿帥的嘛！」坐在我桌上的湘榆目不轉睛盯著顏立堯，喃喃自語地評量，「應該說，笑起來很好看！」

嗯！眞的很好看喔！他就連微微笑的時候眼睛也會彎成橋，很少男生會笑得那麼天眞無瑕呢！

我迫不及待想回應湘榆，不過，今天太興奮了，根本說不出話，只能猛然抱住一頭霧水的湘榆，伏在她肩頭傻笑。

「我叫蘇明儀，媽媽很早就過世了，家裡有爸爸和一個哥哥。」

從什麼時候開始呢？每當自我介紹我習慣先聲明來自單親家庭，看著底下立刻亮起一堆異樣眼光，總比事後聽見有人在背後竊竊私語來得好。湘榆老罵我笨，她說這樣會把男生嚇跑，保持一點神祕感才是王道。不過，我就是討厭別人私底下猜來猜去嘛！

這時，我看見坐在靠窗位置的顏立堯撐著下巴，聽完我的自我介紹時他明亮的眼睛閃過一絲好玩興味。他沒有把我當作缺少了什麼的怪物看，單純覺得千篇一律的內容當中這樣的說法很新鮮。

眞正和顏立堯同班以後，才發現實際的他和想像中的他不太一樣，遇到不想做的差事他會賴皮，回答別人正經的問題態度吊兒郎當，卻超有號召力，這種人只要下課時間拿出球，班上所有的人都會跟著他一起出去玩，差不多可以這麼形容。

話又說回來，顏立堯一直都是顏立堯，他沒變，變的是我認識他的方式。

開學第一天得選出幹部，我被拱出來做風紀股長，只因為國二時期當過，就好像這職位非我莫屬似的。

風紀股長一點都不可愛。

那還算是好的，有時候大家哇啦哇啦玩過頭，把我惹毛了。

「上課了，不要講話！」

「閉嘴啦！」

除了得不顧形象管理班上秩序之外，最令我困擾的是午休時間還得點名，缺席的情況太嚴重會被教官唸，偏偏顏立堯就是最大的禍首。

他常常和女朋友在午休時間約會。是啊！他有女朋友了，國中時就知道了，就是那位闖進保健室時捲髮還在我臉上甩一記的女孩，她是大了我們一屆的學姐。

他們很公開，出雙入對，老是在午休時間約在福利社後面的樹下見面，顏立堯很保護他的女朋友，從不在大家面前談論她的事，連合拍的大頭貼也不給看。他說人都是膚淺的，喜歡從膚淺的角度評論別人。對於說這句話的顏立堯，我嫉妒著那位他話裡的女孩子。

如果班上的午休缺席記錄太多，我便不得不跑去福利社後面逮人，眞不願意做這件差事，那害我變成一顆超級閃亮的電燈泡；但是我更不願意被教官碎碎唸個沒完，教官一激動很容易噴口水，亂噁心的。

「顏立堯！」基於身爲風紀的緣故，我會凶巴巴連名帶姓地叫他。

由於我總是來壞好事，所以他女朋友從沒給我好臉色看，倒是顏立堯，他似乎並不討厭我來打擾，見到我便嬉皮笑臉。

他和他女朋友告別時，會在她額頭上輕輕親吻一下，宛如一襲春風吹過。

我總是在他們約會的秘密基地被迫看著那個吻，然後默默和他並肩回教室，聽著我們兩人不一致的腳步聲一起穿越午后寧靜的校園。

這天，他沒來由一反往常地出聲叫我：

「喂！風紀。」

因爲常常凶他，印象中他沒叫過我的名字。

「幹麼？」

「妳老是要從教室跑到福利社這邊，很遠耶！不累嗎？」

嘖！你以爲是誰害的呀？我不想回答這個白痴問題，繼續快步往前走。

「今天是第五十次喔！」他也繼續在我身後說。

「啊？」

「今天是妳第五十次過來抓我回去。」

我回頭，撞見他滿臉清爽的笑意。

「哪、哪有人在算這個的？」

不會有人無聊到這種程度吧？

「妳不覺得很了不起嗎？五十次耶！」他逕自在一台販賣機前停下來，開始悠悠哉哉地投銅板進去，「應該要好好慶祝。」

這種事有什麼好慶祝的？說到底，那等於是我看了他親吻女朋友五十次。啊！現在不是想這個的時候！

我正想制止他買飲料，臉頰卻被可樂冰一下！

「哪！給妳，慶祝第五十次。」

他給了我一罐，自己留著一罐。我按住涼涼的臉頰，感覺紅暈在手心下呼之欲出。

「你該不會……只是想趁午休時間偷喝飲料吧？」

「亂說。不管是多小的事，值得紀念的事愈多，妳不覺得活得更有意義嗎？」

他說這句話的時候，十分認眞地注視手上的拉環，不像開玩笑。等拉環一拉開，白色水汽從瓶口湧出，顏立堯又恢復無憂無慮的笑臉，拿他的可樂朝我可樂撞過來：

「乾杯！蘇明儀，第五十一次也請多多指教。」

我不是很愛喝可樂，也不贊成可以利用午休時間和他乾杯，更想罵他還敢提第五十一次……不過，顏立堯說得沒錯，不管是多小的事，只要值得紀念，就會覺得生命有了意義。

今天，他第一次叫我的名字。意外地好聽。

顏立堯安分了一陣子，與其說他沒再和女朋友在午休時約會，倒不如說他們最近不常碰面。在他身邊的總是死黨程硯，顏立堯在班上帶頭作亂時，程硯則是不動如山，書不離手，天塌下來也不干他的事。

這一次，我好不容易擺平吵翻天的男生，聲音都快啞了。

「明儀，妳也眞辛苦。」

「男生好幼稚喔！下次妳直接列一張黑名單，交給導師啦！」

圍在我桌子旁的女生妳一言我一語唾棄起男生，甚至口是心非地抱怨顏立堯害班上評比被扣分。

「妳一定很氣他喔？」

不知道是誰隨便丟這個問題給我，我沒有回答，就是瞪著顏立堯沒規沒矩地坐在桌上，對漫畫哈哈大笑。上課鐘已經敲下，還敢笑得這麼狂妄，再五秒鐘我就要準備罵人了。

風紀身分的我，確實視他爲心頭大患，所以從沒對他客氣過。那麼，不是風紀身分的我呢？

只是一個傻女孩罷了。

那天他請我喝的可樂罐子被我洗乾淨，留起來了，擺在我的書桌上，小小的日光燈下，書讀到一半，再看看紅色瓶身，隱約能見到他說「乾杯」時的笑容，能聽見他叫「蘇明儀」的低低嗓音。

與其讓大家知道我這笨蛋行徑，還寧願讓他們以爲我討厭他。我是不是也很卑鄙呢？

【《夏日最後的祕密》．未完待續】

國家圖書館出版品預行編目資料

說再見，一定會再見 / 玉米虫著. -- 初版. -- 臺北市；商周，城邦文化出版；家庭傳媒城邦分公司發行, 民 99.09
面 ； 公分. --（網路小說；159）

ISBN 978-986-120-270-9（平裝）

857.7 99015946

說再見，一定會再見

作　　者／玉米虫
企畫選書人／楊如玉、陳思帆
責任編輯／陳思帆

版　　權／翁靜如
行銷業務／甘霖、蘇魯屏
總 編 輯／楊如玉
總 經 理／彭之琬
發 行 人／何飛鵬
法律顧問／台英國際商務法律事務所　羅明通律師
出　　版／商周出版
台北市中山區民生東路二段 141 號 9 樓
電話：(02) 2500-7008　傳眞：(02) 2500-7759
blog：http://bwp25007008.pixnet.net/blog
email：bwp.service@cite.com.tw
發　　行／英屬蓋曼群島商家庭傳媒股份有限公司城邦分公司
台北市中山區104民生東路二段 141 號 2 樓
書虫客服服務專線：(02) 2500-7718；(02) 2500-7719
服務時間：週一至週五上午09:30-12:00；下午13:30-17:00
24小時傳眞服務：(02) 2500-1990；(02) 2500-1991
郵撥帳號：19863813；戶名：書虫股份有限公司
讀者服務信箱：service@readingclub.com.tw
城邦讀書花園：www.cite.com.tw
香港發行所／城邦（香港）出版集團有限公司
地址：香港灣仔駱克道 193 號東超商業中心 1 樓
email：hkcite@biznetvigator.com
電話：(852) 2508-6231　傳眞：(852) 2578-9337
馬新發行所／城邦（馬新）出版集團【Cité (M) Sdn. Bhd.】
41, Jalan Radin Anum, Bandar Baru Sri Petaling,
57000 Kuala Lumpur, Malaysia.
Tel: (603) 90578822 Fax:(603) 90576622

版型設計／小題大作
封面繪圖／粉橘鮭魚
封面設計／山今伴頁
電腦排版／浩瀚電腦排版股份有限公司
印　　刷／鴻霖印刷傳媒股份有限公司
經 銷 商／聯合發行股份有限公司
電話：(02)2917-8022　傳眞：(02)2911-0053
地址：新北市231新店區寶橋路235巷6弄6號2樓

■ 2010 年（民 99）8月31日初版
■ 2016 年（民 105）5月23日初版5.5刷

Printed in Taiwan

城邦讀書花園
www.cite.com.tw

定價 / 200元

ISBN 978-986-120-270-9

廣　告　回　函
北區郵政管理登記證
台北廣字第000791號
郵資已付，免貼郵票

104台北市民生東路二段 141 號 2 樓

英屬蓋曼群島商家庭傳媒股份有限公司　城邦分公司

請沿虛線對摺，謝謝！

書號: BX4159	書名: 說再見，一定會再見	編碼:

請於此處用膠水黏貼

商周出版

讀者回函卡

謝謝您購買我們出版的書籍！請費心填寫此回函卡，我們將不定期寄上城邦集團最新的出版訊息。

姓名：＿＿＿＿＿＿＿＿＿＿＿＿＿＿＿＿ 性別：□男 □女

生日：西元＿＿＿＿＿＿年＿＿＿＿＿＿月＿＿＿＿＿＿日

地址：＿＿＿＿＿＿＿＿＿＿＿＿＿＿＿＿＿＿＿＿

聯絡電話：＿＿＿＿＿＿＿＿＿＿ 傳真：＿＿＿＿＿＿＿＿＿＿

E-mail：＿＿＿＿＿＿＿＿＿＿＿＿＿＿＿＿＿＿＿＿

學歷：□1.小學 □2.國中 □3.高中 □4.大專 □5.研究所以上

職業：□1.學生 □2.軍公教 □3.服務 □4.金融 □5.製造 □6.資訊

□7.傳播 □8.自由業 □9.農漁牧 □10.家管 □11.退休

□12.其他＿＿＿＿＿＿＿＿＿＿＿＿＿＿＿＿

您從何種方式得知本書消息？

□1.書店 □2.網路 □3.報紙 □4.雜誌 □5.廣播 □6.電視

□7.親友推薦 □8.其他＿＿＿＿＿＿＿＿＿＿＿＿＿＿＿＿

您通常以何種方式購書？

□1.書店 □2.網路 □3.傳真訂購 □4.郵局劃撥 □5.其他＿＿＿＿

您喜歡閱讀哪些類別的書籍？

□1.財經商業 □2.自然科學 □3.歷史 □4.法律 □5.文學

□6.休閒旅遊 □7.小說 □8.人物傳記 □9.生活、勵志 □10.其他

對我們的建議：＿＿＿＿＿＿＿＿＿＿＿＿＿＿＿＿＿＿＿＿

＿＿＿＿＿＿＿＿＿＿＿＿＿＿＿＿＿＿＿＿

＿＿＿＿＿＿＿＿＿＿＿＿＿＿＿＿＿＿＿＿

＿＿＿＿＿＿＿＿＿＿＿＿＿＿＿＿＿＿＿＿

＿＿＿＿＿＿＿＿＿＿＿＿＿＿＿＿＿＿＿＿

請於此處用膠水黏貼